吴嘉纪诗箋校

〔清〕吴嘉紀　著
楊積慶　箋校

上

上海古籍出版社

圖書在版編目(CIP)數據

吴嘉紀詩箋校 /（清）吴嘉紀著；楊積慶箋校. —上海：上海古籍出版社，2024. 1
（中國古典文學叢書）
ISBN 978-7-5732-0979-5

Ⅰ. ①吴… Ⅱ. ①吴… ②楊… Ⅲ. ①古典詩歌—詩集—中國—清代 Ⅳ. ①I222. 749

中國國家版本館 CIP 數據核字（2023）第 229909 號

中國古典文學叢書
吴嘉紀詩箋校
（全二册）
〔清〕吴嘉紀 著
楊積慶 箋校
上海古籍出版社出版發行
（上海市閔行區號景路 159 弄 1-5 號 A 座 5F 郵政編碼 201101）
（1）網址：www. guji. com. cn
（2）E-mail：guji1@guji. com. cn
（3）易文網網址：www. ewen. co
常州市金壇古籍印刷有限公司印刷
開本 850×1168 1/32 印張 25. 5 插頁 11 字數 485,000
2024 年 1 月第 1 版 2024 年 1 月第 1 次印刷
印數：1—1,000
ISBN 978-7-5732-0979-5
I·3782 精裝定價：148. 00 元
如有質量問題，請與承印公司聯繫

吴嘉紀像（清道光間泰州夏氏刊本《陋軒詩》書首）

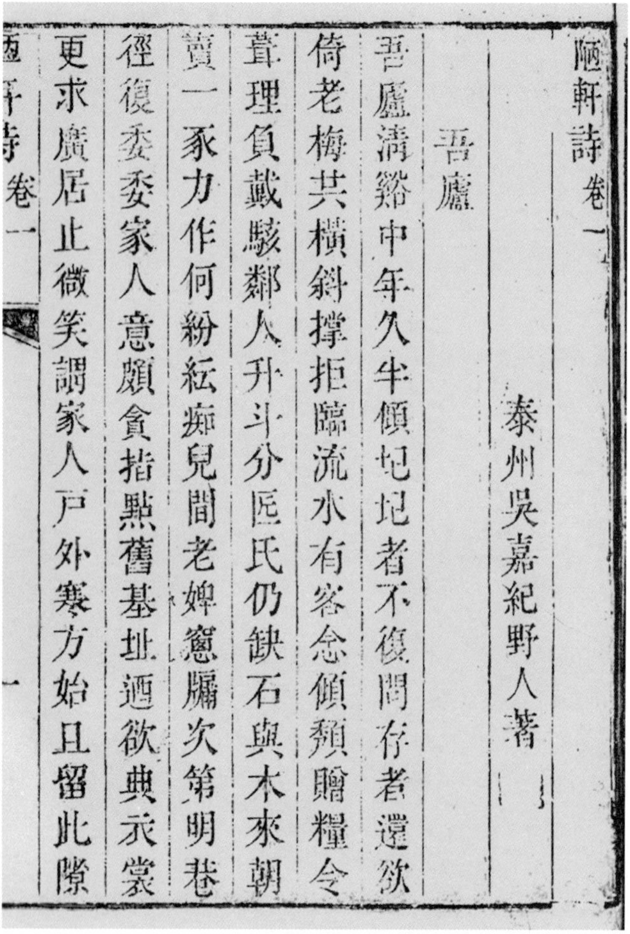
陋軒詩卷一
泰州吳嘉紀野人著
吾廬
吾廬清谿中年久半傾圮圮者不復問存者還欲
倚老梅共橫斜撑拒臨流水有客念傾頹贈糧令
葺理負載駭鄰人升斗分匠氏仍缺石與木來朝
賣一豕力作何紛紜痴兒間老婢慇懃次第明巷
徑復委委家人意頗貪指點舊基址迺欲典衣裳
更求廣居止微笑謂家人戶外寒方始且留此隙
陋軒詩卷一　一

《陋軒詩》書影（清道光間泰州夏氏刊本）

前言

陸廷掄序陋軒詩云：「數十年來，揚郡之大害有三：曰鹽筴，曰軍輸，曰河患。讀陋軒集，則淮海之夫婦男女，辛苦墊隘，疲於奔命，不遑啓處之狀，雖百世而下，瞭然在目。甚矣吴子之以詩爲史也，雖少陵賦兵車、次山詠舂陵，何以過？」當時人對吴嘉紀詩的評價如是，後來如沈德潛、洪亮吉、陳田、譚獻諸人，都非常推重他。可是，三百年來，他的詩集始終若存若亡，現在一般從事文學的人，或不能舉其姓名，以視王士禛、袁枚諸人，真可謂有幸有不幸。

陋軒集的作者吴嘉紀，字賓賢，號野人，江蘇泰州東淘人，生于明萬曆四十六年（一六一八），死于清康熙二十三年（一六八四）。他的祖父吴鳳儀，是明代著名理學家王心齋的學生，他又受業于鳳儀的弟子劉國柱。詩人二十七歲的時候，親眼看到明王朝的覆亡，接着清兵南下，沿海居民，慘遭屠殺。覆巢破卵之餘，從此偏處海濱，絶意仕進，過着極端貧困的生活，惟以吟詩遣日，正像孟郊所説「以詩爲活計」者。東淘是兩淮的重要鹽場之一，居民大多是以煮鹽爲生的窮竈户，他們受盡官吏與鹽商的重重剥削，加以水災軍輸，一直過着人間地獄的生活。詩人雖不是竈户，但也時常受到牽連，被迫逃亡，衣食不周，朝不謀夕。他又足迹不出州里，不大爲人所知。晚年得周亮工、王士禛等人的譽揚，纔稍稍爲當世名流所注意，可是不久就去世了。

他雖然出身于封建地主家庭，但由于環境的轉變，使他的生活接近于當時的被壓迫階級。他的許多反映黑暗現實的詩篇，大多出于詩人的親身體驗，不同于泛泛的旁觀者的同情。例如那首描寫竈户勞苦生活的絶句：

白頭竈户低草房，六月煎鹽烈火旁。走出門前炎日裏，偷閑一刻是乘凉。

不是長期生活在這些窮苦人民之中，深深體味到他們的苦難，把他們的感情化爲自己的感情，是寫不出來的。他作品中最值得重視的部分，就是這些反映鹽民生活和描述水災兵役中受盡磨難的窮苦大衆的詩篇，如臨場歌、朝雨下、海潮嘆、流民船、翁履冰行、鄰翁行等等，一幅幅驚心動魄的圖畫，都是對壓迫階級的血淚控訴。真實而又深刻的内容與高度的藝術概括相結合，對我國的現實主義古典詩歌，作出了一定的貢獻。同樣難能可貴的是，既不模擬漢、魏，也不同于杜甫、白居易因事立題的新樂府；因題制宜，不拘一格，用自己的語言和自己的風格來表現這些題材，曲折洞達，狀難狀之景，達難達之情，在近古詩人中殊不多有。其他詩篇也都有真情實感，不事藻繢，直抒胸臆，得陶、杜之意而不襲其迹。吴周祚序稱其「冰霜高潔，刻露清秀，不得指爲何代何體，要自成其爲野人之詩」。這話是很中肯的。

但是作者畢竟是出身于封建階級的知識分子，封建主義的傳統觀念，在他的思想上留下了深刻的烙印，所以集中宣揚封建道德的作品也爲數不少，雖説是時代爲之，歸根到底，還是階級局限的具體表現，這是必須加以批判和揚棄的。如果我們善于區别精華、糟粕，則在明、清集部中，陋軒集不失爲一部值得推薦的好書。

吴嘉紀陋軒集，雖然刻過好幾次，但舊本已頗不易得。現在一般所見的，是清道光間泰州夏氏刻本，就是這個本子的底本。楊積慶同志整理這一部書，搜求舊本，校理異文，輯録遺篇，費了不少工夫。在目前説來，這是一個比較完備的本子。吴嘉紀在同時詩人中，並無赫赫之名，所與交往的，也大都是草野之士，其里居出處頗不易查考，楊君鈎稽方志及同時人詩文集，十得八九，尤足爲論世知人之助。

續詩兩卷，曾假得北京文學研究所藏的鈔本對勘一過。鈔本是夏氏付刻時的底本，用紅格紙鈔録，書口上刻「陋軒詩」，下刻「宋石齋」。分爲二卷，上卷一百二十首，下卷五十二首，與刻本略有出入。案宋石齋即夏荃齋名，鈔本前有劉寶楠題記，全書朱、墨筆批改甚多，朱筆似出夏氏手筆，墨筆批注則出於劉氏。大約夏氏預備付刻時，曾就陋軒原稿略加删潤，並以之就商於劉氏，而劉氏爲之勘定。另有浮簽數十，皆是夏、劉二人往復商略之語。我疑心續集是吴氏的删餘稿，原本恐不止此數，夏氏選取其中一部分付刻。按理鈔本正文應是陋軒原稿，但卷下梅女詩所附浮簽，二君商榷之語，多不見於鈔本正文，則鈔本正文是否吴氏原稿，尚有可疑。如果作爲陋軒詩來研究，則續集二卷是不足爲據的，仍當以前十二卷爲正。但劉氏批改之處，往往有精義，足以發人深思。劉氏邃於經學，不聞有能詩名，而其詩功之深如此，亦見能者之不可測。

楊君原稿，曾爲校讀一過，並略下己意，因識數語于卷端。

徐震堮

一九七八年四月

吴嘉紀詩箋校編例

一、陋軒詩刊本，見各家序跋題記者凡八：最早爲康熙初周亮工賴古堂本（校語簡稱「周本」）。汪芾斯分司東淘時，據周本重刊。康熙十八年己未（一六七九），方于雲裒其前後詩刊之。康熙二十三年甲子（一六八四），程雲家、汪舟次復梓其遺稿爲六卷。乾隆三十年乙酉（一七六五），泰州陳璨依舊刻校補刊行（校語簡稱「陳本」）。後繡水王相覆刻於清初十大家詩中，即信芳閣活字本（校語簡稱「王本」）。嘉、道間，泰州繆中重刊其詩，始析六卷爲十二，是爲一草亭本，後版歸同邑夏退庵所有。夏氏增選陋軒未刻詩百二十餘首，編爲續集上下二卷，附刻集後，一併刊行，即此集所據底本（校語簡稱「夏本」）。民國九年（一九二〇），丹徒楊程祖復依信芳閣六卷本及夏氏所編續集二卷合刻，是爲絶妙好辭齋本（校語簡稱「楊本」）。

二、諸家刻本，所經見者，惟周、陳、王、夏、楊及玉蘭堂六本。周刻最早，所收詩僅至康熙三年甲辰（一六六四）止。王本頗有缺漏。陳本及玉蘭堂本較不易得。夏本刻手雖不及前者之精工，但能存吴詩舊觀，且以六卷釐爲十二，亦便於檢閲，故此集據夏刻爲底本，加以整理標點，並將其卷次略作更改。原陋軒詩十二卷，現改編爲吴嘉紀詩箋校第一至第十二卷；原陋軒詩續上下二卷，改編爲吴嘉紀詩箋校第十三、十四卷；新入增補輯佚陋軒詩若干，另編爲吴嘉紀詩箋校第十五卷。

三、北京圖書館藏周刻賴古堂本陋軒詩，係分體編纂，收詩二百餘首，其不見于各本者凡九十首。兹連同自其他各書輯得之佚詩，編爲本集第十五卷，並將周本目録附存集後（見附録二）。

四、兹編曾據周、陳、王、楊、玉蘭堂諸本，及經寶應劉寶楠手批夏氏宋石齋原抄本陋軒詩續、國朝天下名家詩觀、溉堂集、漁洋感舊集、篋衍集、黄山志定本、明遺民詩、明詩綜、明詩紀事、清詩别裁、皇清詩選、國朝詩、硯耕緒録、康熙揚州府志、東臺縣志等書彙合比勘。其間除闕字及顯係謬誤者就原詩訂正外，其各本有字句異同者，悉列校語於詩後。

五、中國社會科學院文學研究所藏宋石齋抄本陋軒詩續二卷，係夏退庵選刻續詩時，商同劉寶楠氏審訂之原稿。眉注中附有兩人相與斟酌文字，原詩亦多增删塗改，其編排次序，亦與刻本迥異。故特將此抄本中所有眉批、旁注，及增删塗改前後之字句，一併輯入校語，以存抄本原貌，並抄附目次於周本目録之後（見附録三）。有關抄本之考訂源流及校勘經過，徐震堮先生於「前言」中詳及，兹不贅述。

六、集中有數首宣揚節婦殉夫、孝子割股、義僕報主之作，因封建意識特别濃厚，已予删去。

七、兹編箋語，旨在箋明作者生平交往諸人傳略行蹤，詩之本事，有關史實。其朋輩酬答之作，凡能發明詩意或有助於編年者，則予徵引，否則只存題目，以備參考。其他典實故事，一概從略。

八、兹編據孫枝蔚溉堂詩集編年，與吴詩詳加證勘，凡陋軒詩中歲月明確可考者，分别寫入箋語，以備考查。

九、清季東臺人袁承業，曾編有野人先生年譜一卷，附於所纂陋軒江村詩合集内，此書惜未見傳本。吴詩可編年者，僅得十之三四，餘付闕如。爲便於讀者查考，特將上項年月可證之詩，合有關作者事迹行蹤，彙爲年表，附於集後。

十、陋軒詩雖未經編年，但可約略考見作詩年月。夏本前集十二卷，約始於順治十年癸巳（一六五三）以後，迄於作者逝世之前。續集二卷，則多爲順治初，與同里王太丹、王鴻寶、方麗祖諸人結社淘上之什。

十一、兹編附録凡七：其一，吴嘉紀手札、序贊輯佚；其二，賴古堂本陋軒詩目録；其三，宋石齋抄本陋軒詩續目録；其四，陋軒詩序跋題記；其五，吴嘉紀事迹輯存；其六，諸家品題評論輯存；其七，同時諸家酬贈題詠輯存。其間必多掛漏失當之處，期望專家與讀者指正。

十二、兹編曾經徐震堮先生指導、審閲，並得北京圖書館、中國社會科學院文學研究所圖書館及原華東師範大學圖書館、中文系等有關同志協助者至多，謹致謝意。

楊積慶

一九七八年二月

吴嘉紀詩箋校目録

卷二（原陋軒詩卷二）

卷三（原陋軒詩卷三）

卷四（原陋軒詩卷四）

古今體詩九十九首

卷五（原陋軒詩卷五）

卷六（原陋軒詩卷六）

古今體詩九十一首

卷七（原陋軒詩卷七）

卷八（原陋軒詩卷八）

古今體詩八十三首

卷九（原陋軒詩卷九）

卷十（原陋軒詩卷十）

卷十一（原陋軒詩卷十一）

古今體詩九十四首

卷十二(原陋軒詩卷十二)

卷十三（原陋軒詩續卷上）

卷十四（原陋軒詩續卷下）

古今體詩八十九首

卷十五（據周亮工賴古堂刻陋軒詩補）

古今體詩九十二首

附録七　同時諸家酬贈題詠輯存……七〇一

吴嘉紀詩箋校卷一

吾廬

吾廬清谿中，年久半傾圮，圮者不復問，存者還欲倚。老梅共横斜，撑拒臨流水。有客念傾頽，贈糧令葺理。負戴駭鄰人，升斗分匠氏。仍缺石與木，來朝賣一豕。力作何紛紜，癡兒問老婢；窗牖次第明，巷徑復委委。家人意頗貪，指點舊基址；迺欲典衣裳，更求廣居止。微笑謂家人：「户外寒方始，且留此隙地，以待春風起；我自荷一鋤，種菜柴門裏。」

【校】

〔題〕周本作修葺破屋詩。

〔吾廬句〕周本作「亂後存一廬」。

〔流水〕周本作「溪水」。

〔傾頽〕篋衍集作「頽廢」。
〔有客六句〕周本作「琴書不能惜，風雨欺無已。故舊憐我陋，贈糧令葺理。不暇攜入門，盡分與匠氏」。
〔來朝〕周本作「明日」。
〔力作句〕周本作「紛然力作中」。
〔指點句〕周本作「燈前相議擬」。
〔衣裳〕周本作「裳衣」。
〔更求句〕周本作「搆室於舊址」。

送人歸黃山

入雲山路碧重重，歸去追隨石户農。幾畝秫田今有主，一間茆屋在何峰？烟崖芝草衰年採，雪嶺樵人落日逢。悵望浮丘蹤迹遠，鍊丹臺上倚青松。

【校】

〔題〕周本及感舊集作送孫無言歸黃山。
〔入雲二句〕周本及感舊集作「故鄉亂後尚留松，久待山翁曳（感舊集「曳」作「策」）短筇」。

〔秫田〕周本及感舊集作「薄田」。

〔烟崖四句〕周本及感舊集作「藥苗不見衰年採，樵父多於落日逢。我欲巾車來問訊，只愁處處白雲封」。

【箋】

此送孫默歸黃山之作。孫默字無言，號桴菴，休寧人，寓居江都。見康熙揚州府志、汪懋麟百尺梧桐閣文集孫處士墓誌銘。王晫今世説：「孫無言，性瀟洒絶俗，志欲歸黃山，累年未遂，四方賢士大夫作詩文送者以千百計。」

〔黃山〕靳治荆修歙縣志：「黃山，一名黟山，高一千一百八十仞，勢如削成，烟嵐無際，雲雨在下。世傳黃帝與容成子、浮丘公煉丹於此。後有曹、阮之徒棲焉。唐天寶六年，敕改爲黃山。」

案孫枝蔚溉堂集有送孫無言歸黃山詩，編入清順治十四年丁酉（一六五七），此詩當作於是年前後。

雜　述

道傍梧桐樹，跼蹐無顔色。同生天地内，獨苦風塵逼。往來多覆車，終日鄰荆棘。托根既失所，枝幹徒疏直。天寒丹鳳遥，凡鳥競棲息。

改劍爲斧斤，聊作採薪叟；壯心誰謂平？利器猶在手。入山哭松柏，擒虎先儕偶。日暮謳吟歸，相應聲前後。城市戰雲黄，顔熱頻回首。

西施兒女流，出處不草草。歌舞一朝善，起别會稽媪；欲報君王讐，趁此顔色好。蘇臺夜醉月，吴苑朝爲沼。功成辭故鄉，五湖以終老。

東陵荷鑱者，人言是故侯。榮華浮雲散，衣食惟自謀。廢宅鋤爲圃，舊物無一留。雨露難更希，蕙草逢窮秋。柴門落日過，饑雀聲啾啾。

老鴉一何拙，乃育杜鵑雛；骨肉雖滿眼，寧知族類殊？雄飛去啄粟，雌歸來飼餔。用盡慈喙力，錦翼不得烏。雛散爾毛秃，饑困向誰呼？

楚國有羈人，相隔三千里，歌嘯在扁舟，浦浦蓮花美。嗟我不共賞，惆悵盈盈水。採花落月前，採實秋風裏；蓮花留自看，辛苦寄蓮子。

夫婿去從戎，深閨紅粉在；夜夜形影單，迢迢二十載。舊心雖未移，年華不相待；寒衣無人寄，欲裁還自怠。玉鏡塵匣中，何時見光彩？

叠山養老母，賣卜建寧津；故國久淪亡，難言非宋人。賤隸亦識面，潛匿多艱辛。母没徵書來，子道已克伸。絶食别親友，從容死其身。

【校】

〔梧桐樹〕周本作「有梧桐」。

〔歌舞句〕周本作「歌舞一朝解」。

元　日

物物漸親類，村村皆向晨。東風今日至，老態一番新。眼底貧交在，樽中臘酒醇；攜來梅樹下，霽色正宜人。

【校】

〔眼底四句〕周本及感舊集作「處亂何妨賤，躭吟敢厭貧。柴門溪水外，慚愧訪予人」。

懷吴後莊

海内諸兄弟，吾憐吴後莊：負薪歌下里，學稼養高堂；有病還耽酒，無求不出鄉。平山分手處，木葉又蒼蒼。

【箋】

〔吴後莊〕王又旦黄湄詩選舟過采石弔吴後莊詩自注：「後莊名周，歙人。乙巳，予見其登采石謁太白祠並月夜聞鵑二詩，奇甚，因定交焉。貧賤早死，世無知者，可悼也。」

〔平山〕即揚州平山堂，見本卷揚州雜詠箋。

僻壤

僻壤無春至，安知春已殘！海雲千里黑，塞鴈一聲寒。老去謀生拙，時危作客難。直西是鄉路，日日出門看。

【校】

〔安知句〕皇清詩選作「探花花已殘」。

〔塞鴈句〕皇清詩選作「山雨一番寒」。

〔謀生拙〕皇清詩選作「依人賤」。

〔是鄉路〕皇清詩選作「鄉井是」。

逢方子傳

飲水近蜃蛤，棲林近鷹鸇；升沉變幻多，道人心不還。朝出授人經，夜歸同僧禪；皚如塵壒内，長齋三十年。閲歷悲世情，竭來菰蘆邊。蘆中老窮士，但言沮溺賢。腰鐮欲求侶，賣屨偶得錢；相邀共一醉，踽踽就人烟。

【箋】

〔方子傳〕未詳，卷十四有放舟過東亭訪方子傳汪虚中。

七　歌

嗟哉我父逝不還，一棺常寄他人田；田中水闊波浪白，渚禽夜叫聲淒然。敝廬去此地幾尺，陌阡經歲無人迹。父在曠野兒在室，淚眼望望終何益！北邙土貴黄金少，毛髮藍鬖兒已老；世人賤老更羞貧，寸草有心向誰道？嗚呼一歌兮歌音淒，乳鴉聲苦山月低。

嘗見里人稱母壽，拉淚即思我慈母；慈母謝世值饑年，棺衾草草何曾厚。我昔抱病母在時，千里就醫不相離，謂兒形容一何瘦，涕洟落入手中縻。只今災荒生計拙，茆檐卧病對風雪，昔日食中母淚多，今日病裏晨炊絶。嗚呼二歌兮歌辛酸，孤身無倚海天寬。

叔兄昏夜行閭里，突遇惡少椎擊死。前代之冤今不理，嗚呼伯兄慟不起！伯兄一櫬羈南莊，叔兄一櫬州城旁；兩兄白骨亦難聚，安望死生同一鄉！我兄我兄昔有四，出門入門今少二。海内誰爲擊筑人？懷裏空存不平事。嗚呼三歌兮淚縱横，寶刀爲我牀頭鳴。

寒鴉偏叫四兄室，四十獨宿到五十，中夜擁絮身苦醒，不恨日出恨月出。仲兄垂老更多疾，歲儉門衰千慮集；黄金錯買里人田，白頭難覓忘憂術。幾人索逋幾催科，中庭雜沓無虚日。嗚呼四歌兮歌未央，失群飛鴈不成行。

夫没三月兒出腹，我妹心苦無人告。四體饑困不得乳，兒哭母哭聲滿屋。紝績一日得十錢，手作口哺到三年。昨夜燈前初學語，向舅呼爺音楚楚；兒語翻令阿母悲，急掩兒口淚如雨。嗚呼五歌兮雨霏霏，孤燕將雛何處飛？

朝尋道人夜臺去，王劍爲僧身亦死；故鄉三益存者誰？樊上荷鋤王仲子。仲子學稼我問津，欲訪江南舊酒人。賃舂賣卜各鄉縣，天下英雄受貧賤，慘澹關河落日微，眼昏髮短幾相見？嗚呼六歌兮歌唏嘘，篋中空滿知交書。夙昔常輕萬里途，出門大路成江湖；波濤洶湧魚龍亂，車輪馬足胡爲乎？逡巡持斧采枯木，雪花倒落叫鴻鵠；歸來饑子牽衣啼，爨下有薪甑無粟。貉友網得尺半鱗，就余沽酒言苦辛。下山晨月去如水，時不再至徒傷神！嗚呼七歌兮終惆悵，志士顏衰心益壯！

【校】

此題周本異文甚多，第七首與周本迥異，據周本各首校録如下。

〔嗟哉句〕作「吁嗟我父没廿年」。

〔常寄〕作「長寄」。

〔田中二句〕作「田前碧蒿影歷亂，田中白水聲潺湲」。

〔地幾尺〕作「僅咫尺」。

〔曠野〕作「此中」。

〔淚眼句〕作「兒心堅忍已成石」。

〔兒已老〕作「余又老」。

〔慈母〕作「病母」。

〔謝世〕作「病歿」。

〔衾〕作「衣」。

〔我昔〕作「憶我」。

〔謂兒句〕作「顧我形容恐難愈」。

〔只今二句〕作「我今疾痛不暫歇，破廬人少天欲雪」。

〔歌辛酸〕作「悲思長」。

〔海天寬〕作「荒風涼」。

〔前代二句〕作「有冤難向公庭理，可憐伯兄慟不起」。

〔我兄我兄〕作「屈指我兄」。

〔出門入門〕作「出入因依」。

〔仲兄〕作「二兄」。

〔歌未央〕作「歌徬徨」。

〔失群句〕作「半行鴻影啼殘陽」。

〔故鄉八句〕作「故里知音今有誰？荷鋤樊上王老子。老子田園亂後荒，閉門絶客卧冰霜。他年期我數晨夕，賴有江南三四客。或儒或賈或賣卜，幾時歌嘯同一席」？

〔第七首〕作「彼蒼不知窮檐苦，生我稚子四且五；嗷嗷一室仰病父，父病不畊何處取？大者始識父子禮，幾日畏鄰饑不語。小者就學塾師前，六月披裘無俸錢。暮歸向母怒索食，阿母枯似父顔色。昨夜秋來愁不眠，蟋蟀牀頭聲唧唧。嗚呼七歌兮歌淒涼，出門棘刺牽衣裳」。

【箋】

案嘉紀祖鳳儀字守來，號海居，泰州庠生。少從王東厓遊，老年授學里中。生五子，俱能學，惟五子一輔爲尤篤。嘉紀即爲一輔第五子也。見袁承業王心齋弟子師承表。又案嘉紀叔兄名嘉經，見卷六辛亥孟夏二十八日三兄嘉經歸葬東淘。四兄字賓國，見卷十呈四兄賓國。仲兄名嘉紳，見嘉慶東臺縣志。嘉慶東臺縣志：「吴氏，安豐周正冕妻，年二十七寡，閱三月，始舉遺腹子日昇。家無升斗，皆資紝績，晝夜不少息。遂積勞成病，卧床三年而卒，距正冕死十年矣。其兄嘉紀著七歌，第五章爲氏作也。」

〔朝尋道人〕謂王太丹，其所居曰朝尋齋，見本卷王太丹死不能葬吴次巖汪次朗贈金發喪感泣賦此。

〔王劍〕國粹學報第八十期袁承業明遺民王水心先生小傳：「王劍字水心，太丹之從子也。明末諸生，耽吟嗜飲。聞國變，朝夕痛哭，哭之餘，大飲，飲每過量；醉則鼾睡，醒則仍哭，如此者有時，遂成羸疾。厥後薙髮之令急，遂以髮盡割去而爲僧，名殘客，既爲僧，苦吟愈甚。雲游數載，得遍觀名山川，所至，皆有題詠。著有逃禪集。」

嘉樹詞

閨中有嘉樹，三月好花發；年年此時節，遊子在天末。天末軒車來幾時？顧影徒矜妖冶姿。狂風一夜催春老，落盡榮華君不知！

臨場歌

雖曰窮竈户，往歲折價，何曾少逋！胥役謂其逋也，趣官長沿場徵比，春秋兩巡，遍來竟成額例。兵荒之餘，嗚呼！誰憐此窮竈户？

掾豺隸狼，新例臨場；十日東淘，五日南梁。趨役少遲，場吏大怒，騎馬入草，鞭出竈户。東家貰醪，西家割彘；殫力供給，負却公税。後樂前鉦，鬼咤人驚；少年大賈，幣帛將迎。帛高者止，與笑月下，來日相過，歸比折價。笞撻未歇，優人喧闐；危笠次第，賓客登筵。堂上高會，門前賣子。鹽丁多言，箠折牙齒。

【校】

〔胥役〕周本作「衙役」。

〔箠〕陳本作「筶」。

〔牙齒〕周本作「其齒」。

【箋】

案孔尚任湖海集西團記：「海上之村，大曰場，次曰團，小曰竈，荒寂曠邈曰草蕩。比之郡治，場則府也，團與竈則州若縣，而草蕩則其田疇耳。」乾隆兩淮鹽法志引蕩刈草圖說：「煮海之利，以草爲本，竈蕩故皆官地，給竈丁按地配引，輸鹽於官，名曰額蕩。明萬曆間，改輸鹽爲徵課，仍按引起科，此折價之所始。范堤外除古熟陞科，盡屬竈地，專令蓄草供煎，禁私墾及樵爨。其草有紅有白，白者勝而紅次之。斫必以時，每五六月，新草方茂，謂之鑽青，不多斫，厚其殖也。草約十束可煎鹽一桶，故售草者皆以束；或以煎鹽桶數論值，視豐歉以低昂其價，而鹽之消長隨之。額蕩之外，凡新蕩新淤，均歸場轄。」

〔東淘〕嘉慶東臺縣志：「縣南二十五里，場曰安豐場，一名東淘，屬泰州分司。」

〔南梁〕嘉慶東臺縣志：「縣南，由串場河入仇湖港，逕南十八里，場曰梁垛場，一名南梁，屬泰州分司。」

寄吳公調 余去歲往淮時，公調尚客余里。

昔日窮愁裏，看余發舊林；懸知遊子況，尚在故人心。書去夢魂遠，花開離別深；喈喈啼綠樹，求友愧春禽。

【箋】〔吴公調〕金陵詩徵：「吴嘉鼎字公調，上元人，著有翠雲庵集。公調祖籍歙縣，明季移家金陵。其集爲從子晟字僦明選定。」

案嘉紀往淮時當在壬辰。卷二哭吴雨臣詩第二首有「壬辰歲云凶，盡室命如縷。君解囊中金，趣我出行賈。販薪白駒場，糴麥清江浦」之句，此詩當作於順治十年癸巳（一六五三）。

題張良進履圖

大怒椎秦博浪中，壯心急遽笑英雄；人前雙履殷勤進，喜殺橋頭黄石公。

題卓文君當壚圖

聽罷清琴傍綠樽，如花麗色照當門；臨邛日暮酒徒散，笑視夫君犢鼻褌。

【箋】孫枝蔚溉堂集有七絶題畫五首同吴賓賢汪舟次作，其一石崇擊碎珊瑚，其二朱買臣負薪，其三卓文君當壚，其四張良進履，其五蘇武牧羊。案溉堂集題畫五首編入康熙元年壬寅（一六六二），嘉紀二詩當作於是年。

絶句

白頭竈户低草房，六月煎鹽烈火旁。走出門前炎日裏，偷閑一刻是乘涼。

【校】

周本有安豐場絶句四首，此爲第三首。

〔白頭二句〕周本作「場東卑狹海氓房，六月煎鹽如在湯」。

【箋】

案嘉慶東臺縣志引如皋縣志鹽法論：「海濱壯丁，縛草堤坎，數尺容膝，寒風砭骨，烈日鑠膚；藜藿鸁糲，不得一飽，此居食之苦也。海沙渺漫，人畜竊踐；欲守無人，不守無薪，此積薪之苦也。曉霜未晞，忍饑登場，刮泥汲海，傴僂如豖，此淋滷之苦也。暑日流金，海水百沸，煎煮燒灼，垢面變形，此煎辦之苦也。寒暑陰晴，日有程課；煎辦縮額，鞭撻隨之，此徵鹽之苦也。春貸秋償，鹽不抵息，權及母子，束手憂悸，此賠鹽之苦也。秋潮忽來，颶風並作，田薪立槁，廬舍蓬飛，露處哀號，不識所在，此遇潮之苦也。逃亡則丁口飄零，住業則宅器蕩盡。吴嘉紀詩云云，可謂曲狀煎丁之苦。」

河邊廢冢

長眠誰可免？念汝在河隅，泥土已摧盡，兒孫應久無。方將憂陷溺，豈暇辨賢愚？死後復飄泊，人生多此軀。

落葉

枝上曾幾日，夜來秋已終。又隨天地意，亂下户庭中。不静月斜處，偏驚頭白翁。何須怨揺落，多事是春風。

【箋】汪鋆批本：「韓秋伯孝廉云：『相傳此詩作於平山堂漁洋山人座上，至末二句，諸公閣筆矣。』」　案汪鋆字鐵生，廪貢生。少習目録考訂之學；中舉，始研究古文，預修泰州志及如皋縣志，著有鏡堂文鈔。見泰州志。

吟詩秋葉黄圖，爲吴介茲題

離群已三年，悵望惟搔首；展圖看秋葉，無意逢我友。坐石爾何思？景物供攬取；高吟豈不快，賞音有人否？疇昔會康山，寒色遍槐柳。此境頗彷彿，幾欲就攜手。攜手不可得，黄葉愁人心。爾如葉在樹，我如葉出林；蹤迹日東西，念爾長獨吟！

【箋】

〔吴介茲〕賴古堂尺牘新鈔藏弆集：「吴晉字介茲，一字介受，一字受茲，江南江寧人。有退庵稿。」

案吴介茲有將别淮南汪舟次招同吴野人姜西溟彭爰琴何奕美金在五吴仁趾何玉宗金正夏登康山燕集詩云：「地推邗上勝，山爲武功名；此地來朝别，故人今日情。知交應盡醉，亭館有餘情。細雨明燈後，離筵百感生。」詩中「離群已三年」、「疇昔會康山」句，當即指此。

過史公墓

纔聞戰馬渡滹沱，南北紛紛盡倒戈；諸將無心留社稷，一抔遺恨對山河。秋風暮嶺松篁暗，夕照荒城鼓角多。寂寞夜臺誰弔問？蓬蒿滿地牧童歌。

【校】

〔題〕周本作過史可法相國墓。

〔戰馬〕周本作「塞馬」。

〔南北紛紛〕周本作「幾日中原」。

【箋】

〔史公墓〕即史可法墓，在揚州梅花嶺。康熙揚州府志：「乙酉，清師南下，可法嬰城固守，援兵不至，刺血作書，别其母妻，城破死之。養子直求其屍不得，招魂葬衣冠於梅花嶺。」

懷汪舟次

不覺一年盡，凛冽閉空館。愁至又逢夜，夜長歲翻短。前日君遠來，乍使貧家煖。萍葉依藻絲，風波易飄散。村村梅花開，江山雪飛滿。

【校】

〔不覺〕周本作「忽忽」。

【箋】

〔汪舟次〕鄭方坤國朝名家詩鈔小傳：「汪楫字舟次，蓋歙人而僑居揚州者。少能詩，與三原孫焦穫、泰州吴野人齊名。所作以古爲宗，以潔爲體，以清冷峭蒨爲致。務去陳言，又不墮澀體。屢試不第，後以贛榆司訓，膺宏博徵，授史職。既出知河南府，連擢閩省藩臬。初刻悔齋詩，周櫟園先生爲之序。迨遊匡廬，得詩數十首，藥地老人題曰山聞，蓋取『清泉白石，實聞此言』之意，因遂以此名集。」

送友

緩急爾何賴？道旁皆懦夫；分明跨下走，相視惟踟蹰。枯罌思酒漿，空掌思干將，干將令怨平，酒漿使愁忘。二物不能得，櫂船去避讐。堅鋼忽繞指，翔鷹聊變鳩。鳩鳴前村晚，細雨開梨花；行人欲借宿，誰是魯朱家？

【校】

〔使愁忘〕篋衍集作「愁思忘」。

〔忽〕篋衍集作「忍」。

郝羽吉寄宛陵棉布

淘上老人心悽悽，無衣歲暮嬌兒啼，多年敗絮踏已盡，滿牀骨肉賤如泥。出門入門向誰告？唯有朔風過破屋。我友何繇知此情？遠寄宛陵布一束。大兒次兒意忽足，小兒懶就簷前旭；老妻裁剪自矜能，還餘一端作翁服。對雪何須命兒餓，看梅自此尋鄰曲。高卧窮濱二十年，無端今日受君憐。卜築還期入山谷，桑麻翳翳雲霞鮮；稚子讀書婦織素，兩人一耒同耕田。

【校】

〔題〕周本作郝羽吉寄予宛陵棉布。

〔無衣句〕周本作「歲暮無衣兒亂啼」。

〔遠寄句〕周本作「千里寄余布一束」。

〔懶就簷前〕周本作「不復依晴」。

〔對雪二句〕周本作「舉室形神從此舒，燈下歡忻忘食粥」。

〔高卧窮濱〕周本作「冰雪高眠」。

〔卜築二句〕周本作「還期偕我深山去，夢想不到風塵邊」。

【箋】

〔郝羽吉〕孫枝蔚溉堂文集郝羽吉詩序：「新安郝羽吉，不獨詩人，固今世隱逸之士也。自少時負穎異之姿，能澹於聲勢。既久客江都，無田産以養其母，乃以魚鹽之業，聊代負米，將身隱於市焉。其形於篇者，至性纏綿，油然足以感人，而一以唐人風調爲宗。其生平所交遊，惟吳野人、後莊、湯巖夫、王幼華、汪長玉、舟次及余數人而已。而尤篤念野人貧乏，時出粟與布周之。故野人陋軒集中，贈羽吉詩獨多。觀其友亦可以知其人矣。」

〔宛陵〕嘉慶寧國府志：「宛陵即今宣城縣治。漢初置丹陽郡治。棉布出宣城東門渡者爲佳，名爲『東門闊』。」

案嘉紀大兒珂，次兒瑟，小兒驄。見卷十五後七歌。汪楫悔齋詩有壽郝羽吉三十，詩云：「蘆荻灘頭吳陋叟，結交只許素心友；對予細數平生歡，更念郝生不去口。爲言生是黄山人，久向漁樵寄此身。道遠歷盡不得意，偶然移家來海濱。讀書好讀五七字，老夫之詩尤酷嗜；步月常過陋軒坐，得酒每就東籬醉。山水情深不顧家，相攜千里上棲霞；短笻看遍峰峰雪，好句吟開樹樹花。十日狂歌驚道路，一朝分手宛陵去。綈袍幾見憂故人，窮冬忽寄一束布。無端受贈方咨嗟，春來又寄敬亭茶。老夫病渴何從識？一緘辛苦來天涯。郝生念我曾無已，我念郝生顔面紫。郝生名儀字羽吉，辛丑之冬甫三十。」案汪詩「窮冬忽寄一束布」、「春來又寄敬亭茶」等語，寄布當在辛丑前一年冬。又溉堂前集寄懷郝羽吉有句云：「昨日吳賓賢，示我棉布詩。」孫詩編入辛丑，此詩當作於順治十七年庚子（一六六〇）。

贈孫八豹人

有明風雅推西秦，前有獻吉後豹人。獻吉直道事天子，諫諍不顧宵小嗔。男兒抱才復得志，進退榮辱懷俱伸。豹人生也獨不辰，天地兵荒二十春。奇士落落淪草莽，關河相對長酸辛。詩紀甲子身去國，柴桑出處杜陵貧。遊越遊吴髮盡白，無聊又卜邗上宅。客慕虛名剥啄頻，披衣欲出還蹙額，車馬紛紛徒泛愛，妻兒依舊炊無食。蕭統樓頭鳴鼓鼙，董相祠前長荆棘。鄙人曳杖叩蓬門，香醪斟酌蕉陰碧；微醉顔熱忽不懌，呼余與語淚沾臆。從遊赤松是幾時？我輩衰頹真可惜！

【校】

〔題〕周本作贈孫豹人。

〔獻吉〕周本作「空同」。

〔蕭統樓頭四句〕周本作「廿四橋頭鼓角悲，董相祠前秋日夕。我曾曳杖叩蓬門，香醪共就蕉陰碧」。

〔與語〕周本作「軟語」。

【箋】

〔孫豹人〕汪懋麟百尺梧桐閣文集徵君孫豹人先生行狀：「孫枝蔚字叔發，號豹人，世居西安三原之王店。父振生，歲貢生，生子五人，豹人行三。年十二，隨父客揚州。歸里，補三原附學生，時年十五。入清，棄諸生幅巾，將妻子趨揚州，其父有所遺舊園，日擁經史，吟嘯自放。四方之士聞其名，無日不來，雞黍作供，舊業日落，遂賣其園居，更僦屋於董子祠旁，名其所居曰溉堂。當是時，南昌王于一猷定、涇陽雷伯籲士俊、長安王築夫巖、黄岡杜茶邨濬、朝邑李叔則楷，先後稱寓公，與先生相往還。諸君各以詩古文名，先生獨以詩名，海内無論識與不識，皆知有豹人先生。是時新城王公阮亭士禛、三原梁公木天同官於揚；其鄉人李屺瞻念慈、任淑源璣亦來遊，咸折節於先生。休寧孫無言默講宗人之好，時左右之。東淘有吳野人者，名嘉紀，歙縣郝羽吉士儀，休寧汪舟次楫，俱以工詩名，與先生交最洽；而郃陽王幼華又旦自秦中來見先生，與三人者傾寫願交，相與論詩無間；及歸，命畫工繪五子論文圖以去。後應博學宏詞試，授内閣中書舍人。以年老放歸。其爲詩，初喜六朝，繼歸漢、魏，于唐、宋、元人全集，莫不手批心識；即近代凡以詩名者，皆流覽，能一一道其所以，故其詞縱橫沉博。其爲文，偏喜晉、宋、齊、梁間作，不肯盜竊宋人。生平所爲文，不過數卷。其爲詞，專摹東坡、稼軒，一往雄肆。所著有溉堂前集九卷、續集六卷、文集五卷、詩餘二卷，已板行於世。又著古今稱謂彙編四卷、溉堂隅説若干卷。年三十，鬚髮盡白如老人。

卒於康熙二十六年丁卯正月八日，得年六十有八。」

〔獻吉〕李夢陽字獻吉，慶陽人。明史卷二八六有傳。

〔邗上〕即今揚州。

〔蕭統樓〕即文選樓，在旌忠寺。見康熙揚州府志。

〔董相祠〕康熙揚州府志：「董子祠原在兩淮運司後堂，祠即董子（案指漢董仲舒）宅。」案康熙揚州府志：「溉堂在董子祠側，孫枝蔚僦居處也。取『誰能烹魚，溉之釜鬵』之意而名之。」

哀羊裘爲孫八賦

孫八壯年已白頭，十年歌哭古揚州；囊底黄金散已盡，笥中存一羔羊裘。晨起雪渚渚，取裘覆兒女。亭午號朔風，兒持衣而翁。風聲雪片夜滿牖，殷勤自解護阿婦。裘之温煖誠足珍，不得衆身爲一身。吁嗟乎！長安天子非故人，羊裘冷落對邗水。他年姓字齊嚴光，今日饑寒累妻子。

【校】

〔題〕周本作哀羊裘爲孫八處士賦。

〔散已盡〕周本作「久散盡」。

〔雪渚渚〕國朝詩作「雪霏霏」。
〔風聲雪片〕周本作「風號雪急」。
〔阿婦〕周本作「老婦」。
〔饑〕周本作「餓」。

【箋】

〔孫八〕即孫豹人，見前。

内人生日

潦倒丘園二十秋，親炊葵藿慰余愁。絶無暇日臨青鏡，頻過凶年到白頭。海氣荒涼門有燕，谿光摇蕩屋如舟。不能沽酒持相祝，依舊歸來向爾謀。

【校】

〔題〕周本作内子生日。

【箋】

案此爲其妻王睿生日作也。衆香詞：「王睿字智長，泰興人，東淘詩伯吴野人室，有陋軒詞。」

王太丹死不能葬，吴次巖、汪次朗贈金發喪，感泣賦此

朝尋齋外飛野鶩，人迹不到如窮谷，中有老友王太丹，經年卧對蕭蕭竹。故鄉故人吴賓賢，往往慟哭來齋前。客問哭何爲？哭我老友不能歸。妻子就食去，老友將與他鄉狐兔蒿艾相因依。哭聲遠傳赤岸鄉，吴子次巖中夜獨起心徬徨。不重黄金重白骨，一緘百里忽寄將。汪子次朗同心侣，車過朝尋腹酸楚，可憐西風雨雪天，袖底餘錢盡皆與。吁嗟乎次巖！從未一識王太丹。太丹平生友，且爲雲爲雨；況身没已久，安能戚戚戀戀遥相關？吁嗟乎次朗！心悲朋友死爲客，曹叟昔喪淮南陌，賴子贈金錢，旅櫬歸窀穸。至今山中未死者，稱子義俠猶籍籍。吁嗟乎賓賢！不能葬友徒愀然。若非二子，交何繇全？始信兄弟多在四海間。吁嗟乎太丹！今就舊山。高低野草白，左右溪流寒，詩魂月下來，長夜方漫漫！

【校】

〔題〕周本「贈金」下有「爲」字。

〔吴次巖〕夏本「巖」誤作「嚴」，據周本改。

〔飛野鶩〕周本作「烏號木」。

〔人迹句〕周本作「長卧日對蕭蕭竹」。

〔往往〕周本作「時一」。

〔酸楚〕周本作「悲楚」。

〔心悲四句〕周本作「子情何深意何迫，不教朋友死爲客！憶昔子友曹僧白，僧白殁寄邗江陌。子出金錢贈其兒，使得速埋山中石」。

〔何繇〕周本作「胡繇」。

【箋】

〔王太丹〕國粹學報第七十九期袁承業明遺民王太丹先生小傳：「王衷丹字太丹，泰州安豐場人。係明大儒王心齋五世支孫也。幼孤貧，弱冠補崇禎時諸生。甲申國變，遂獻策福王，力圖中興。未幾，南都亦陷。絶意仕進，歸則與同里吴嘉紀、沈聃開等結社淘上，互相唱和。所有抱負，往往發之於詩。其詩深入高、岑之室。善書法，始摹羲、獻，後仿懷素，蕭疏放曠。以鬻字糊口，日得錢够饘粥則不多書，求者恒滿户外。年四十七而卒。病劇時，以硯托友人吴嘉紀换錢治身後，硯未售而身先亡。既亡，又不能葬，友人吴次巖、汪次朗贈金葬之，蓋吴嘉紀均以詩紀其事頗詳。著有朝尋集，久佚。或謂燬於乾隆時禁書之役。」

〔吴次巖〕未詳。

〔汪次朗〕溉堂文集鶴雨樓記：「汪民俊字次朗，新安人，販鹽海濱。」

〔赤岸〕嘉慶東臺縣志：「李家堡，在縣東南百三十四里，一名赤岸。」

〔曹叟〕謂曹僧白。袁承業輯明遺民王言綸鴻寶先生殘詩注曰：「曹僧白，東臺李家堡人。明遺老，善詩能文，遺稿散佚。順治十一年死。」

晏谿送汪虛中，兼懷吴後莊

凛凛歲寒天，送君歸舊川。溪光浮佛舍，塔影壓漁船。客路閒雲外，家山落照邊；不愁逢酒伴，囊有賣文錢。

【箋】

〔晏谿〕廣陵覽古：「西溪在東臺縣治，一名晏溪，有西溪鎮。宋晏殊嘗監西溪鹽倉也。」

〔汪虛中〕乾隆兩淮鹽法志：「汪舟字虛中，歙人，官教諭，康熙十七年戊午科舉人。」

〔吴後莊〕見本卷懷吴後莊箋。

送汪耳公之沙丘

沙丘宜遠望，三十六湖前。下第去爲客，含情獨上船。詩書成皓首，妻子怨青氊。不寐聽鳴鴈，蘆中曉月圓。

【校】

〔題〕周本作送汪耳公。

〔沙丘二句〕周本作「秦郵湖裹浪，澎湃撼蒼天」。

〔含情句〕周本作「西風獨放船」。

〔不寐二句〕周本作「徹夜蘆灘泊，哀鴻叫可憐」。

【箋】

〔汪耳公〕未詳，或爲汪楫兄弟行。

〔沙丘〕即今江蘇高郵，又號高沙。見嘉慶高郵州志。

〔三十六湖〕天下郡國利病書卷二十八：「高郵有三十六湖，受西山衆流，爲諸水之匯，浩蕩二三百里。」

案汪楫悔齋詩亦有送耳公兄之館秦郵五律一首。

送吴仁趾

二月秦郵路，蒲青荻長芽。湖波低落日，驛柳聚歸鴉。風俗多漁父，閭閻半酒家；鄉愁隨處少，況乃值桃花。

去年同送客，載酒入菰蘆；松柏露筋廟，波濤甓社湖。春風幾人别，暮雨一舟孤。明日盂城泊，知君憶老夫！

【校】

明詩綜引次首，題作送吴麐。

〔二月二句〕周本作「偶作秦郵客，離群不用嗟」。

〔同〕周本作「予」。

【箋】

〔吴仁趾〕印人傳：「仁趾吴麐，天都右姓，隸籍廣陵。有洗馬神清之譽。作爲詩歌，上邁曹、劉，下掩王、孟，超超絶無凡響。嘗以餘閒摹劃篆刻，不規規學步秦漢，而古人未俩之秘，每於兔起鶻落之餘，别生光怪，文三橋、何雪漁所未有也。」清詩别裁：「吴麐字仁趾，江南新安人。仁趾與賓賢有二吴之目；而賓賢以性靈見，此以情韻見，幾於莫能相尚。」石柱國修歙縣志：「吴麐字仁趾，學詩於吴嘉紀，兼工篆刻。」

〔秦郵〕今江蘇高郵。秦始築臺，置郵亭，稱秦郵以此。又州地四圍均下，城基獨高，狀如覆盂，故曰盂城。見高郵州志。

〔露筋廟、甓社湖〕見卷五過露筋祠、晚發甓社湖箋。

汪楫悔齋詩有送吴仁趾之秦郵詩二首。案溉堂集亦有同題詩，編入康熙三年甲辰（一六六四），此詩當作於是年。

谿頭

谿頭有芳樹，茂葉秋尚碧。主人門館閒，偏反常自得。惡蟲何處來？張喙入我宅。延延潛陰底，恣啖弗暫息。食足生子孫，分據枝南北。侵攘若固有，俱忘身是客。須臾軀體肥，與樹同一色。樹悲不能言，形神但跼蹐。供給漸難支，饑窘倏相迫。葉盡族類死，貪戾成狼籍。悔不身微時，留葉遲遲食。

【校】

〔延延二句〕周本作「皮毛如刀踞，犯之痛終夕」。

〔倏相迫〕周本作「忽相迫」。

揚州雜詠

董　井　漢董仲舒先生舊宅内。

一泓漢家水，苔深汲者寡。當日供大儒，今日飲戰馬。

瓊　花　揚州志云：「宋慶曆、淳熙間，兩移植禁苑，皆逾年而枯。送還揚州，榮茂如故。」

荊榛滿荒臺，奇花不可睹；聞道芳菲時，只愛揚州土。

玉勾斜　煬帝葬宫人處。

莫嘆他鄉死，君王也不歸。年年野棠樹，花在路傍飛。

第五泉 張山人品次。

山人不可遇，石甃久蕭條；我乞僧家火，時來煮一瓢。

平山堂

荒丘青草深，永叔没已遠；日落荷花香，長堤一僧返。

隋堤

何地春最多？隋堤臨渌水；飛飛楊柳花，愁殺行路子。

浮山

蒼黝一片山，城中自渺渺；春風草不生，絶却牛羊擾。

梅花嶺

步出廣儲門，見草不見樹；陌頭往來人，遥指梅開處。

【校】

〔飲戰馬〕周本作「飲邊馬」。

〔花在〕感舊集作「花片」。　周本第五泉題注作「鴻漸高士品次」。

【箋】

案揚州雜詠係與汪楫倡和之作。悔齋詩題下自注：「同吴野人賦。」

〔董井〕揚州鼓吹詞序：「董井在揚州大東門外，兩淮運司廳後，即漢董仲舒宅也。」

〔瓊花〕揚州鼓吹詞序：「蕃釐觀有瓊花一株，類聚八仙草，色微黄而香。歐陽修作無雙亭覆之，因呼瓊花觀。淳熙間，壽皇移之南内，逾年而枯，送還復茂。」

〔第五泉〕甘泉縣志：「第五泉在蜀岡大明寺前。唐張又新品定；宋歐陽修有水記。明御史徐九皋書『第五泉』三字立石。」張又新煎茶水記：「刑部侍郎劉公伯芻稱較水之與茶宜者，以揚州大明寺水爲第五。」

〔平山〕揚州鼓吹詞序：「平山堂在府城西北五里。宋郡守歐陽修建。以江南諸山皆拱揖於檻前，與此堂平，故曰平山。」

〔隋堤〕揚州鼓吹詞序：「大業初，開邗溝入江，旁築御道，樹以楊柳，謂之隋堤。」

〔浮山〕康熙揚州府志：「浮山在縣西五十步禹王廟前，有石出地，高三尺二寸，長四丈五尺，闊一丈一尺，其狀如鐵，不生草木。以其浮於地上，故名。」

〔梅花嶺〕揚州鼓吹詞序：「梅花嶺在廣儲門外。明萬曆中，太守吴秀開河積土而成。舊名土山，後樹以梅，因名。有塘、有池、有樓、有臺，又名崇雅書院。蓋諸生講業，并諸大夫期會所憩也。今毁。嶺前有史可法墓，乃郡人葬其衣冠處也。」

登康山　山以康海先生得名。

康公急友難，喪名無愠顔。夙昔懷高蹤，荒丘始躋攀。木葉下淮甸，冥鴻去不還。俯仰何所遇？但有江南山。想見浩歌時，清風庭户間。終歲羈人寰，登臨忽生趣；夕陽澹澹斂，倒上城頭樹。同人命素甕，言笑罕塵務。草根來蛺蝶，沙渚宿鷗鷺。龍鍾不還鄉，羞見東西路。

【校】

〔命素甕〕感舊集作「接杯酒」。

〔西〕感舊集作「南」。

【箋】

〔康山〕揚州鼓吹詞序：「康山在徐寧門内。相傳爲開河時，積土所成。明康狀元海以救李夢陽罷官，隱居於此；徉狂玩世，終日對客彈琵琶痛飲而已。因以此得名。」孫枝蔚溉堂集有登康山一首，題下注云：「康對山先生曾遊此，因得名。」案揚州府志：「武功以前，便名康山，與浮山齊名。言其小若康稃耳。」

〔康海〕字德涵，號對山，武功人。弘治十五年殿試第一，授修撰。明史卷二八六有傳。

風潮行

辛丑七月十六夜，夜半颶風聲怒號，天地震動萬物亂，大海吹起三丈潮。茆屋飛翻風捲去，男婦哭泣無棲處，潮頭驟到似山摧，牽兒負女驚尋路。四野沸騰那有路，雨灑月黑蛟龍怒；避潮墩作波底泥，范公堤上遊魚度。悲哉東海煮鹽人，爾輩家家足苦辛。頻年多雨鹽難煮，寒宿草中饑食土；壯者流離棄故鄉，灰場蒿滿池無鹵。招徠初蒙官長恩，稍有遺民歸舊樊。海波忽促餘生去，幾千萬人歸九原。極目黯然烟火絶，啾啾妖鳥叫黄昏。

【校】

〔驟到〕周本作「倏到」。

〔幾千萬人〕周本作「幾十百人」。

【箋】

康熙重修中十場志：「順治十八年，海潮至，淹廬舍無數。秋旱。」

〔辛丑〕順治十八年（一六六一）。

案陳霆發何有軒文集郡侯傅公育庵去思記有云：「揚爲郡介江淮之間，一面臨海。沿海居民，謂之竈户，蓋業耑煮海。每淫雨浸灌，海鄉蒸濕；或赤旱亢陽，隔塞地氣，則釜不登鹽，商竈坐困。至於江漲淮決，漂没田廬丘墓，民伏尸涯涘間，肉饗烏鳶猵獺，其流離奔竄而之四方者，率不得斗粟尺布以存給。」當時沿海居民生活疾苦，於此可見一斑。

朝雨下

朝雨下，田中水深没禾稼，饑禽聒聒啼桑柘。暮下雨，富兒漉酒聚儔侣，酒厚只愁身醉死。雨不休，暑天天與富家秋；檐溜淙淙涼四座，座中輕薄已披裘。雨益大，貧家未夕關門卧，前日昨日三日餓，至今門外無人過。

【校】

〔田中二句〕周本作「市頭薪絶穀添價，貧老孳孳謀不暇」。

〔涼〕國朝詩作「響」。

九月四日吴雨臣見過 是日雨臣初度。

俱是先朝戊午生，相知端不爲同庚！黄塵戰伐無年代，白首漁樵此弟兄。萑葦人稀雙鴈下，茱萸節近一谿晴；疏籬陋室秋光在，莫厭頻來酒共傾。

【校】

〔萑葦句〕周本作「鳥雀依人雙户掩」。

〔節近〕周本作「傍節」。

〔疏籬句〕周本作「敝廬歲歲秋光好」。

【箋】

〔吴雨臣〕名元霖，號古迂，歙縣人。見卷二哭吴雨臣自注。

案「先朝戊午」當爲明神宗萬曆四十六年（一六一八）。

舟中九日

過節淒然病裏身，强披敝褐對江津。初霜白鴈隨遊舫，故國黄花怨主人。幾度登臨成老大，半生飄泊喪精神。干戈滿地親朋遠，愁見茱萸刺眼新。

【校】

〔過節句〕周本作「佳節驚逢卧病辰」。

〔初霜句〕周本作「殘秋景物悲孤棹」。

〔故國黄花〕周本作「故園籬花」。

送方爾止

出郭朔風吹敝裘，亭皋東望使人愁。隋宫緑酒離前飲，魯國青山老去遊。寒鴈背群飛夕照，霜砧何處擣殘秋？欲攀堤柳增惆悵，黄葉蕭蕭落馬頭。

【校】

〔朔風〕周本及皇清詩選作「西風」。

〔吹〕周本作「滿」。

〔亭皋句〕周本及皇清詩選作「天涯送客不勝愁」。

〔增〕周本及皇清詩選作「多」。

【箋】

〔方爾止〕卓爾堪遺民詩：「方文字爾止，一字嵞山，桐城人，與錢澄之齊名。荷衣稼笠，隱居金陵。性不能容物，常以氣凌人，有以詩投者，必曲爲改削。著嵞山集，其婿王概梓以行世。」皖志列傳稿：「方文字爾止，號明農，一號嵞山，桐城人也。父大鉉，明萬曆進士，户部主事。當明之季，士君子相尚以名節，相結納以文辭，江北人物，首推桐城；桐城以方氏爲魁。而文與其從子以智，尤聲振天下。文性開朗有天趣，以布衣僑居金陵，能爲詩；其詩任性靈，雖民謡里諺、塗巷瑣事，皆摭拾供詩材，故其詩款曲如話。著嵞山詩文集、説文條貫、訊雅。」

〔隋宫〕康熙揚州府志：「隋宫在城西七里大儀鄉。大業元年，敕長史王弘大修江都宫。舊有内殿宫門遺址。」

案汪楫悔齋詩亦有與方爾止話别詩，當爲同時之作。

送吴仁趾北上

河干落月明，林木晨瑟瑟。攬衣欲何之？候已鳴蟋蟀。西北路如矢，丈夫門始出。鶻飛曠野低，馬走金風疾。行人倏不見，空見長安日。長安盛公卿，錦衣動朝曦；毛褐不雷同，姓名翻易知。浮譽詎足恃？驕人未可爲！平生卧蘆葦，疏散如鳧鷖。此鄉應接多，且免寒與饑。鳥迹世無傳，汝也攻篆刻；用刀金石間，只似用筆墨。馳騁見老態，聰明行古式；晉唐字屢變，末俗沿陋識。斯人李蔡後，李斯、蔡邕。書法一生色。黄山程仲子，飛濤。抱琴亦北遊。城郭糞壤飛，松風自颼飀。菊開試攜手，不異栖林丘。入門思巢許，出門見王侯；京華可避世，何必五湖舟！

【校】

此題諸本皆作四首，溉堂集引作五首，其第四首見卷十五。

〔落月明〕溉堂集引作「落月在」。

〔林木〕溉堂集引作「草木」。

〔此鄉〕溉堂集引作「兹鄉」。

〔飛濤〕溉堂集引作「鍾含」。

【箋】

〔吴仁趾〕見本卷送吴仁趾箋。

〔程飛濤〕程鴻緒程氏所見詩鈔：「程澎字飛濤，歙人，居江都。」江蘇詩徵：「程澎字飛濤，江都貢生，候補主事。」

案孫豹人溉堂集有送吴仁趾北上次吴賓賢韻五首，編入康熙十九年庚申（一六八〇），此詩當作於同年。

贈汪秋澗

秋澗九尺軀，雙腕最有力；自稱草野臣，提刀能殺賊。家破讐未報，亡命走江北；黄金買紅袖，將身委聲色。荒淫不得死，無聊弄筆墨；褚顔與黄董，生氣盈絹幅；時賢慕絶技，他鄉遂謀食。懷中一寸心，到老無人識。

【校】

〔題〕篋衍集作贈王秋澗。

〔秋澗〕篋衍集作「王生」。

〔無聊〕國朝詩作「聊復」。

〔褚顔句〕國朝詩作「歐虞及顔柳」。

〔褚〕周本作「楮」，誤。

〔絹幅〕國朝詩作「丈尺」。

〔遂〕國朝詩作「且」。

〔一寸〕周本及國朝詩作「一片」。

【箋】

〔汪秋澗〕周亮工讀畫録：「汪濬字秋澗。」案周亮工賴古堂詩有過塒齋訪孫豹人不值見其長君懷豐，首句「相對門堅閉」下自注云：「豹人與汪秋澗對宇。」孫枝蔚溉堂文集汪舟次山聞集序有云：「予嘗聞之鄰寓汪湛若。湛若，其族人之善畫者也。」湛若、秋澗意即一人。

翁履冰行

老翁履冰，手挈稚孫。釜甑塵積，貸粟前村。村農穀富，莫肯念故；翁別倉庾，踽踽歸路。富人如虎，顏色難干。風壓河心，骨重心酸。翁泣語孫，生無一可！河伯應聲，冰開人墮。其子望見，急遽來援，欲引轉仆，骨肉纏綿。一門三世，齊陷波裏。飛鴈哀號，無手救爾。

【校】

〔富人二句〕周本作「人顏如虎，向之誠難」。楊本「富人」作「婦人」，誤。

〔波裏〕楊本作「波底」。

【箋】

按汪洪度翁履冰序曰：「翁挈穉孫暮歸，履冰上，中塗值冰裂，墮水死。」詩云：「東家粟紅，西家粲白，借貸空歸，羞見河伯。河伯羞尚可，一家待我舉烟火。河水生骨膠渡船，攜孫傴僂行難前。誰知河心冰不堅，狐貍隔岸看墮水。枯桑摵摵酸風起，綏綏欲渡愁其尾。」

答贈王幼華

郃陽王伯子，爽氣松林秋。名成不出仕，擔簦來揚州。非無薦紳交，樂與漁樵遊。籬花黄一城，訪我城南樓；攜手出邗關，喟然登古丘。翩翩雲際鶴，何事隨海鷗？寒原落日下，木脱風颼飀；與君共無衣，歲晏豈不愁！

【校】

〔爽氣句〕周本作「真朴世罕傳」。

〔籬花句〕周本作「殷勤問道路」。

〔歲晏〕周本作「歲暮」。

【箋】

〔王幼華〕劉紹攽關中人文傳：「王又旦，郃陽人，字幼華。父早世，貧不能就傅，從季父學。季僅識字，與又旦説經，必先就鄰舍生受解義，記其語，歸而誦之，又旦復述務肖其語，義是而語稍變，扑之，日課數千言，否，亦扑之，其學爲最苦，然因以富。弱冠舉於鄉，令江南纔三十耳！豹人時居江都，從受詩，比入爲給諫，已能頡頏豹人。王阮亭評而鐫之，曰黄湄詩集。」漁洋文集黄湄詩選序略云：「於其鄉，交孫豹人；於楚，交顧黄公；於江淮，交吴賓賢、汪舟次、季角。有郝士儀者，善詩，隱於賈，嘗與幼華爲友。後數年死，幼華哭以詩，其詞甚悲。又有吴周者，貧士也，嘗賦杜鵑行；幼華見之，與定交杵臼間。在潛江聞周死，序刻其遺詩傳之。」

〔郃陽〕舊縣名，在今陝西韓城市境。陝西通志：「郃陽，漢縣名，本有莘國，詩所謂『在郃之陽』也。春秋晉爲合陽邑，漢以名縣。水經注云：『城南有郃水，縣取名焉。』」

〔邗關〕指揚州城。

案汪懋麟黄湄詩選序曰：「初，君戊戌釋褐，涉江遊吴越間，蓋予識君之始。」則幼華初至揚城，在順治十五年戊戌（一六五八），此詩當作於是年。

菖蒲詩

程雲家入萬蘿峰十里，行澗石邊，遇菖蒲，采之，不得離石，並石采之。歙縣沃植至越、至江淮，止於南梁館舍。新水清泠，寒翠掩映，蒲根石稜，不可辨別。賞弄之次，賦詩四首，以贈雲家。

鬱鬱菖蒲，細葉翛然。生長山中，不知幾年。清氣在澗，碧叢近泉。自憑靈虛，霑沫受烟。

菖蒲鬱鬱，幽人采采。顧戀峰壑，根抱石起。石實生我，形氣不解；纏綿出雲，遷轉伊始。

何以乘之？晶晶玉梓。何以溉之？泯泯甘瀾。故巖栖身，客水妙顔；越江吴岫，隨君往還。

遊駕安税，荻岸茆齋。奇卉至止，海樹徘徊。窗隙風度，水中月來。禁吾衰魄，遲爾花開。

【箋】

〔程雲家〕遺民詩：「程岫字雲家，父懋衡，甲申之變，不食而死。岫博學篤行，守先人之志。與孫豹人、陸懸圃、吴野人交善，吟詠終老。」嘉慶東臺縣志：「程岫字雲家，歙人。托迹梁垛，善詩。與吴嘉紀友善。嘉紀死，無以殮，岫左右之。又爲舉其未葬者三棺，同歸窀穸。收其遺稿刊之。岫有江村詩，一時方吴、程於韓、孟。」

〔萬蘿峰〕在歙縣，山腰有洞，世傳爲黄石公洞，有泉，溉田二頃。見靳修歙縣志。
〔石菖蒲〕新安文獻志：「休寧村落間有奇石，如彈子，渦所出者，宜養石菖蒲。」

淒風行 傷饑竈也。

淒風細雨何連綿？晝暗如夜飛濕烟。幾千萬家東海邊，六七十日無青天。生計斷絶，老人幸先就下泉。孩提無襦，長隨母眠；阿母眠醒，腹餒不得眠。壯者起望西鄰，乞食塵市，不復來還。迴望東鄰，八口閉柴扉，扉外青草春芊芊。水響濺濺，鬼泣漣漣。官長愁然，分俸糴穀，更日夕勞苦，勸富户各出糴穀金錢。富户踟蹰聚議，此户彼户，一斛兩斛商量捐。

【校】

〔細雨何連綿〕周本作「淅淅雨聲連」。
〔八口句〕周本作「八口閉門已十日」。
〔扉外〕周本作「門外」。

【箋】

康熙揚州府志：「順治十六年（一六五九），霪雨爲災，民田盡没。」重修中十場志：「順治十六年，春饑，分司高公勃勸賑。」詩中官長，即指高勃。　案中十場志載：「高勃號禹門，涿州房山人，以貢士判運司。順治十六年春，淋雨連月，埻民不得攤曬，率皆枵腹待斃。勃親訴上臺，得頒米穀備賑。每日躬自給散。」

江邊行

江邊士卒何闐闐？防敵用船不用馬；督責有司伐大木，符牒如雨朝暮下。中使嚴威震舊京，軍令還愁不奉行，親點猛將二三十，帥卒各向江南程。江南誰家不種木？到門先索酒與肉；主人有兒賣不暇，供給焉能饜其欲！老松古柏運忽促，精魂半夜深山哭；一一皆題「上用」字，樹樹還令運出谷。出谷到江途幾千，將主騎馬已先還。家貲破盡費難足，衆卒仍需常例錢。道路悲號不住口，槎枒亂集成山阜；一朝舟檝滿沙汀，只貴數多不貴精。君不見揚州戰船六百隻，輸盡民財乘不得。寒潮寂寞葦花閒，日暮灘頭渡歸客。

【校】

〔何闐闐〕周本作「聚如瓦」。

〔猛將二三十〕周本作「將軍六七十」。
〔焉能〕周本作「那能」。
〔還令〕周本作「還教」。
〔已先還〕周本作「竟先還」。
〔葦花閒〕楊本作「葦花開」。

【箋】

案清世祖實録：「順治十六年己亥秋七月，命户部尚書車克往江南催集各省錢糧，製造戰船。賜之敕曰：『進勦海寇，製造戰船，需用錢糧浩繁，必應用不匱，始可刻期告成。今特遣爾前往江南，凡各省額賦，除兵餉外，酌量堪動項款，移會各該督撫，作速催取起解，爾察明驗收，轉發督造船隻官員，用濟急需。如各該督撫催督不力，司道有司，徵解延緩，致誤營造，即指名題參，以憑究處。』」又「順治十八年辛丑夏四月，吏科給事中嚴沆疏言：『海氛不靖，非戰艦不能撲滅。上年臣鄉修造海船時，地近省會者，尚不敢盡派民間，至僻遠小邑，督撫見聞稍有不及，皆均攤地畝，加派催徵。近日正供糧餉，逋欠猶多，而復加攤額外，勢必至失業拋家。』」案徐芳懸榻編有「辛丑夏，如皋縣伐木造海船」云云。康熙揚州府志載：「順治十八年，江都伐木造船。」此詩當作於順治十八年辛丑（一六六一）。

鄰翁行

鄰翁皓首出門去，慟哭悔作造船匠。伴無故舊囊無錢，此去前途欲誰傍？聞道沿江防敵兵，造船日夜聲丁丁；工師困憊不得歇，張燈把炬波濤明。監使還嫌工弗速，如霜刀背鞭皮肉；肉爛腸饑死無數，抛却潮邊飽魚腹。力役人稀大將嗔，遠近嚴搜及老身；眼看同輩死亡盡，衰羸焉有生歸辰？回望故鄉妻與子，蕭蕭落木西風裏；爨下連朝方斷炊，柴門寂寞無鄰里。常憑微技日圖存，微技誰知喪一門！君不見船成蕩漾難舉步，千檣萬櫂蘆灘住。增金急募駕舟人，有司又派江南賦。

【校】

〔衰羸句〕周本作「孱軀那有生歸辰」。

〔柴門二句〕周本作「柴門寂掩無人語，本依微技覓饔飧」。

〔難舉步〕周本作「人難步」。

【箋】

此詩亦當與江邊行同時所作。

汪大生日

八月八日叢桂香，汪大生日人稱觴。老夫笑與汪大説：君之生日是二月。君不見二月四日天地昏，神鬼號泣沙石奔；北風怒吹皖江棹，棹折纜斷舟船翻。蒼鼉老黿列南北，張牙磟舌待人食；君也沉沉疊浪中，但言此身死不得。須臾如有物，湧身出浪頭；浪頭四體輕，開眼見覆舟。奮臂一躍上舟底，水苔滑滑按折指，蕩漾波心逐野鳧，回看僮僕尸浮起。月不明，雪千里，泛泛漸覺灘漵邇。起向江村問路歸，爲人又從今日始。

【校】

〔叢〕周本作「庭」。

〔汪大生日〕周本作「汪大三十」。

〔老夫〕周本作「吴生」。

〔君之生日〕周本作「君之生辰」。

〔怒吹〕周本作「吹汝」。

〔舟船翻〕周本作「舟忽翻」。

〔張牙𪗼舌〕周本作「各各張牙」。

〔君也〕周本作「汪大」。

〔出浪頭〕周本作「出潮頭」。

〔浪頭二句〕周本作「潮頭開眼望，倏然見覆舟」。

【箋】

〔汪大〕乾隆兩淮鹽法志：「汪玠字長玉，休寧人，郡庠生，福建布政使楫之伯兄也。喜讀書，與弟楫討論古今，耽吟忘倦。有概菴集行世。」

案卷十二有醉竹先生歌贈汪長玉自注云：「癸卯春，長玉負米，舟覆皖江，性命獲全，洵有神助。」汪楫悔齋詩亦有八月八日寄大兄長玉三首，其二自注云：「仲春，兄曾覆舟皖江。」其三有句云：「今日天氣佳，是君三十辰。」嘉紀此詩當作於康熙二年癸卯（一六六三），爲汪長玉三十生辰作也。

挽饒母

饒白眉母。

金石有銷毁，人生豈長堅！潛寐何時醒？愚智同丘樊。令德式閨闥，膚髮親黄泉；黄泉呼不應，嬌兒日暮還。到家如夢寐，拭淚庭闈間。籠中有藥裹，棬中有饔飧；入室欲反哺，不見病母顏。明膏置中腸，煎迫胡可言？

丈人樂施予，房中志不違；金盡君莫愁，笥有嫁時衣。受者得意去，予者空手歸。無衣天更寒，災至歲云饑。赤子内入懷，女紅易餔糜。窮檐值夜深，霜風裂人肌；手僵欲得火，窺竈無然灰。依倚爨下薪，紝績待晨曦。

憶昔蕪城破，白刃散如雨；殺人十晝夜，屍積不可數。伊誰蒙不戮，鬼妻與鬼女。紅顏半偷生，含羞對新主。城中人血流，營中日歌舞；誰知潔身者，閉門索死所。自經復自焚，備嘗殺身苦。崩榱墮楹底，偏存命一縷。事定夫也歸，故妻出垣堵；禍害百萬家，無恙獨此户。仰面謝蒼天，回頭案重舉。

靈山無頑雲，古松無麗英；人子娱父母，豈必身顯榮。阿翁事遠遊，春暉掩柴荆；慈母爲嚴師，誨子心怦怦。旦夕何所授？漢書與孝經。經書雖陳言，所貴能躬行。願兒爲曾參，願兒爲陳平。曾參敬其身，家貧有令名；陳平席門外，長者多車聲。

【箋】

〔饒白眉〕鄧孝威詩觀：「白眉與夏子次功，徐子辰玉，皆阮亭民部所特賞者。不特工制義，而兼擅風雅之長，固一時之秀傑。詩篇甚富，秘不示人。」江蘇詩徵：「饒眉字白眉，江都諸生。著芝山集。」

〔蕪城〕即今揚州。康熙揚州府志：「宋竟陵王誕亂後，城邑荒墟，參軍鮑照作蕪城賦傷之，遂名。」案康熙揚州府志：「順治二年夏四月，豫王率師南征，至揚州。閣臣史可法督師於揚，誓衆死守。王命以飛礮擊城西北隅，破，史可法及知府任育民死之。民膏鋒䂊刃者幾盡。」

茉莉

深閣晚妝近，爭開羅綺前。芳馨風緩緩，採摘月娟娟。種自宜南土，根難到隔年。比來烽火静，處處賣花船。

【校】

〔芳馨二句〕周本作「微風過户好，亂雪照人鮮」。

【箋】

案汪楫悔齋詩亦有同題茉莉同吴野人賦。

藊豆棚

僻巷都栽豆，縱横蔓幾層。陰森時倚杖，實小預期朋。涼露晨光聚，寒蟲夜語憑。自慚非老圃，蔬食入秋增。

【校】

〔題〕周本作豆棚。

〔都栽豆〕周本作「無來往」。

〔蔓幾層〕周本作「長豆籐」。

〔涼露二句〕周本作「露氣清晨集，蟲聲徹夜憑」。

賣書祀母

母没悲今日，兒貧過昔時。人間無樂歲，地下共長饑。白水當花薦，黄粱對雨炊。莫言書寡效，今已慰哀思。

【校】

〔悲〕周本作「憶」。

〔兒〕周本作「余」。

此題錢詠履園譚詩誤爲黄野鴻作，〔無〕作「鮮」，〔書寡效〕作「無長物」，〔今已〕作「亦足」。

集江曙生南城别墅

南城五株柳，高士一家邨。人迹隔溪水，秋聲在蓽門。客來烹野菜，自起倒清樽。幾載離群恨，燈前總不言。

【箋】

〔江曙生〕未詳。

客悔齋，送汪舟次之龍岡

正值梅花開草堂，扁舟何事去天長？家園入夢同遥夜，老病無依各異鄉。藥裹半囊爲旅食，詩篇幾帙是行裝。他時見月應相憶，君上龍岡我蜀岡。

【校】

〔題〕周本作客邗上送汪舟次之龍岡。

〔值〕夏本誤作「植」，據陳本校正。

〔他時句〕周本作「明朝見月齊相憶」。

【箋】

〔悔齋〕汪舟次讀書處。見卷十五悔齋桐樹歌自注。

〔龍岡〕江南通志：「龍岡在高郵州西南九十里新開湖西，界天長、泗州。」

〔天長〕縣名，在安徽省。江南通志：「唐天寶初，以六合之石梁縣地置天長。」

〔蜀岡〕江南通志：「蜀岡在揚州府西北四里，綿亘四十餘里。西接儀真縣界，東北抵茱萸灣，隔江與金陵諸山相對。上有平山堂，一名崑岡，鮑照蕪城賦：『軸以崑岡』是也。洪武舊志云：『揚州山以蜀岡爲首，上有蜀井，相傳地脈通蜀。』寰宇記云：『蜀岡有茶園，其味甘香如蒙頂，蒙頂在蜀，故以名岡。』郡人藝花者亦多居此。」

案悔齋詩有次龍岡與吴野人家虚中别詩云：「三人十日同草堂，濁酒在手梅花香；酒盡出門忽分散，花開滿牖空蒼茫。南北何曾隔千里，舟車到處成他鄉。湖風正湧水正闊，明夜應從何地望？」

吴嘉紀詩箋校卷二

海潮嘆

颶風激潮潮怒來，高如雲山聲似雷。沿海人家數千里，雞犬草木同時死。南場屍漂北場路，一半先隨落潮去。産業蕩盡水烟深，陰雨颯颯鬼號呼。堤邊幾人魂乍醒，只愁徵課促殘生。斂錢墮淚送總催，代往運司陳此情。總催醉飽入官舍，身作難民泣階下。述異告災誰見憐？體肥反遭官長駡。

【校】

〔題〕詩觀二集題下注：「乙巳七月三日。」

【箋】

康熙揚州府志：「大海在郡東北，自鹽城而南，經興化、泰州、如皋，折而東；通州、海門諸鹽場，皆其濱也。至呂四場東南廖角嘴，始與江合。唐大曆中，黜陟使李承式創築捍海堰。宋開寶間，知泰州王文祐加葺；天聖初，范仲淹監西溪鹽倉，力請發運使張綸疊石重築，長一百四十三里，闊三丈，高一丈五尺，始無海患，至今賴之。近堰爲風潮少損，每鹹水泛溢，田爲斥鹵，比年屢受其害，處士吴嘉紀海潮嘆紀之云云。」案康熙重修中十場志：「康熙四年七月三日，颶風大作，折木拔樹，湧起海潮，高數丈，漂没竮場廬舍，淹死竈丁男婦老幼幾萬人。凡三晝夜風始息，草木咸枯死。蓋百餘年來未有之災也。」同邑沈聃開亦有海潮行紀其事，詩云：「乙巳之秋秋七月，三日食時颶風發。須臾天色黑如夜，雨縱風威行殺伐」云云。汪楫悔齋詩送吴野人歸海濱兼柬徐次源亦紀此事，詩云：「乙巳三春天不雨，五月六月雨不住，七月三日雨更奇，大風拔起園中樹。城郭只怕洪濤入，大野茫茫更何措？昨朝我過邵伯鎮，累累浮屍聚無數，應知白浪無所逃，自縛妻孥作一處。復聞泰州煎鹽場，萬人頃刻隨烟霧」云云。嘉紀此詩當作於康熙四年乙巳（一六六五）。

碾傭歌

殘夜不寐，聞傭者鞭牛碾稻，咿嗚而歌，陋叟爲衍其義。

月照地上霜，人來碾稻輸官糧。夜清剥啄聽不誤，忽忽夢裏披衣裳。碾軸轉轉欲見米，米糠分别風車底。吾儕勞苦不用愁，驅走不寧更有牛。大牛且休息，小牛當努力！不見蓬蒿深巷中，主人昨暮炊無食。

曬場朔風度，臂有鶉衣足無屨。疇昔田禾豐稔時，積得餘糧常易布。碾軸轉轉初見米，市人爭糴風車底。吾儕困憊敢不歡，今日得食休論寒。粗者委妻子，精者奉主人。不見隸催碾餉急，主人三日不迎賓！

【校】

〔地上〕周本作「兩岸」。

〔人來〕周本作「幾家」。

〔夜清剥啄〕周本作「人來扣門」。

〔忽忽〕周本作「各各」。

〔碾軸〕周本皆作「碾上」。

〔疇昔句〕周本作「回思往昔秋冬時」。

秋霖

破屋暮寒生，秋霖不肯晴。借糧鄰老厭，衣葛里人驚。聲慘憐鵂鶹，花鮮怨決明。天涯有鮑叔，早晚訪柴荆？

【校】

〔暮〕周本作「又」。

〔天涯二句〕國朝詩作「誰爲子桑扈，裹飯訪柴荆」。

長林吴處士

長林吴處士，白首客江干。沽酒錢應盡，思家月自看。久貧親友薄，多病歲時寒。雙鯉無人寄，何繇勸爾餐？

【箋】

〔長林〕嶄修歙縣志：「西鄉爲中鵠鄉，領里五：遷喬、禮教、長林、澧泉、萬年。」

〔吴處士〕未詳。

一錢行，贈林茂之

先生春秋八十五，芒鞋重踏揚州土。故交但有丘塋存，白楊摧盡留枯根。昔遊倏過五十載，江山宛然人代改。滿地干戈杜老貧，囊底徒餘一錢在。桃花李花三月天，同君扶杖上漁船。杯深顔熱城市遠，却展空囊碧水前；酒人一見皆垂淚，乃是先朝萬曆錢。

【校】

〔故交句〕周本作「故交一一成丘墳」。

〔杯深四句〕國朝詩作「誰家酒壚可賒飲？一錢先與人傳看；酒人睇視皆垂淚，乃是先朝萬曆錢」。

〔先朝萬曆〕四字夏本原闕，據諸本校補。

【箋】

〔林茂之〕漁洋感舊集小傳：「林古度字茂之，一字那子，福建福清人。亂後居金陵，自卜生壙於乳山。嘗紉一萬曆錢於衣帶間。康熙初卒。有詩選。」王應奎柳南續筆：「侯官林茂之有一萬曆錢，繫臂五十餘載，以己爲萬曆時所生也。泰州吴野人爲賦一錢行以贈之。」汪楫悔齋詩亦有同題七古一首，詩序曰：「甲辰春，林茂之先生來廣陵，余贈以詩，有『沽酒都非萬曆錢』之句，先生瞠目大呼曰：『異哉！子知我有一萬曆錢在乎？』舒左臂相視，肉好温潤，含光懾人。蓋先生之感深矣！更爲賦一錢行。」

案溉堂文集廣陵倡和詩序有云：「甲辰之春，八閩林茂之，鄞縣陸淳古、錢退山、楊瀣仙、王正子，宜興陳其年，錢塘蔣別士，海陵吴賓賢，新安程穆倩、孫無言，上人梵伊，皆聚於江都。」此詩當作於康熙三年甲辰（一六六四）。

客中七夕，時與汪長玉別

斜月照天河，牛女遥綣綣。如何同此夜，人間天上異懽怨？昔爲深山石，今爲出山泉。可憐皓首飄零客，來飲君家離別筵。杯闌慷慨歌一曲，君上扁舟毋躑躅；吉水溝頭楊柳黄，望江城外醽醽緑。

【箋】

〔汪長玉〕見卷一汪大生日箋。

〔吉水〕清一統志：「吉水縣在江西吉安府東北四十五里。南唐保大八年，析廬陵，置吉水縣。」

〔望江〕讀史方輿紀要：「望江縣在安慶府西南百十里。」

悔齋詩亦有七夕送大兄長玉五律一首。案悔齋詩孫豹人之屯留省會兄賦送其四有云：「送子去山西，吾兄亦天涯。安得便歲暮，遊子齊還家。」孫豹人之屯留爲康熙甲辰（一六六四），汪長玉此行當在是年，則此詩亦當作於是年。

看雪行，贈揚州少年

雪高一尺雪猶落，東家西家會少年。追歡不顧野無路，浪用只憑人數錢。一時齊披銀鼠襖，有客獨著猩猩氈。孤舟泛出揚州郭，衆馬飛上平山顛。老鷹僵死柳樹折，茆屋壓斜藤蔓纏。隔江看山坐僧榻，臨水憶鱖呼釣船。大甕沽來浮蟻緑，行厨炙熟蟬蠓鮮。何須訪訊戴安道，却笑寒酸孟浩然。俗人遊熱爾遊冷，如此繁華劇可憐！

【箋】

〔平山〕見卷一揚州雜詠箋。

破屋詩

避喧數椽在谿北，苔巷蓽門意自適。鄰舍無緜窺我貧，幾年全賴此四壁。壁老土柔力漸微，或傾或側紛狼籍；野貍黠鼠恣來往，青天色冷接牀席。妻子常驚瓦礫聲，勸吾修葺苦逼迫。昨夜雨歇天作霜，烈風怒號落吾宅。宅舍壓倒存一半，其下兒女聲喈喈。倉卒提攜出户來，草中坐待朝日白。日高舉室喜重生，雖失栖遲翻不惜。君不見昔日巍巍公與侯，朱門畫棟雲霞流；轉眼蓬蒿生甲第，身死還爲當世羞。何如野老斷垣攲柱下，骨肉因依無所求！

【校】

〔避喧〕周本作「搆得」。

〔苔巷句〕周本作「巷隘門卑亦自適」。

〔微〕周本作「稀」。

〔或傾九句〕周本作「或傾或頹不復立。惡風黠鼠恣來往，牀席冷接青天色。夢裏常驚瓦礫聲，老妻夜夜勸修葺。昨夜朔風天上號，忽然一陣落我室；我室壓倒存一半，其下兒女聲慄慄」。

〔草中句〕周本作「坐立霜中待朝日」。

〔轉眼句〕周本作「頃刻蓬蒿生第宅」。

送孫豹人

眼暗我行路，頭白君問津；同是衣食計，天涯成老人。咫尺會面難，況隔晉與秦。尋常一壺酒，斟酌情倍親。瘦馬饑嘶野，枯蓬轉入塵；離別何足道，悲君多苦辛！

關河霜月在，槭槭黄葉飛。鴈行傍遊子，西風凋布衣。豈不憚行役，同氣人久違。下鞍逢菊花，香醴慰渴饑。晚歲骨肉重，家貧聚會稀。鄙人有老兄，來朝亦東歸。

【校】

〔題〕周本作送孫豹人之屯留。

〔眼暗二句〕周本作「吾目暗已久，君髮白如銀」。

〔況隔句〕周本作「況復爲參辰」。

〔瘦馬二句〕周本作「皎潔秋空月，飛颺陌路塵」。

〔關河二句〕周本作「關河二千里，處處黄葉飛」。

〔西風句〕周本作「霜露入征衣」。

〔鞍〕周本作「馬」。

〔醴〕周本作「醪」。

〔歲〕周本作「年」。

【箋】

豹人此行爲省其仲兄枝蕃也。孫枝蕃，辛卯舉人，知屯留縣，再知徐州同知、兖州海防。見汪懋麟徵君孫豹人先生行狀。溉堂集有將之屯留省五兄大宗留别賓賢羽吉舟次：「吴生性孤直，知交惟數子。鳳凰無苟棲，鴛鴦肯獨止！郝髯與汪生，相親若一己；賦詩送我行，淚下落邗水。交情異薄俗，在遠常伊邇。詩格宗大雅，古淡有如此。」悔齋詩亦有孫豹人之屯留省會兄賦送四首。　案溉堂集留别詩編入康熙三年甲辰（一六六四），此詩當作於是年。

稅完

輸盡甕中麥，稅完不受責；肌膚保一朝，腸腹苦三夕。

送貴客

曉寒送貴客，命我賦離别。髭上生冰霜，歌聲不得熱。

答櫟下先生

窮冬伏枕何人問？櫟下先生寄我詩。遠問只愁身便死，憐才幾見淚霑頤。來詩有「把君筆墨淚交承」之句。吟成梁甫徒增慨，老遇鍾期不厭遲。冰雪谿頭扶病起，爲君珍重夕陽時！

【校】

〔窮冬句〕周本作「窮冬高枕掩蓬户」。

【箋】

〔櫟下先生〕賴古堂集附録王愈擴櫟下先生小傳：「櫟下先生姓周名亮工，字元亮，一字減齋，一字櫟園，曰櫟下先生者，學者之稱也。先世自金陵徙居撫州之櫟下，最後其大父復自櫟下徙江寧，又徙大梁。考其世惟櫟下居最久，故自號櫟園。宦轍經歷，自三齊八閩，以至江淮，士不遠千里傾蓋投歡，與談説古今、辨當名物，窮日夜不倦。購求天中四君子集及吴嘉紀詩、王猷定遺稿，皆鏤板以行。以治閩功擢左副都御史，晉户部右侍郎。尋亦以閩故受羅織，迄不爲閩累也。在念室，因樹爲屋，居之若别業然。獄解，出爲青州海防僉事，轉江南督糧參議，愛士益篤。所著書多，尤以表揚人爲第一義，其所輯賴古堂文選及尺牘四集，皆此意。」賴古堂詩東淘吴賓賢，貧病工詩。汪舟次手録其近作相示，頗有同調之感。舟次且爲予言：賓賢近札有夕陽殘照，於時寧幾之語。櫟下生痛賓賢或真死，不及見矣。爲賦一詩，急令舟次寄示賓賢：「無意閒從汪舟次，把君詩卷淚交承。同調於今寧幾見？斯人當世未有稱。老病行藏一徑菊，亂離兒女滿牀冰。頗恐傳聞真即死，新詩呼朋細細謄。」

案汪舟次陋軒詩序云：「辛丑歲，周櫟園先生在廣陵，見野人詩，推爲近代第一。復聞野人病，心心慮之，恐遂不及見野人，屬予爲書招之，贈一詩，與書俱往。」此詩當作於順治十八年辛丑（一六六一）。

城閉，不能出汲江水。汪舟次乞諸豆腐店，得水半甕，煮茗供余，喜賦

故人憐我渴無賴，去汲江流逢閉城。贈出路傍殊可愧，擔來竹下有餘清。不愁旅夜衰年病，共對空齋落月晴。茆店雞鳴天欲曙，夫妻竟爲罷謀生。

【校】

題〔江水〕周本作「邗濤」。

題〔豆腐店〕周本作「豆腐翁家」。

【箋】

按汪楫悔齋詩有乞水行和吴野人作，詩云：「君不見廣陵城外廣陵濤，濤聲直接長江潮。又不見蜀岡有泉名第五，此水甘冽傳今古。儘教試茗飲盧仝，況復揚杓經陸羽。無端城門閉白日，里巷喧呼捉盜賊；并州健兒齊倉皇，吴陵老人獨太息。問君太息胡爲爾？瓶有龍團盎無水。主人不惜青銅錢，其如市上無清泉。董公宅裹轆轤斷，后土祠中石甃遷。斜陽冉冉竹風動，小僮忽憶鄰家甕；鄰家買豆待作腐，每漬甘泉待磨壟。只愁微物係謀生，詎料傾盆肯相送。攜來三徑欲黄昏，争棲無數烏鴉喧。老人爇火自開軒，余亦呼兒倒緑尊。君飲茶，我酌酒，酒滿玉缸茶滿瓿。醉醒同消此夜愁，明日出城看隋柳。」

贈歌者

低聲緩轉小絃柔，冷雨淒風送暮秋。蕩子不知緣底事？酒醒燈下只搔頭。

【校】

此詩諸本俱作二首，此其第二首。第一首見卷十五。

〔小〕周本作「與」。

【箋】

案汪楫悔齋詩亦有贈歌兒七絶二首。

歲暮留别鄭仲夔

朱瑟奏高堂，絲絲相纏綿。丈夫久飄零，焉得不受儕偶憐。天都鄭生肝腸厚，伯通廡下歡攜手。昔人殺身酬一言，何況寸心贈我久。竹西歲暮官梅香，君懷老母我思鄉。釣船明日東淘去，君亦負米鑾江路。看君事事如古人，窮經不厭多苦辛。不見蔡澤無媒伏生老，蓬蒿終不没其身。

【校】

〔飄零〕周本作「飄泊」。

〔焉得句〕周本作「那得不受同心憐」。

〔不厭〕周本作「勿厭」。

【箋】

〔鄭仲嬰〕未詳。

〔天都〕即歙縣，因境内有天都峰，故名。天都峰，詳靳修歙縣志。

〔竹西〕即揚州。古今詩話：「淮南蜀江者，維揚之地也。自蜀江之南，有竹西亭，修竹疏翠，後即禪智寺也。竹西，取杜牧之『誰知竹西路，歌吹是揚州』句。」

〔鑾江〕即儀真縣。江南通志：「南唐徐温自金陵來朝，因改白沙爲迎鑾鎮。」

懷江象賢

邗江三月半，孤客此時情。病起家重憶，愁來野自行。落花關外舫，嬌女竹西箏；無數繁華子，春風送出城。

【箋】

〔江象賢〕未詳。

〔邗江〕或稱邗溝，即今揚州。康熙揚州府志：「邗溝，周敬王三十四年秋，吴城邗溝，通江淮。時夫差欲霸中國，乃築城廣陵，穿溝，東北通射陽湖，西北至末口，謂之邗溝。」

重遊邗上，途中寄懷周櫟園先生

病裏又爲客，登車聞曙雞。海明殘月上，野闊數星低。憶昔吟梅下，同君在竹西。來朝過舊館，碧草正萋萋。

【箋】

〔周櫟園〕周亮工號，見本卷答櫟下先生箋。

五月初四夜

令節我何嘆，頻年天一涯。宿烟孤館樹，啼雨五更鴉。老去病除酒，夢中身在家；幼兒依阿母，頭戴石榴花。

【校】

〔令節句〕周本作「節至嘗愁嘆」。

〔頻年〕周本作「今宵」。

〔宿烟〕周本作「荒風」。

〔啼〕周本作「急」。

新僕

語少身初賤，魂傷家驟離。饑寒今已免，力役竟忘疲。前輩親難愜，新名荅尚疑。猶然是人子，過小莫愁荅！

【箋】案汪楫悔齋詩有新僕同吳野人孫豹人賦詩，此詩當與汪楫、孫枝蔚同作。

得周僉憲青州書

北風荒城來，緼袍少顔色。欲歸家苦遠，尋友路不識。故人青州宦，清貧食無魚。相憶三千里，冰霜寄尺書。開書竟何如？分我以俸錢。攜歸盡糴米，妻兒過凶年！

【校】

〔題〕周本作得櫟老人書。

〔北風句〕周本作「北風蕪城寒」。

【箋】

〔周僉憲〕謂周亮工，時任青州海防道。周亮工年譜：「康熙癸卯，赴青州任。」

〔青州〕今屬山東。讀史方輿紀要：「禹貢青州地，劉宋置青州，明初改益都路曰青州府。」案賴古堂集壽汪生伯六十序有云：「吴賓賢寄予詩曰：『青州官苦貧，分我以俸錢；持歸盡糴米，妻子過凶年。』詩尾作蠅頭字曰：『生伯汪君六秩，公所知。知公生平不爲壽人文，然楫與嘉紀雨鐙雪茗間對坐，楫忽起東向曰：安得櫟先生言觴家大人？此意公勿忽！』」此詩當作於康熙二年癸卯（一六六三）。

哭吴雨臣

歙縣人，諱元霖，自號古迂。甲辰九月十日，覆舟皖江溺死。

男兒終一死，溝壑亦堪息；所嗟七尺軀，乃爲蛟龍得。常聞抱忠信，可以履不測。斯人忽淪喪，天不與有德！波濤浩茫茫，閨中愴胸臆。日暮彈箜篌，哀音正悽惻。

壬辰歲云凶，盡室命如縷。君解囊中金，趣我出行賈。販薪白駒場，糴麥清江浦；腐儒得利歸，笑視略不取。妻子活至今，叔牙隔泉土。南望九江雲，思君淚如雨！

【校】

此詩周本作六首，其第三、四、五、六四首見卷十五。

〔云凶〕周本作「凶甚」。

〔清江浦〕周本作「淮陰浦」。

【箋】

案甲辰爲康熙三年（一六六四），此詩當作於是年。

〔壬辰〕順治九年（一六五二）。
〔白駒場〕嘉慶東臺縣志：「縣北五十五里，場曰白駒場。」
〔清江浦〕即今淮陰。乾隆山陽縣志：「清江浦，在城西北三十里，漢淮陰縣地。明平江伯開運河，自故沙河西北，至鴨陳口出，與淮通，建閘設壩，此地遂成重鎮。」

登觀音閣　隋妃吴絳仙梳妝樓舊址。

荒丘蕭瑟絶人蹤，坐看江南遠近峰。隋苑杪秋還落葉，平山亭午正鳴鐘。草間雜沓誰家墓？樓上梳妝舊日容。多少繁華今已矣，西風吹老木芙蓉。

【箋】
〔觀音閣〕揚州畫舫録：「功德山亦名觀音山，高三十三丈，在大儀鄉，爲蜀岡東岸，上建觀音寺，一名觀音閣。」
〔隋苑〕雍正江都縣志：「隋苑在縣北九里大儀鄉，一名上林苑。周圍九里。」
案汪楫悔齋詩亦有同題，題下注：「相傳是煬帝宫人吴絳仙梳妝臺故址。」

再登康山

南郭登臨值好天，草堂風景尚依然。樹頭葉落空巢裏，江上山青夕照邊。愛有歌童催客醉，慚無樂府使人傳。梅開雪霽還來此，倒盡殘樽一枕眠。

【校】

周本「慚無句」下自注云：「世傳康對山王渼陂樂府。」

【箋】

〔康山〕見卷一登康山箋。

案汪楫悔齋詩亦有同題。

寄孫八豹人

蓬蒿滿城郭，孫八客其鄉。明月連宵好，秋風古寺涼。借書攲枕讀，沽酒喚僧嘗。須遣羈愁去，天涯鬢已蒼！

【校】

〔敧〕周本作「高」。

【箋】

〔孫豹人〕見卷一贈孫八豹人箋。

此詩當作於康熙三年甲辰（一六六四），時豹人客於句容。

孫八期過人家看菊不果　同郝羽吉分韻。

溪上誰家菊？開扉任客看。杖藜方有興，風雨忽無端。昨夜燈光裏，茆亭水氣寒。徒憐泊船處，花影出闌干。

【校】

〔題〕周本作孫八期過何五看菊雨阻不果。

〔溪上句〕周本作「黄菊何家好」。

【箋】

〔郝羽吉〕見卷一郝羽吉寄宛陵棉布箋。

郝羽吉寄梅

歲歲貧家地，春風長緑苔。多情江上客，遥寄嶺頭梅。嫩葉他時碧，繁花到日開。茆檐雨雪霽，沽酒待君來。

【校】

〔題〕周本作郝羽吉自邗江寄梅。

雪後夜發，寄南梁徐子飲

風雪夜半晴，水聲喧古渡。海門明月起，照遍淮南樹。褰裳望伊人，獨泛扁舟去。野田鴻鴈鳴，何處南梁路？南梁近東淘，雲水接氛氲。孺子門前樹，雞鳴我常聞。昔者造其室，酒漉枯魚焚。積雪壓檐竹，摇光夜紛紛。紛紛竹與梅，清芬結爲友。孝子養雙親，娶得賢慧婦。古髻新裝束，精妙世希有。入門未三朝，羹湯持在手。

手中復何攜？青錢穿紅繩；數去沽壺漿，醉君堂上朋。阿姑不厭客，内助爾更能。曲澗發林花，好景何層層！

【箋】

〔徐子飲〕未詳。

〔南梁、東淘〕並見卷一臨場歌箋。

哭　妹

百年各有盡，勞者身先朽。吾妹是窮民，何嘗願老壽？委化蝸舍中，乳鴉啼門柳。人間送死具，傷哉十缺九！宿昔親故稀，霜雪凍窗牖；紡績撫遺孤，饑寒爲寡婦。孤兒未成人，中道失慈母。往時餅與餌，今日不在手。前日欲出遊，臨行妹致辭；淚滴咽喉瘖，意説永別離。悲風從天來，摧折庭樹枝。骨肉死亡至，我行將委誰？不行鉼桁空，兒女號寒饑。躑躅未終日，此意妹已知。蒼惶就下泉，及我在家時。

【校】

〔桁〕周本作「盎」。

〔已知〕周本作「蚤知」。

【箋】

案嘉紀妹適安豐周正冕，早寡。見卷一七歌箋。

送鄭小白之泉州

出門逢暮春，花落大江濱。一水連三浙，千山入八閩。聽猿榕樹暗，下馬荔枝新。羈思何能遣？沽醪有主人。

【箋】

〔鄭小白〕未詳。案汪舟次悔齋詩有送鄭小白入閩署兼柬金式如表兄一首，詩曰：「天末有知己，堂中無老親。千山堪立馬，七尺許依人。丹荔懸朝日，清猿嘯暮春。衙齋拜父執，莫不共沽市。」淮南鹽法志：「金式如名懷玉，休寧人，以鹽莢占籍江都，登順治十五年進士，除泉州府推官，有政聲。」意鄭小白爲金之幕賓。

〔泉州〕今福建泉州市。梁天監中，析置南安郡，隋平陳，郡廢置泉州。

難婦行　壬寅六月瓜洲事。

寧爲野田莠，不爲城中婦。莠生雨露培，婦命如塵埃。江頭六月舉烽燧，東南風吹戰艘至。官長首嚴出城禁，嬌娃艷婦縮無地。愚者争向船艙匿，覆木覆石水關出。木下石下填人膚，日蒸氣塞人叫呼。舟子耳聞眼不顧，往來邏卒逢無數。短篙刺刺漸離城，岸上骨肉喜且驚。夫來挈妻父挈女，開艙十人九人死。吁嗟乎！城外天地寬如此，此身得到已爲鬼。家人畏罪不敢啼，紅顔亂葬青蒿裏。

【校】

〔江頭六月〕周本作「揚子江頭」。

〔東南風吹〕周本作「東風吹得」。

〔嬌娃句〕周本作「如花之人避無地」。

【箋】

〔壬寅〕康熙元年（一六六二）。

〔瓜洲〕在揚州城南四十五里，即今瓜洲鎮地。江中積沙爲洲，形如瓜，因名。又云漕河至此，分爲三支，形如「瓜」字。見揚州府志。

東家行 壬寅六月揚州事。

東家錢多高興發，娶婦無端當六月。婦家愛女竟不辭，楚練齊紈日夜治。治成衣裳妝次第，上着六層下着四。綿綿纏纏直到老，風俗舊例重綿襖。一事違俗恐弗吉，阿母不肯纖毫少。女兒低頭泣無言，擁入繡輿簫鼓喧。眼見新人就火堀，安能忍死到夫門！夫家賓客實華屋，爐燃松焰几燒燭。到處骨肉皆鬼伯，忍將餘生相迫促。有生歡樂轉成悲，始悔炎天作事非。裹尸更不需繒帛，送嫁衣爲送死衣。

【校】

〔到處二句〕周本一作「争迎新婦啓輿門，婦早氣絶空揭幞」。

【箋】

〔壬寅〕康熙元年（一六六二）。

楊蘭佩招同諸子泛舟

火雲蒸萬户，何地覓微凉？柳樹隨堤曲，荷花出郭香。繁華看舊苑，老病入歡場。一任笙歌亂，清譚自野航。

【校】

〔何地〕周本作「何處」。

〔繁華句〕周本作「醉醒看過客」。

【箋】

〔楊蘭佩〕雍正江都縣志：「楊敏芳字蘭佩，陝之涇陽人，爲名諸生。父罷宦僑江都，歲必再省覲。敏芳學問淵博，尤究心於儒先宗旨。其爲文師秦漢唐宋諸大家；詩亦稱雅粹。寧都魏禧、無錫顧祖禹咸服膺之，稱之爲揚州楊仲子。所著有流音園集行於世。」

次韻答黄鳴六見懷

簁簁雙鯉下邗溝，直向東淘去不留；從尾至頭長尺五，爲君傳得萬尋愁。

城西水氣未生塵，白鷺紅橋是比鄰。籊籊竹竿期不至，荷花惱殺釣魚人。

乾坤何處可題詩？畫裏江山雨洗時。時鳴六寄畫。水起峰低人不見，雲生樹冷鶴先知。

【箋】

〔黄鳴六〕皇清詩選：「黄律字鳴六，江南歙縣人。」

〔白鷺〕嘉慶重修一統志：「白鷺洲在江寧縣西南，唐李白詩：『朝別朱雀門，暮宿白鷺洲。』又『二水中分白鷺洲。』」

〔紅橋〕重修一統志：「一名内橋，在上元縣治西。建康志：『天津橋在行宫前，舊名虹橋，政和中蔡嶷建。』」

九月二十二日，揚州城西泛舟，同諸子各賦一題，得荒寺

衰草遍隋宫，禪房秋寂寞；日斜僧不歸，落葉驚黄雀。

酒旗 和汪舟次。

甕中釀已熟，欲唤銜杯者。秋晴客未來，摇蕩柳陰下。

【校】

〔甕中二句〕周本作「田家秫已收，新釀香茆舍」。

〔摇蕩〕周本作「蕩漾」。

秋　原　和郝羽吉。

曠莽蕪城西，風高草蕭索。射雕駿馬來，狡兔走撲朔。

黄　葉　和程飛濤。

枝頭霜露寒，秋浦轉生色；茆屋在其中，蒼茫不可識。

和詠老人燈

闤闠子弟氣嶒崚，何事高年市上行？鶴髮入塵心易熱，龍鍾遊夜骨偏輕。衣存舊式同袍少，杖近歡場去路平。南極一星相掩映，餘光不用與人争。

炎涼閱歷已成衰，襟抱分明欲向誰？漫作有情隨景物，聊憑微焰見鬚眉。鼓鳴稚子喧相引，簾捲佳人笑且窺。擾擾六街來復去，風光還似盛年時。

【箋】

案孫枝蔚溉堂後集亦有詠老人燈，當是同時所作。

冶春絶句和王阮亭先生 甲辰清明作。

良辰恰好值天晴，城裏居人盡出城。不怕春風欺老態，也臨邗水過清明。
幾家杏花春雨後，幾家梨花溪水隈；畫船不厭朝朝上，芳樹須教緩緩開。
水邊深樹鳥聲和，樹下輕風吹笑歌。惱殺紅橋賣漿媪，韓家園子醉人多。
輕薄兒郎放紙鷂，一絲牽引入青雲。蛺蝶喜歡飛不倦，雙雙只傍石榴裙。
老圃醉眠庭樹根，樹陰拂拂摇夢魂；墻頭一鵲叫不醒，飛下灌花古瓦盆。
天上紅日已亭午，划船正去浪船還；妖姬相見不相唤，各撥琵琶過水關。
雜管繁絃奏野航，聽來聲調是伊涼；邊關子弟江南老，今日曲中逢故鄉。
岡北岡南上朝日，落花遊騎亂紛紛。如何松下幾抔土，不見兒孫來上墳？

【校】

此題周本作十一首，其四、五、十一三首，見卷十五。

〔不厭〕周本作「那厭」。

〔樹下〕周本作「時有」。

〔紅橋〕周本作「虹橋」。

【箋】

〔王阮亭〕昭代名人尺牘小傳：「王士禛字貽上，號阮亭，自號漁洋山人，新城人。順治乙未進士，以揚州司理入爲户曹，特改翰林，官至刑部尚書。乾隆間補謚文簡。詩爲一代宗匠，與朱竹垞並稱。善古文，兼工詞。著有帶經堂集、漁洋三十六種。」漁洋山人年譜：「康熙三年甲辰，三十一歲，在揚州。春，與林古度茂之、杜濬于皇、張綱孫祖望、孫枝蔚豹人諸名士修禊紅橋。有冶春詩，諸君皆和。」

〔紅橋〕雍正揚州府志：「紅橋在北門外，一名虹橋。朱欄跨岸，緑柳盈堤，酒帘掩映，爲郡城勝遊地。」

〔韓家園子〕揚州畫舫録：「韓園在長堤上，國初韓醉白别墅。」

案帶經堂集漁洋詩甲辰稿有冶春絶句二十首。又汪楫悔齋詩亦有春郊絶句二十首，題下自注云：「甲辰清明同吴野人作。」嘉紀此題亦當爲二十首，周本衹收十一首，恐係經選節者。

題舒樓贈徐蕢階

隋珠欲自珍，斂輝就魚目。斯人慕黄綺，栖止在塵俗。高卧朝已昏，相知樵與牧。雨晴一登樓，野色悠悠緑。谷風稍起蟄，薆薆入閑門。好鳥幾時來？已啼鄰家園。端坐閲時運，群生各就暄；惟有紫蘭花，相看兩無言。仲宣昔望魯，檻外山崔嵬。鄉思結雲木，楚風吹不開。登樓客已遠，作賦誰後來？念汝日嘯詠，鬢絲垂到顋。平生共鄉里，谿上對宇住。夜夜水中月，照青東西樹。野艇散漁燈，烟林醒宿鷺。岸曲板橋長，相尋互來去。

【箋】

〔徐蕢階〕嘉慶東臺縣志：「徐發大字廱小，安豐人。我達之姪。工詩，與吴嘉紀、沈聃開倡和。弟發莢，字蕢階，亦工吟詠。著嶺雲集、默菴詩稿。」案蕢階爲王石袍之弟子，與王鴻寶同隱樊村，改名弜。見袁承業東淘十一子姓氏。

夏日題程梅憨洗桐圖

秋蘭娱屈子，籬菊媚陶公。如何程梅憨，乃好青梧桐？翳翳蔭林堂，蕭蕭緣澗水。已堪托琴書，還畏霑泥滓。澗聲上樹飛，林氣濕人衣；炎暉炙四野，此地陰霏霏。眼底無纖塵，心神亦清絶。翻笑潁上翁，衹令雙耳潔！

【箋】

〔程梅憨〕未詳。

程聖瑞齋中聽吕方旦彈琴六首

住山徒夢想，過日在塵埃。鶴髮人無賴，龍唇客抱來。野烟初緑樹，村雨欲黄梅。忽似雲峰裏，松濤萬壑哀。

軫促商音至，林虚物態生；晚沙摇月色，鳴鴈落秋聲。海近七絃闊，風吹四壁清。只愁幽響散，自起掩柴荆。

花艷先生里，杯香處士家。無心成聚會，揮手作烟霞。泰岱遊榮叟，滄溟泛伯牙。不須矜古調，時俗重琵琶！大雅難爲和，庸人强辨音。自憐惟匿影，俗賞轉傷心。門内林泉在，襟前涕淚深。君看東海老，行坐亦孤吟。韓錢吾老友，宛平韓畕、鄞縣錢肅圖皆善琴。疇昔共孤舟；燈下漁樵曲，江干草木秋。薊雲沉浙水，越梗轉燕丘；生死無繇見，關河萬里愁！暨陽誰習隱？程氏有諸男。耕釣年皆少，風騷興自酣。君山遊雪後，吾道寄江南。想見聞琴處，梅花碧水潭。聖瑞族人川伯、仲旭、季和客江陰，聞方旦琴，皆有詩。

【校】

〔鄞縣〕夏本「鄞」誤作「蘄」，據陳本校正。

【箋】

〔程聖瑞、吕方旦〕皆未詳。

〔韓畕〕雪橋詩話：「宛平韓畕字經正，號石耕。父某，布衣，有行誼，與無錫高忠憲善，攜其二子來南中，因家焉。畕善鼓琴，尤工五言詩。四十不娶，徧游吴越間以終。初，畕之來南，天下猶無事；既遘喪亂，乃叙次其流寓之由，爲詩一篇，幾數萬言。皃時在金陵，與守陵内官相識，從觀陵祭，及見弓劍之陳，俎豆之設，與夫灌壇寢殿，規制曲折，悉見於詩。有天樵子集。」

〔錢肅圖〕國朝耆獻類徵：「錢肅圖字肇一，學者稱爲退山先生，浙江寧波府鄞縣人也。大學士忠介公肅樂之弟。以諸生倡義，歷官監察御史。辛卯翁洲之役，被俘不屈，同輩已戮盡，次及侍御，監刑者熟視，忽釋之，非所望也。生於萬曆丁巳八月二十一日，卒於康熙壬申十月初二日，得年七十六歲。有東村集。」

〔暨陽〕晉置暨陽縣，隋廢；唐又置，復廢。故城在今江陰市東。君山一名瞰江山，在江陰市北，下臨大江，以春申君得名。詳江陰縣志。

立冬前一日，過施彂若别墅看菊，見贈黄白二本

板橋谿上入垂楊，殘雨霑衣草路長。密菊叢叢爲圃地，疏籬曲曲讀書堂。群安脆弱凋寒野，獨蓄芳菲發夜霜；節概挺然當歲暮，人間何必貴松篁！

陰晴終歲荷栽培，淺白深黄次第開。野水孤茆塵隔絶，斜暉三徑客徘徊。名傳淘上初逢賞，種自昭陽遠購來。高趣主人偏會意，寒芳分贈老夫回。

枝上烟霜暮不晞，蒼頭握抱到柴扉；可憐小室籬花滿，自笑空囊酒伴稀。夜静燈前香漸漸，寒生壁上影依依。田間嗜飲陶元亮，發興還應待白衣。

江淮秋盡轉繁華，菊蕊香中賣酒家；杖掛青錢煩地主，風吹皀帽敝天涯。頻年

飄轉身如葉，今日鄉園老看花。從此荷鑱門不出，海風村雪護新芽。

【箋】

〔施彂若〕嘉慶東臺縣志：「施宗鍔字彂若，安豐人。慷慨尚義。山陰丁世隆攝分司，數月罷，居揚州，囊槖蕭然。宗鍔助貲令赴都，尋復涖任，待鍔有加，鍔了不爲意，亦不趨謁。好賓客，建別業曰聽花草堂，吴嘉紀有讌集詩。」

〔淘上〕見卷一臨場歌箋。

〔昭陽〕即今江蘇興化市。重修興化縣志：「興化，戰國時屬楚，相傳爲楚將昭陽食邑，故名。」

酒間口號答句曲張鹿牀 次來韻。

看雲藜杖手中持，身在塵埃詠采芝。孟陋布衣須自愛，袁閎土室正堪思。華燈設宴今何夕？老友相逢昔未期。不放深杯同醉倒，海天霜月鴈鳴時。

芳馨酒盞日同持，應勝囊中术與芝。客路野蔬聊佐飲，仙鄉山色漫相思。江湖釣艇容誰坐？京雒蒲輪爲爾期。醉嚮故交論出處，自憐牙脱髮黄時。

【箋】

〔句曲〕江蘇句容縣。乾隆句容縣志：「縣有勾曲山，山形如巳字，勾曲而有所容。又名曰句曲，句容也。」

〔張鹿牀〕張芳字菊人，號鹿牀，又號澹翁，句容人。順治壬辰進士，授宜江令，旋罷歸。工詩古文。康熙七年，奉母來泰州，主監生張士顯家。見藏弆集、乾隆句容縣志、道光泰州志。

題畢吏部醉眠圖贈方恂如

何以了一生？蟹螯與酒杯。方生悦吏部，繪畫以寄懷。閉户静相對，近前酒味來。塊然樽罍傍，土木其形骸，人生有如此，萬事皆浮埃。只恐比舍釀，不如白墮醪；劉白墮善釀香醪，飲之，經月不醒。醒解俗情至，腸腹難洗淘。吏部眠未醒，方生心已焦。

【箋】

〔方恂如〕鄧孝威詩觀：「方挺字恂如，號孺菴，江南江都籍，歙縣人。著有碧山堂近草。」

送雷希樂

海岸試一望，悲風夕茫茫。鑿冰不可飲，低鴈徘徊翔，無以慰其渴，何言謀稻梁？遊子宿酒醒，忽驚非故鄉。出門逢舊識，握手陌路旁。相識誰相知？人各有肺腸。柳鳴蒼鷹雛，野過短日光。故廬在何處？惻愴上河梁。回頭念若翁，芳蕙隱深莽；艾陵湖水上，高詠結茅宇。馬班世空傳，沮溺情自苦。竹西芙蓉花，相對卮同舉。宛然一笑言，已歷十寒暑。我今飄素髮，翁乃入黄土。殘生寄乾坤，顧影悲羈旅。論文無知音，送子淚如雨！

【箋】

〔雷希樂〕名毅，雷伯籲之子，孫枝蔚之婿。見汪懋麟徵君孫豹人先生行狀。

〔艾陵湖〕康熙揚州府志：「在城東北四十五里。」

案雷士俊字伯籲，涇陽布衣。與孫豹人聯姻。有艾陵詩鈔、文鈔。見二南遺音。艾陵文鈔莘樂草堂記附雷希樂後記：「順治戊子，先君搆草堂於樊汊西北隅，顔曰莘樂草堂，志隱也。十數年間，疊罹水患。己亥夏，去樊汊五十里許，遷於周墅廟北，艾陵湖南。軒楹堂構，悉如舊制，因仍其名。其地土滋木茂，遂奉先大人窀穸於斯。」

船中曲 繇東淘至邵埭作。

石尤何太狂？爲惱離家客。十里朱顔村，到來頭已白。
流水逢村住，行人有底忙？去來不一盼，菜花他自香。
船姥憐阿女，坐船招女婿。蘆葦静新人，滄浪足家計。
儂是船中生，郎是船中長；同心苦亦甘，弄篙復蕩槳。
戚墅好泊船，湖來雨颯颯。圓笠碧蓑衣，茭中射野鴨。
野鴨銜水飛，小兒拍手笑。寡婦撥船來，回頭老鸛叫。
旗子插船頭，客人坐安穩！儂聽提督差，官兵敢來近！
東家禾不收，相從學駕船。篙檝勝耙耝，日日數人錢。
斷梗不怨風，浮萍不思土；鄉園拚棄絶，租吏餓殺汝！
黄牛愛上河，白魚愛下河；上河樹陰大，下河蓮葉多。
可憐邵伯湖，昔浪今安在？水中田土來，魚鱉走入海。

【箋】

〔邵埭〕即邵伯埭。讀史方輿紀要：「邵伯鎮在甘泉縣北四十五里。洪武元年，巡檢張仁開設邵伯埭，今爲邵伯鎮，邵伯驛亦在焉。爲水陸孔道。」

〔邵伯湖〕重修揚州府志：「邵伯湖在城北四十五里。晉太傅謝安出鎮廣陵，修築湖埭，民思其功，以比邵伯。」

案顧炎武天下郡國利病書卷三十泰州河渠考：「海陵水利，來自淮泗。其自高郵、邵伯灌入下鄉者，爲下河，田土居多而海爲之洩。其自灣頭東折者，爲上河，田土無幾而江爲之洩。此其大較也。上、下河俱爲運鹽故道，蓋不獨民田藉其灌溉，而鹽場萬艘，往來如織，實爲國家命脈之所繫云。」

與仔靖弟

吞聲卧蓬蒿，顧影驚衰老。揭車逢歲晏，不若三春草。況余實凡材，地瘠生意小。漫自計珍賤，伊誰共襟抱？鶗鴂亦已鳴，花葉亦易槁；紛紛榮落外，吾愛連枝好。賤貧欲誰嚮？趙壹遭鄉間。翳然枳棘間，鴞多黃鵠孤。霄漢豈無路，羽毛不得舒。吾弟禦侮來，意氣靡群夫。寒暄時相須，如彼葛與裘。九月颶風作，海色愁閑鷗。阿兄把魯酒，阿弟佩吴鈎；門楣有藉在，多難復何憂？

時俗攻文藝，腐氣銷清真；悠悠三百年，章句困殺人。吾叔情何似？弟尊人玉水先生諱纘姬，山東庚午舉人。秋天遊孤雲；方舒倏然卷，惝怳江淮濱。堂上歡菽水，門外理絲緡。風波曾不避，葭菼甘自淪。清節映漁竿，吕嚴何足云？

疇昔童稚時，抱文謁吾叔，顧我衆人中，謂是藍田玉。田忽變爲海，玉猶未出匵；淚眼看滔滔，泥途就碌碌。清晨侵露出，薄暮睞烟歸；燕麥炊作餐，兔絲織作衣。衣食亦猶人，誰知我寒饑？回頭念賞音，此生幸一遇。苦竹不開花，春風空煦煦！

【箋】

〔仔靖〕未詳，當是嘉紀族弟。

〔吴纘姬〕康熙重修中十場志：「吴纘姬字璣灘，安豐人。其先以旗籍隸登州。曾祖國相，嘉靖中，以進士宦南京户部，欲回籍，不果。及纘姬舉於鄉，值山左亂，挾弓持稍，護二親出重圍，遂成祖志。還居海陵。爲人慷慨負氣節。」

寄程蝕菴

練江巖岫内，沙白葦蕭蕭。鶴髮浮孤艇，漁竿閱兩朝。嶺雲流作瀑，澗樹側爲橋；不得來攜手，思君顏色凋！

魯連老東海，周術卧高車；商雒一名高車山。貧賤同輕世，登臨各異居。楚雲逢一雁，淮水送雙魚；疏懶應容我，三年始報書。

【箋】

〔程蝕菴〕石修歙縣志：「程守字非二，號蝕庵，郡城人，錢塘籍，諸生。甲申後謝去，一意爲詩，刻劃多創語。書法奇崛。涉世早而歷年尊，四方名宿皆知之。性澹泊，操守極嚴。年七十一卒。著省静堂集、汰錦詞。」

〔練江〕環繞歙縣，揚之、布射、富資、豐樂四水，分派合流，直瀉如練，而抵於城南。平衍渟蓄，竟川含緑，是名西溪，所謂河西之干也。見歙縣志。

廣陵過嘉樹堂，贈汪左嚴孝廉 時四十初度。

偶遊歌吹地，不覺歲時增。人疾佯狂叟，君稱耐久朋。瓦盆栽蕙草，石鼎煮江冰；賓主繁華外，清談共一燈。

裘弊仍披褐，羹香半是葵。讀書因悦母，租塾自教兒。雪失荒城路，風栖勁木枝。年華值强仕，欲出轉遲遲。

枳棘叢雖密，蘭芝氣自芳。虚懷嚮親友，令德發文章。他日謝安石，清風田子莊；卧看嘉樹大，緑蔭滿空堂。

白岳白雲裏，君白岳人。松門石徑斜；半空飛瀑布，其下有人家。山響猿呼子，烟香樹發花。幾時隨我友，仙境醉流霞？

【校】

〔題〕「汪左嚴」王本「汪」誤作「江」。王、楊二本卷一止於此詩，十月六日羅母初度、汪持後過訪時有豫章之遊、挽鮑念齋三題缺，楊本補輯爲陋軒詩遺，附於詩續之後。

【箋】

〔嘉樹堂〕康熙揚州府志：「嘉樹堂、醉白堂，并汪士裕之居。」

〔汪左嚴〕汪士裕，秦黌適園先生傳：「字左嚴，一字容庵。先世居徽之休寧金村。祖心一始寓揚，遂籍江都。舉康熙癸卯科鄉試，屢上春官，隨牒授太湖教諭，艱歸；補沛縣，擢廬州府教授以終。是時，其宗人之在揚者，有叔定、季角、舟次，皆以詩文名海内，縞紵遍其門。秦中孫豹人攜家僑居，泰州吴野人亦不時至郡，左嚴唱酬贈答，因以盡交海内名人。其見於詩集者，可彷佛一二識也。」

〔白岳〕休寧縣志：「白嶽山，在縣西三十里，高三百仞，周三十五里，奇峰四起，絶壁斷崖，遊齊雲者，必先登焉。」

十月六日羅母初度贈詩六首

羅有章、懷祖、臨思之母。

我有盈尊酒，其名曰流霞；一酌精神清，再酌顔色酡。欲贈世人飲，世間人何多？躊躇塵俗内，日入抱還家。聞有羅生母，林下風灑然。到門斟一觴，酒香梅花前。尊酒何足惜，要别愚與賢！

早年良偶偕，並影在山林；盡洗胭脂妝，春汲身獨任。石泉流入户，爲君清釜鬵。巖谷暇日多，提攜試登臨。野鹿作山侣，風松無俗音。鮑桓挽遊駕，朱孔樵遠岑。雲起翠微中，皚皚會人心。

君子事遠遊，門户將焉恃？積蓄稍有餘，云是母經理。人家有當積，母謂不在此；腴田讓叔季，寶飾分娣姒。娣姒競桃花，已獨守秋瓜；割瓜弗棄蒂，苦味盈襟袂。高義與山齊，鬚眉愧巾帨。

三子何翩翩，侍母機杼旁。教之夜開書，焯焯檠燈明。詞華夙所薄，榮譽心尤輕；賢聖傳人間，豈必皆簪纓？他人望子顯，母乃誨兒藏。箕山碧靄靄，潁水流洋洋；懷珠被毛褐，堂上有輝光。長公詠佳句，憶昔客揚州；詞氣能感人，春風共和柔。城郭人民熱，仲子獨如秋；心慧情易虚，堦庭樹颼颼。養母兼事佛，茹菜不食牛。艷艷槿花發，輝輝螢火流。遺榮背微光，來伴東海鷗。攜家棄新安，卜此海陵居；海陵稱沃壤，其人多荷鋤。出郭新柳來，鳴禽如笙竽。老人重避世，稚子學爲漁。回首望兵火，舊栖已成墟。俗澆民必亂，慮遠室無虞。故鄉千萬家，明哲誰相如？

【箋】

〔羅母〕姓葉，歙縣人，羅若履妻，生三子：慶善、述善、教善，即有章、懷祖、臨思也。康熙己未十月，六十初度，以詩文稱壽者甚多。見魏禧魏叔子文集羅母六十序。

〔新安〕今安徽歙縣。歙縣志：「晉太康元年，改新都郡爲新安郡。」

〔海陵〕即泰州，東漢爲海陵倉。

案溉堂前集有壽羅母葉太孺人詩，編入康熙十八年己未（一六七九），此詩當作於是年。

汪持後過訪，時有豫章之游

荷杖若翁後，來遊東海濱。清吟兼奉養，孝子是詩人。狎水沙鷗逸，憑風乳燕新。還聞訪同調，葦下問迷津。

老逢黄叔度，相與可忘年。忽別海濱月，獨登江上船。樹陰迎槳緑，荷葉近窗圓。泊宿潯陽夜，空山聽落泉。

【箋】

〔汪持後〕未詳。

〔豫章〕今江西南昌。漢高帝六年，分置豫章郡，治南昌縣。見嘉慶重修一統志。

〔潯陽〕今江西九江。晉永興元年置尋陽郡，屬江州。唐天寶元年，改爲潯陽郡。見一統志。

挽鮑念齋 有序

念齋諱耀祖，父夢斗，乙酉客蕪城。四月，兵屠城。耀祖在宛陵，聞父訃，時方九歲，往蕪城尋父屍，不得。筍中得父敝衣，抱歸。歲時泣祀，奉母守節。母死，哀毁成疾。因卜地以斂衣置棺中，招父魂同母厝於南梁，栽樹左右，日夕攀樹枝，哀號灑泣，踰年死。聞者莫不悲之。

獨遺傷心禍，應爲早死人。魂招衣當骨，淚盡子隨親。孤稚遺天末，三棺客海濱。手栽原上樹，靉靉野陰新。

【校】

六卷本卷一迄於此詩。

【箋】

〔鮑念齋〕詳卷六贈鮑節婦二首箋。

吴嘉紀詩箋校卷三

擬古

陽春二三月，夭桃花發紅。十五女當壚，掩映桃花中。錦衣誰家郎？過門駐青驄。殷勤就沽酒，持贈雙玉琉。酒直曾幾何？郎意良爲儂。長跪還玉琉，願請陳鄙衷：葑菲體誠賤，終不爲飄蓬。儂雖未有夫，何敢謾相從！

故人千里外，寄我以松子；再拜受遠遺，種植家園裏。幹節出泥沙，雨露同桃李。芳菲如錦時，每不令人喜。到今三十年，舊顔獨不改。寸心久弗渝，故人亦如此。

大漠數千里，蕭條古邊塞。昔時征戰卒，但有白骨在。故鄉永不歸，野魂泣枯萊。廟堂策戰勳，何年及汝輩？北風愁殺人，慘澹寒日晦。亭堠徒連連，守禦漸弛廢。衛霍没已久，列士悲且慨！

暗牖得明膏，安用皎月光！久客有賢主，何須思故鄉！酒闌親昵散，嗟哉夜未央！羈思成苦調，錦瑟不在旁。出門無人語，枯葉下高桑。徘徊望廣川，何處有津梁？

程飛濤送苦蒿酒

又見海榴開，鄉園夢幾回？老年怕爲客，連日只銜杯。野月臨新竹，城烏下古槐。故人得名酒，自送一樽來。肺病頻年歲，嗔人羡苦蒿；此時斟忽滿，垂老興初豪。飄泊安吾道，沉酣賴汝曹。今宵容易睡，一枕不須高。

【箋】〔程飛濤〕見卷一送吴仁趾北上箋。

送汪二楫遊攝山

楫也忽嘆壯身纏轗軻，筍皮笠子藤杖荷，大笑出門訪名嶽，先去攝山山頂坐。眼看東海夜月升，手弄寒空曉雲破；叠浪崖名。勢連峭壁湧，白乳泉名。聲自崇巒作。憶昔郝髯偕我來，中峰澗中石上卧。細苔冉冉終日濕，古樹森森兩崖大。懸泉曲折遠投澗，分散亂從樹根過。郝髯倦遊今負瘵，鄙人飄泊正苦餓；致汝登途屢回望，攜手侶伴少兩箇。佳山良友可怡悦，兼此二者誰能那？日落且向棲霞寺，江峰寂歷歌自和。爲我寄語六朝松，老幹無恙真足賀。

【箋】

〔攝山〕即棲霞山，在南京市東北，山多藥草，可以攝生，故名。見上元縣志。

〔叠浪崖〕攝山志：「叠浪崖在西峰之側，層崖岩嶂，亂石錯之，高低起伏，如大海潮汐，波瀾萬叠。崖下爲見山樓，前後疏窗洞達，通以迴廊，翼以傑閣。憑欄而望，九松鬱然。西峰最勝之處。」

〔白乳泉〕建康志：「白乳泉在攝山棲霞寺千佛嶺下。昔因人伐木，始見石壁上刻隸書六大字，曰『白乳泉試茶亭』，不知得名於何人。」

〔郝髯〕謂郝羽吉，見卷一郝羽吉寄宛陵棉布箋。

〔棲霞寺〕攝山志：「棲霞寺，居山之陽，爲南齊永明七年處士明僧紹舍宅所建。」

〔六朝松〕攝山志：「六朝松，相傳爲梁武帝所植。黛色蒼皮，亭亭如蓋，虯幹擎張，懸空飛翠，經千五百餘年矣。」

案陳維崧湖海樓詩有送汪舟次遊攝山同王西樵吳野人賦，孫枝蔚溉堂詩亦有送舟次讀書攝山七古一首，二詩均編入康熙五年丙午（一六六六），此詩當作於是年。

十月十九日，贈王黃湄二首 時黃湄三十初度。

蘭若生山中，花葉自葳蕤；芳馨感君子，移植白玉墀。一朝蒙顧瞻，形影何光輝！榮華及時敷，常恐秋風吹。盛年難再得，景曜日夜馳。老驥伏櫪下，努力亦已遲！

我衰爲傭者，君壯稱進士；天涯俱窮途，出處無一是。寒風吹枯桑，怒號郭門裏。鴻雁哀鳴來，遊子塞兩耳。感君懷慨慷，相逢顏色喜；酒酣發悲歌，燈前拔劍起。眄彼孟嘗門，紛紛躧珠履。我曹無其才，飢寒何足鄙！

【箋】

〔王黃湄〕即王幼華，見卷一答贈王幼華箋。

案黃湄詩選有甯克振同年推余禄命戲呈一首有句云：「偶與東坡同丙子，曾官南楚怕庚寅。」

下注：「余生丙子年庚寅日也。」丙子，爲明崇禎九年（一六三六），至康熙四年乙巳（一六六五）恰當三十。此詩當作於是年。

善哉行二首

華鐙熲熲，命管調絃。親交滿堂，誰不豪賢！一解。名花易零，良宵易晨；及時弗樂，老來逼人。二解。夢騎虎身，瘖當麋額；麋額有角，抵觸孤客。三解。寶刀在手，疾視橫行。勳著人間，退守躬耕。四解。涇水入渭，濁我清波；貧賤不廉，受辱良多！五解。

車輪薄薄，迅如日月；逢舊道旁，各驚華髮。一解。黃鵠自怨，鶱舉高高；顧盼網羅，辛苦雲霄。二解。含意勿吐，竊愧稱夫。群士仰訾，闊脣短軀。三解。夸父逐日，帝女填海；雖罕成功，志願恒在！四解。解憂深夜，唯絃與觴；醉彈一曲，星辰搖光。五解。

客中行二首，呈關中王季鴻

川陸無人聲，層雲黯短日。白髮行路子，歲暮慘無色。褐敝帶復斷，寒軀傴不直。陽鳥東南飛，肅肅振羽翼。水深舟楫絶，徒望舊家室。采茶滿懷抱，辛苦人不識。低頭還入門，脈脈向儔匹。

淵淵東海水，盤盤太華山；爾我結交情，豈不深且堅！管鮑重貧賤，風流存往編；何須歌越謡？所願名譽賢。今日美少年，明日凋朱顔；男兒生一世，倏如雲過天。匡衡不讀書，今人誰爲傳？

【箋】〔王季鴻〕王幼華之叔父。黄湄詩選有送家叔季鴻先生遊睢上謁后土祠詩三首，當即此人。

送王季鴻之西泠

高堂十二月，佇望車輪返；浮雲入吴會，誰知獨偃蹇？夜起别親人，殘月照餐飯。鴻雁已北飛，斗柄亦東轉。還家未有期，冰霜路更遠。江樹晨風鳴，徙倚心腸斷！

雄雉匿深莽，不知毛羽鮮。君子在草野，幾人識其賢？西湖春二月，桃李争芳妍；觀者皆快意，遊子獨愴然！此鄉雖云樂，不如歸舊川！毛義室有親，趙壹囊無錢。莫待花落盡，山山啼杜鵑。

【箋】

〔西泠〕指杭州。

案孫豹人溉堂詩有新歲寄懷王季鴻遊浙中自注：「季鴻親家爲浙中巡鹽御史，聞方謝客，雖至親亦罕得通謁。」故詩有「崔盧李鄭雖名族，得及朱陳相見無」之句。溉堂詩編入丙午，此詩當作於康熙四年乙巳（一六六五）歲暮。

泛舟詞，贈程臨滄、飛濤

泛舟何處所？泛出郭門去。郭外蓬蒿滿廢宫，盡是古人行樂處。古人不可見，今人載酒來。烏鴉飛出煬帝冢，黄犢走上吴公臺。程生兄弟殊英妙，酌酒勸予開口笑；予亦回尊相勸語：「痛飲應須及年少！君不見畢茂世、劉公榮，一生生涯唯爛醉，天壤間傳飲者名。又不見吴賓賢，肺病天涯常獨眠；今日病除躭麴蘗，髮秃形羸已暮年！」

【箋】

〔程臨滄、飛濤〕即程涓、程澎昆仲，歙人，居江都。見卷一送吴仁趾北上箋。程澎有泛舟平山堂送吴野人歸陋軒詩云：「明朝各南北，今日且登臨。雲静青山近，鶯啼緑樹深。貧交離别老，僻壤雪霜侵。海水知無際，思君一鼓琴。」

〔吴公臺〕康熙揚州府志：「吴公臺，在城西北四里，一名弩臺。劉宋大明三年，沈慶之攻竟陵王誕，築臺以射城中。陳太建中，吴明徹攻廣陵，增築之，亦以射乘堞之士，故號吴公臺。」

送王黄湄之海陵

是我還家路，扁舟汝獨行。千人初短氣，去國各含情。海水孤城暗，霜風一雁鳴。此鄉稱僻壤，誰更識虞卿？

【箋】

〔王黄湄〕王幼華號，見卷一答贈王幼華箋。

〔海陵〕即泰州，見卷二十月六日羅母初度贈詩六首箋。

別徐大次源歸陋軒，時贈予臘酒園梅

臘酒與園梅，提攜送我回。香從石甕出，花上野航開。故里陽春近，東風暮雨來。到家樹植了，斟酌興悠哉！

【箋】

〔徐次源〕賴古堂集古香堂詩序略云：「徐次源，諸生，天都人。寡交遊，細瘦苦吟，酷似李長吉。死年二十七。吴賓賢刻其詩一卷，曰古香堂詩。」

〔陋軒〕嘉慶東臺縣志：「陋軒在安豐場吴家橋西，吴嘉紀宅。」

傷戴酒民

平生有真樂，飲酒與使錢；朝急窮乏友，暮置歌舞筵。金盡罍亦竭，形骸合棄捐。獨惜蘭蕙質，委化荆棘間。酒伴不相顧，風雨鳴杜鵑。徒聞存白骨，不得及黄泉。

慷慨出門去，親戚悲牽衣。寸心既許人，寧復問是非？巘巇至絶命，高歌對落暉。自笑如浮雲，無山不可依。鄉路雖咫尺，生死總不歸。閨中老寡婦，引領空歔欷！

【箋】〔戴酒民〕休寧隆阜人，爲汪舟次之岳父。汪楫悔齋詩七言古有壽内翁戴酒民先生五十一首。

上巳集汪叔定、季角見山樓　分得「風」字。

來登汪氏樓，眺望春城中；開襟向遠山，悠然來清風。令節因命酒，發興有群公。鳥歸靈曜暮，烟暖櫻桃紅。行樂及芳時，此意古所同。勞勞百年内，況予成老翁。

【箋】〔汪叔定〕淮海英靈集：「汪叔定名耀麟，號北皋，江都貢生，與弟懋麟齊名。著抱耒堂集六卷、南徐唱和詩一卷、愛圃倡和詩若干卷。」〔季角〕揚州畫舫録：「汪懋麟字季角，號蛟門。以康熙丁未進士官舍人。每入直，攜書竟夜展讀。夢十二硯入懷，遂以名齋，朱竹垞爲之記。自號覺堂居士。丁母憂歸里，膺薦舉博學，不赴。服闋，以主事銜入史館，與修明史。三年，補刑部。著百尺梧桐閣集二十三卷。復以鄭樵通志浩繁，手爲删訂。死後葬於平山堂側。」

〔見山樓〕康熙揚州府志：「百尺梧桐閣在東關大街，中有見山樓諸勝。」

案溉堂集卷二有上巳日同于皇、賓賢、湛若、龍眉、舟次、仔園、复巖諸子集汪叔定、季角愛園，登見山樓詩，汪懋麟百尺梧桐閣集有上巳杜于皇、吴賓賢、孫豹人、黄雨相、華龍眉、王仔園、顧思澹、夏次功、魯紫漪、家秋澗、左嚴、叔定、舟次諸兄集見山樓詩，均編入乙巳，此詩當作於康熙四年乙巳（一六六五）。

送汪左嚴歸新安

出城屢極目，江南多翠微。遊子念舊山，清涕滿裳衣。丘墓荒草裏，常望兒孫來。松枝樵采盡，猿聲月下哀。一朝得歸去，快如兩翼飛。斷蓬風吹轉，舊根暫相依。嘆息身未閒，不得買釣磯！舉世躭麴蘗，唯君愛啜茶。煮泉聲蕭蕭，宛在山之阿。茆齋春月白，招尋到君家。左嚴久家揚州。千年雲霧草，早春松蘿芽。皆新安上産。清涼味滿椀，消渴奈人何！時時持飲予，謂予抱此疴。今日新安去，幽事豈不多。看君策斑馬，白首搔天涯。

【箋】

〔汪左嚴〕見卷二廣陵過嘉樹堂贈汪左嚴孝廉箋。

〔新安〕靳修歙縣志：「晉太康元年平吴，改新都郡爲新安郡。」

〔松蘿芽〕休寧碎事：「茶初摘時，須揀去枝梗老葉，惟取嫩葉。又須去尖與柄，恐其易焦。此松蘿法也。」

案悔齋詩亦有送左嚴兄歸里詩。

題亡友江天際畫

甲辰秋，汪舟次招諸同學泛舟平山，天際即景作畫。

牛羊落日散秋山，沽酒維舟綠樹灣。座上畫師成隔世，空留風景在人間！

【箋】

〔江天際〕石修歙縣志：「汪洪度題吴在田畫謂：『吾鄉繪事，國初爲盛。松圓老人後，僧漸江、程垢區、查梅壑、祝壯猷工山水；家璧人、江天際工人物；而在田起，與之頡頏。』」

〔甲辰〕康熙三年（一六六四）。

案溉堂集亦有汪舟次出亡友江天際所畫與予輩泛舟圖潸然題此七絕一首云：「酒伴曾攜棹木蘭，牛羊滿路日將殘。自從失却丹青手，楊柳芙蓉不忍看。」詩編入乙巳（一六六五），此詩亦當作於是年。

城北泛舟

高塍流細泉，湖草碧芊芊。燕子歸僧舍，楊花落酒船。良辰連雨後，往事古臺邊。水調無人唱，隋宮起暮烟。

【箋】案城北謂揚州城北也。

過孫園

北郭繁華裏，閒園人不知。野荷入門長，堤柳向亭垂。老圃收桑葚，鄰家唱竹枝。開樽因取醉，鶯語夕陽時。

【箋】案悔齋詩亦有過孫氏園亭五律一首，題下注云：「同吴野人、仁趾、程翼士、左嚴兄賦。」

送程翼士

出城江水大，雨歇開夕陽。程生攜妻子，歸去東臺場。輕舟入浦烟，風起芙蓉香；去者方愉悦，送者忽徬徨。宿昔舊茅屋，與君同一鄉。海潮漂里巷，親友半流亡。家有卧病妻，秋月夜正長；蕩子貧不返，望望涕霑裳。

【箋】案悔齋詩有黄沙行送程翼士還東臺場七古一首，溉堂集亦有泛舟城西送程翼士之東亭詩，編入康熙三年甲辰（一六六四），此詩當作於同時。

七夕送王阮亭先生

黄河新秋時，涼風吹去舫。帆底宦遊人，欲發重惆悵。月高銀漢斜，雙星默相向。回首望廣陵，烟樹浮新漲。一鳥失其群，雲霄自飄颺。

官閣風自清，塵務日以寡。俸米用不足，時時向人假。清廉聞玉墀，琴書赴金馬。劉侯不可留，耆老淚盈把。臨行取一錢，贈與釣魚者。先生時有贈遺。

【箋】

漁洋詩話：「余在廣陵五年，多布衣交。甲辰内遷，乙巳七夕，諸詩老送別禪智寺。」此詩當作於康熙四年乙巳（一六六五）七夕。

七夕同諸子集禪智寺碩公房，再送王阮亭先生

蒼惶不肯別，送送多纏綿。泊船尋古寺，秋螢飛野田。草深去途隱，處處生寒烟。山僧惜離人，殷勤煮石泉。今夕且歡會，新月正娟娟。

蘇公送客處，高岡滿荊棘。今日別離人，於此重攀陟。入户訪詩碣，蘇長公送李孝博遊嶺表詩碣。塵埃試拂拭。作者時已遠，宛如見顔色。江山重文章，斯道迹久熄；出處雖不同，吾曹各努力！

【校】

〔題〕遺民詩作禪智寺送客。

【箋】

〔禪智寺〕謝吟廣陵覽古：「上方寺，即禪智寺，一名竹西寺，在城北五里蜀岡上。每天氣晴朗，南徐諸山，蒼然襟帶間。隋煬帝幸江都，令合東西南北四寺爲一，更名上方禪智寺。寺内有石刻吴道子畫寶誌公像，李白作讚，顔真卿書，謂之三絶碑。」

〔碩公〕謂僧碩揆也。王弘撰西歸日札寄碩揆上人詩注：「碩揆，儒者也，有托而隱於浮圖。久主靈隱，有讒於當事者，留偈而去。」鄧孝威詩觀：「釋原志碩揆，江南鹽城人，有借巢、正續堂諸集。」

案帶經堂集有七夕諸公集禪智寺祖道留别二首，其一云：「傾城相送罷，日暮到禪扉。月出星河淺，山空人迹稀。清江去淼淼，徒御情依依；緬想東林事，風塵未息機。」其二云：「昔送日南使，今歸天北人。諸公復高會，片石悟前因（寺有蘇公送李叔師使嶺南詩斷碑）。星影依雙樹，鐘聲絶四鄰。誰言竹西路，相望是天津？」

〔詩碣〕漁洋詩話：「東坡送李孝博詩石刻，在蜀岡禪智寺，斷仆已久，而字畫幸無刓缺。余訪之出諸榛莽間，緘以鐵。會重修禪智，三峰碩揆禪師來爲住持，屬陷字方丈壁間，所謂『新苗未没鶴，老葉初翳蟬』者也。余次韻亦刻一石。」

案漁洋山人年譜：「康熙四年乙巳七月，登舟北行，諸名士祖道於禪智寺碩揆禪師方丈。有禪智倡和集。」此詩當與前詩同時所作。

與汪伯光二首

八月潮汐落，草白范公堤。堤上堤下海雲黯，鵁鶄哀叫風淒淒。君家何爲久羈此？黄金散盡歸途迷。涼秋席門掩窮巷，林雨淅瀝鴉欲栖。多病相如徒有壁，一寒范叔正無綈。試看親友感恩者，藥餌酒錢誰爲攜？

昨夜河漲太無賴，狂瀾竟從衡門入；架木作巢茆屋中，一家人共雞犬集。夙昔故交不得見，長橋高岸俱爲隰。惟爾寂寥偏念我，小舟溯洄每尋及。蘆葦花開月照人，重陽節近風吹笠。我適遠歸爾病起，酒杯會須同爾執！

【箋】

〔汪伯光〕未詳。

〔范公堤〕廣陵覽古：「范公堤，即捍海堰，唐黜陟使李承創築。宋開寶中，知泰州王文祐增修，後圮。天聖中，范仲淹監西溪鹽倉，議更築，發運副使張綸上其事，且自請知泰州，以仲淹令興化，董修築之役。越三年堰成，障蔽潮汐，民得安居，農子鹽課，兩受其利，因稱爲范公堤。」

宿白米村

黄葉樹頭下，北風溪上凉。村孤愁獨夜，人老適他鄉。水店飛螢入，秋田晚稻香。故林望不見，葭菼暮蒼蒼。

【校】

此詩夏刻續集卷下重見，題作宿白末村。

【箋】

〔白米村〕雍正泰州志：「白米鎮在州治東六十五里。」

東淘九日

野水沉沙岸，邊鴻到竹扉。在家時節好，送酒友朋稀。晴日争收豆，霜風促補衣。東籬花發盡，只爲主人歸。

【箋】

〔東淘〕見卷一臨場歌箋。

送吴後莊歸灣沚

籠鳥不忘空，櫪馬不忘途。遊子踐霜雪，寧不懷舊廬？僕夫晨在門，惜伴留須臾。平生共歡樂，東西倏異居。昭昭西山月，流光及路衢。親愛從此隔，悵望雙飛鳧。

憶昨君抱疴，攜手在海徼。東籬菊正花，夜夜明月照。病起淚轉滴，離群適遠嶠。良會固不常，其時年各妙。君今復罹疾，旅舍相慰勞；慰勞病稍蘇，荒江問歸棹。褰裳更送君，臨水見老貌。浩浩東流水，逝波何時倒？葉落難上樹，人老不再少。何如疾疢時，得共開口笑。

隱居在何處？乃在魚鹽中。邈哉於陵子，門户多清風。織布煩山妻，詩書嬌女攻；姓名何用著，方將爲人傭。湯湯黄河水，泥沙混濛濛；掉尾遊其間，不須别魚龍。

【箋】

〔吴後莊〕見卷一懷吴後莊箋。

〔灣沚〕江南通志：「灣沚河在寧國府治北，有渡有鎮，今爲鹽埠。北出楊青口，合黄池流入於江。」

案悔齋詩有送吴後莊歸宛陵兼柬郝羽吉詩，當爲同時送别之作。

留别王黄湄

雞鳴攬衣起，顧侶心踟躕。晨月在簷楹，歡會戀斯須。丈夫非連枝，安能守根株？舉步便隔絶，何況秦與吴！海燕會東翔，塞馬思邊隅；升沉各有役，愴愴即長途。

桑榆風烈烈，行子踐荆棘；歲歲此道途，疲我筋與力。身孤多憂懼，野曠昧南北。日没故鄉遠，烏鳶號我側。一從别家人，頭髮都不黑。悲哉志士軀，用以求衣食！

念君客江城，破屋無來賓。除夕酒錢絶，雪片飄紛紛。搔首望秦川，懷中轉車輪。綺紵着昏夜，辨者復何人？可惜翩翩鵠，翔入鳧鷖群。

傅谿孤子行，追挽徐鏡如處士 諱之鑑，徐式家之父。

傅谿水，濺濺流；谿上群兒嬉遊。誰者兩稚子？登臺攀樹枝，太息夷猶。太息維何？他人有父有母，我兄弟亦人，命運獨罹愁苦！歸睞吾祖母，頭白身羸，前來挈孤，思欲存此二孤，貧家尚有機杼。山月在簷夜織縑，雞鳴天曙起織素。縑素各成匹，里姥購去；孤兒食粟，孤兒衣布。孤兒稍稍成人，堂上齒耄矣，不能苦辛。呼弟行賈，東適江淮，南適越與閩。蕪陰春暮，榆緑日晚；榆上老鴉啼，遊子心腸斷！負米返故山，雲深路不明。入里詢祖母，鄉鄰指丘塋。長跪丘塋前，我非祖母何繇生？蒼穹廣大恩難名！恩不報，作人何爲？呼天號泣，涕下霑衣。不如早就下泉，題書與弟，好視吾一雙黃口兒女；一慟便去下泉，噫歔欷！去不歸，祖母孫子長依依！

【箋】

〔徐鏡如〕溉堂集追挽徐鏡如詩并序：「徐之鑑字鏡如，歙西傅谿人。幼孤，祖母張獨支門户，年老體羸，朝夕手一梭。鏡如既長，與弟遊蕪湖，漸至羸餘。又數年，將治裝歸矣；未至里門，聞祖母歿，痛哭至月餘，骨立死，年僅三十五歲。崇禎庚辰年事也。吳賓賢爲作傅谿孤子行，予亦和焉。」

案㴱堂詩編入康熙二年癸卯（一六六三），此詩當作於是年。

贈徐式家

人生莫早孤，早孤意悽惻。髫年適遠方，況復長寄食！黃葉一飄落，故柯難再識。丈夫思報親，立身天地間。宿昔寡師友，安得稱聖賢！出門復入門，秋風涕潸然！欲歌上留田，欲弔尹伯奇。尚有賢叔母，相視如親兒。有弟同一身，依依重連枝；骨肉不我薄，努力當此時！

【箋】

〔徐式家〕徐鏡如之子，見前箋。

早春寄汪三韓

別來已旬日，西望心若失。春風至蕪城，曾否蘇疢疾？念昨相送時，贈我錢與履；履以踐野霜，錢以酤村醴。坐使羈滯客，平慎到鄉里。感君懷區區，欲報無璵璠。竊效古人義，遠寄葑蕘言。葑蕘意何如？錦箋長跪書，上言復下言：願君愛其軀！君與故人厚，歡喜烹雙魚。

【箋】〔汪三韓〕汪舟次弟，名琦，有百一詩，爲詩老所許。早殤。見孫枝蔚溉堂文集汪南珍屏齋詩序。

折陋軒梅花入舟中作

清溪正發數株梅，惆悵芳春別釣臺。手折花枝登小艇，前途看到十分開。

康山宴集，送王黄湄遊豫章

迢遞送遊子，兒童扶病身；登高花刺眼，勸酒淚霑巾。猿狖啼深夜，江湖正暮春。客途今更遠，何日却歸秦？

【校】〔客途〕感舊集作「飄蓬」。

【箋】〔康山〕見卷一登康山箋。

案康熙揚州府志有徐泌同諸子集康山送王又旦賦詩，汪楫亦有徐泌招集康山送王又旦遊盱江詩。溉堂續集卷一有贈王幼華五古四首，編入丙午，其三自注云：「幼華將有豫章之行。」嘉紀此詩當作於康熙五年丙午（一六六六）。

宿從容菴

老僧借宿處，窗對大江開。茆屋無門户，寒潮夜去來。火明揚子渡，鐘動妙高臺。蕭瑟憑風雨，繩牀有舊醅。

【箋】

〔從容菴〕光緒重刊江都縣志：「從容菴在瓜洲小南門外，面臨江，與金山相對。沙岸植柳千株，風景最盛。」

〔揚子渡〕雍正揚州府志：「揚子津，在府城南十五里，即揚子橋，一名揚子渡，又名揚子鎮。」

〔妙高臺〕在鎮江金山。京口山水志：「妙高臺在金山絶頂，宋元祐間釋了元建。有石刻王安國『妙高臺』三字。」

郝母詩

郝羽吉母。

傷心稱未亡，伊昔紅顔時。仰矢蒼蒼天，俯挈煢煢兒。家國值滄桑，兵刀耀朝日；殺人奪婦女，城中無處匿。用盡千黄金，母獨先時出。不嘆家屢空，孤雛毛羽豐。無心慕雲霄，避世屠釣中。頗爲晨昏計，悽惶走西東。今日上扁舟，明日乘羸馬；回首故鄉雲，愴然雙涕下！棲禽暮啾啾，負米歸江頭。老母顔色喜，庭開海石榴。

【箋】

〔郝母〕沈氏，明光禄丞郝璠妻，郝羽吉母。康熙江都縣志有傳。

案汪楫悔齋詩亦有同題，詩云：「甲申遭大亂，流離遍九有。丈夫紛紛時，何人知匹婦？婦是沈家女，今稱郝氏母。早歲歌黄鵠，伶仃四五口；大兒十歲餘，二女歲八九。風雨壓重檐，涕泣環相守。南都立新君，四鎮皆赳赳；一劉軍泗上，一劉軍淮右，靖南與興平，金印總如斗。社稷不曾復，先將輿地剖；私鬭滿江干，旌旗截飛鳥。母也挈諸孤，日日東西走。幾度脱重圍，不在兵燹後。全活到今日，令子爲吾友。論文常登堂，母儀肅户牖；治具必精腆，每食令人飽。何曾鬢髮空，見者吁嗟久。丙午夏五月，母稱五十壽。令子跪舉觴，日照菖蒲緑。吴生（野人）爲作歌，孫郎爲擊缶。苦節得令譽，皇天不相負；寄語采風人，慎勿遺井臼。」此詩當與汪詩同作於康熙五年丙午（一六六六）。

題孫豹人撫琴圖

高生入秦，伍氏適吴；鉛筑鐵笛，困辱窮途。孫郎出關，焦桐坐撫。懶事成連，羞爲阮瑀。悽悽秦聲，烈烈壯心。聞此音者，誰不沾襟？

【箋】案漁洋詩有題孫豹人小像，詩云：「絶磵長松不世情，科頭箕踞一先生；胸中磊塊無人語，落落琴聲大蟹行。」

題振衣千仞岡圖，爲郝羽吉

峨峨高岡，鸞鶴之鄉。彼何代子？來遊來翔。手整襟帶，身俯松篁。緇塵弗及，笑弄景光。昨日世網，搔首相望；今日天風，衣衫飄揚。

【箋】

案溉堂集爲郝羽吉題小像詩序：「戴葭湄爲郝羽吉畫小像，置身千仞岡上，蓋取太冲句也。方爾止、吴賓賢、王幼華各題詩其上。羽吉將之蕪陰時，留此圖索予題。諱名所獨，予每臨左詠，輒增躊躇，因而閣筆三年餘矣。辛亥秋，始與郝重相聚江都，責及宿逋，既不可卷還前畫，不得已，因其歸來，却更爲遠望當歸圖賦成與之。」

〔郝羽吉〕見卷一郝羽吉寄宛陵棉布箋。

題汪長玉舟中獨酌圖

郭門青甓，舒州舊杓；抱上釣船，任船飄泊。葦白江清，鷺飛漠漠。飲盡陳醴，醉眼寥廓。

題汪舟次雲山圖

曾憾瑶枝，炤燿塵俗。開襟抱膝，翛在空谷。泉沫濺頂，松風吹足。近拾芝朮，遠棄鄉曲。之子曰否！予偶停軸。未遂封留，焉敢辟穀？山雲浩浩，澗流肅肅。只恐更來，容衰毛秃。

題程飛濤獨坐抱琴圖

憶在梧下，聞君鳴琴；高山流泉，兩人會心。君今兀坐，碧梧空館。皎皎冰絃，欲揮意懶。豈惜古調，知音則遠。

【箋】 溉堂續集題程飛濤小像自注：「圖中主人抱琴，童子繙書。」案溉堂續集編入康熙五年丙午（一六六六），此詩當作於是年。

吾親

秋來三夜雨，田園盡沆漭。吾親波浪中，敗棺魄憑仗。豈無所生兒？他山遠拾橡。常恐飢凍死，去住長飄蕩。望歲歲更凶，四野惟菰蔣。殘骼傍隴畝，何日歸泉壤？

吾兒

吾兒齒已壯，歡樂平生稀。豈惟室無婦，四體無完衣。狀貌亦猶人，時命與願違。不知背老父，涕淚凡幾揮？昨宵谿月上，閉門撫金徽；隔垣聽汝奏，傷哉雉朝飛！

經三里廟

此地烏鳶集，當年將士雄。同讐東海上，授命戰場中。廢戍雲猶黑，秋田蓼自紅。家家餘寡婦，野哭對西風。

【箋】

〔三里廟〕海安考古録：「三里廟在西門外三里，明里人程泮建。」

案泰縣志：「繆景先，明季泰州海安北栟茶人，勇敢多力。甲申後，明故宗室遺臣多起兵海上。景先集鄉中壯士，欲應募。乙酉夏，諜報清軍至。時景先與廟僧對弈，聞訊躍起，持槊超騎，奮趨敵陣。清軍張兩翼馳射之，矢發如雨，不能傷。一卒出不意，伏弩中喉際，猶力殺十餘人，始僵。廟僧葬其遺骸於廟後，鄉人塑像祀之。恐觸時忌禁，諱言土神。婦某氏聞耗痛甚，潛修於鎮中某尼庵，更名月朗，殁葬庵之後院。」此詩或即指繆事。

遣興

矯矯越石父，縲絏意迫促。何人來救援？舉國擁膏沃。平仲悠悠者，左驂解相贖。若爲不知己，已見離困辱。患難受人恩，奚須辨石玉？後車方入門，請絶亦何速！

炎光昔中闇，内戚亂三綱。頭禿身謙恭，糞壤飾馨香。四十八萬人，功德盛稱揚。勢利使人愚，不察否與臧。達哉蔣元卿，稱疾歸草堂；終身不復出，徑蒿芃芃長。

鄉鄰賤貧窶，元叔嫉復嘅。骫髒傷薄俗，器業亦少隘。彦方遭世亂，播遷荆棘内。德音及群愚，盜賊聞教誨。煌煌紫靈芝，華艷照蕭艾。不見争訟人，望廬恧然退。

處士申屠蟠，因樹以爲室；黨人盡罹禍，評論獨不及。八俊名弗與，半畝趣自適。董卓何人斯？乃欲呼之出。荀蔡荀爽、蔡邕。鑒不明，清譽一旦失！蟠也卧樹根，不起亦不匿。雲鴻飛冥冥，網羅徒爾密！

吾聞焦孝然，樵薪煮白石；鄰舍有飢困，餽贈不自惜。饑者飯其遺，常有好顏色。漢亡身逸去，卧處留松柏。即今東海濱，日旰人未食。親戚盡老醜，雞犬同偪側；生不逢斯人，延頸空太息！

朝過烏衣巷，石城黯無暉。植杖訪王謝，門第久矣非。晉室既淪喪，二姓亦顛危。海内戰不息，笳聲日夜悲。風流衆子弟，瑣尾向誰依？傷心舊燕子，雙影自飛飛。

陶潛重其腰，慷慨歸鄉井。有田須自耕，舉室無宿廩。吟咏喜身逸，辛苦逢歲稔。酒熟秋氣佳，黄花秀挺挺。茅檐聚素心，言笑到酩酊。客去枕肱卧，夢寐優遊甚。

曬書日作

弱齡多病嗜詩書，藥裹書帙盈篋笥；散髮養痾萬卷前，人生如此真得意。十年戎馬鬪中原，産破無聊歸蓽門。丈夫久困形容醜，手持經史换饔飧。鄉里小兒氣驕矜，凶年擁穀如璵璠；饑時但得許升㪷，我直十倍何須論。即今五十暗雙目，衰疾纏身輟誦讀。飲食藥物向誰求？牀上殘編餘一束。細字模糊半銷滅，鼠迹蠹痕手難觸。握出茅齋憶往年，炎暉杲杲吞聲哭。

【箋】

案「即今五十暗雙目」句，此詩當作於康熙六年丁未（一六六七）前後。

懷王鴻寶二首

茅屋埸圃上，開門對芰荷。主人解衣卧，日夕涼風多。此中今有誰？但有狸與蛇。何事盡室逃？公家賦税苛。追呼曾幾日，村村無人家。念昔歲稔時，酒熟籬發花。人烟暮曖曖，荷蓧來相過。

日入原野暗，鳥雀向林歸。吾亦驅黄犢，谿上認柴扉。入門濁醪熟，山月下茅茨。半酣發慷慨，因唱郢中辭。鄰舍傾耳聽，曲終方寸違。衆人漫賞音，益傷知我稀。樊村緑楊柳，眄睞涕欲揮。

【箋】

〔王鴻寶〕國粹學報第八十一期袁承業明遺民王鴻寶先生小傳：「先生姓王，諱言綸，字鴻寶，號鈍夫，世居泰州安豐場。先生明季諸生，高才卓識，非尋常人。鼎革後，棄舉業，遠塵俗，隱居鄉僻樊村，離淘之西二十五里，嘯歌自得。吴嘉紀、沈聃開、方一煌諸先輩嘗扁舟造訪，詩酒相頡頏。先生生明萬曆時，卒康熙中葉，年八十。著有棘人草、陟屺草、望岱吟前後集、卯辰出遊草二集，都散失。」

〔樊村〕嘉慶東臺縣志：「縣西南五十里，莊曰大小樊莊。」

送王幼華歸秦

步登郭外山，佇看去輪轉；登山未及巔，去輪已遠遠。遠遠尚隱隱，黄塵倏隔絶。歸人望白雲，送者指明月。願爲前途月，昏曉尤皎潔；一更照君宿，五更照君發。

【校】

〔題〕遺民詩作送友。

【箋】案溉堂集有題樽酒論文圖送別王幼華歸秦七絶一首，編入康熙二年癸卯（一六六三），此詩當作於是年。

寄答汪扶晨

病渴老益甚，命棹還田家。情人相追送，贈我紫霞茶。此物瘳疾疢，歲産苦不多。感君回首望，已隔芙蓉花。花紅江水碧，歸程盡三百。茅齋林木裏，明月照牀席。獨飲山中茶，憶此山中客。

【箋】〔汪扶晨〕歙縣志：「汪士鋐，原名徵遠，字扶晨，一字栗亭，潛口人。工詩古文辭。康熙中，召對行在。生平喜交遊，篤風誼，曾歸汪沐日之喪，爲之營葬。著有四顧山房集、穀玉堂詩、續黄山志。」

案翁山詩外寄新安汪扶晨自注：「扶晨家在潛溪，門前有紫霞山，去黄山九十里。扶晨自製茶，名紫霞片。海陵吴野人有謝扶晨寄紫霞茶詩。」汪扶晨栗亭詩集有紫霞茶歌。

憂來

憂來望南梁，烟火秋靄靄；落日不見人，隔水狗鳴吠。遊子久不返，徐次源。中庭長蒿萊。松桂手自種，連枝日已大；軒車及時來，閱此堅貞態。

【箋】

〔徐次源〕見卷三別徐大次源歸陋軒時贈予臘酒園梅箋。

題王西樵司勳桐陰讀書圖

已著薜蘿衣，尚羈泥滓路。回首昧白雲，鄉關是何處？慨慷歌咏懷，宿昔林泉趣。夜來孤燭下，夢見三桐樹。清陰生草堂，碧葉滴涼露。起來尋畫師，含情乞毫素。

【校】

〔昧〕王本作「睞」。

【箋】

〔王西樵〕感舊集小傳：「王士禄字子底，號西樵，山東新城人，漁洋胞兄。順治壬辰進士，官考功員外郎。有十笏草堂集、考功詩選。」

溉堂集題王西樵桐蔭讀書圖序：「王西樵考功，少年讀書之地有堂，曰十笏草堂。堂前有三桐樹。後遊宦及在西曹，每憶桐樹，形於吟咏。揚州戴蒼善寫真，西樵命作桐陰讀書圖，書舊所作詩附於圖之後，屬余賦之。」案溉堂同題詩編入康熙五年丙午（一六六六），此詩當作於是年。

吴仁趾復移家來廣陵二首

草閣蓬門趣自殊，原思貧窶莫踟躕！東鄰笑爾懸鶉子，借問繁華似昔無？

菊開漫漉陶潛酒，予以肺病止酒。月出須烹陸羽茶。老眼近諳南郭路，會尋僻巷到君家。

【箋】

〔吴仁趾〕見卷一送吴仁趾箋。

案溉堂續集亦有贈吴仁趾移居一首，編入康熙七年戊申（一六六八），此詩當作於是年。

九日懷王西樵客廣陵

海雲何漫漫，北飛來鴈南去燕。田家酒熟少親昵，開門望君君不見。我荷長鑱返故園，君飄短髪羈他縣。幾枝黄花不得共，悔却從前稀見面。灣頭茱萸顔色新，紛紛絲管出城闉。相如多病誰曾問？落葉秋風愁殺人。

【箋】

〔灣頭〕康熙揚州府志：「茱萸灣今名灣頭，在城之東北。」揚州鼓吹詞序：「茱萸灣在城東北十五里，今名灣頭。蓋吴王濞開通海陵倉，隋仁壽四年開通漕者。今多爲郡人送别之所。」

案考功年譜：「甲辰十一月至揚州，士禛以舟逆於秦郵。」此詩當作於康熙四年乙巳（一六六五）九日。

重陽後一日寄贈汪三韓

霜降衆芳歇，時菊生意饒。孤花挺窮秋，天地何寂寥！此時同懷子，索居豈不愁。藿逕候三益，疾病日以瘳。采花泛良醖，一酌盡一瓢。

歸後贈菊　予去年九日到家。

荒蕪籬落菊還開，知是應門稚子栽。勿嘆頻年多寂寞，花時又見主人回。

【箋】

案溉堂詩甲辰有送吳賓賢歸東淘七絕三首，其三云：「已過重陽溪最滿，大魚網得應躊躇。海風愁捲層茅去，老人於此坐讀書。」此題自注「去年九日到家」，當即甲辰重陽也。此詩當作於康熙四年乙巳（一六六五）。

野泊

野渡人歸盡，沙田鴈自呼。船停楓葉落，月没客身孤。何處鳴刁斗？衰年在道途。倘能免憂辱，飄泊敢長吁！

【校】

〔倘〕感舊集作「但」。

夜　發

田家夜收稻，吾亦適江關。燈火遠相映，去留俱不閒。水喧仙女廟，月上謝公灣；一路饒風景，扁舟任往還。

【箋】

〔仙女廟〕康熙揚州府志：「仙女廟在江都縣東北三十里。」

〔謝公灣〕即茱萸灣，見本卷九日懷王西樵客廣陵箋。

初冬郊園飲集 分得「殊」、「幽」二字。

北郭競提壺，暄風春不殊。詞人多在眼，吾道幾曾孤？籬下花迎馬，池邊樹集烏。疏慵來自晚，非是厭歡娱！

應接吾曹簡，追陪此地幽。停歌聞落葉，把酒傍閒鷗。勝會兼紅粉，歡場已白頭。論文永今日，人醉古揚州。

葭園讌集　第二會，分得「東」、「臺」二字。

葭園清絶郡城中，邃屋層巖一徑通。豈少名賢吟竹下，又傳折柬到墻東。時王西樵司勳復以手札見招。月明隋苑夜方永，燭照子都歌未終。自愧沉痾常止酒，黄花笑殺白頭翁。

尚未離群君莫哀，生涯今夜是樽罍。樹中曲檻鷺鷥宿，池上幽居窗牖開。聞笛可憐人欲醉，觀魚應許客重來。老夫實愛垂綸好，不向滄溟憶釣臺。

【箋】

案汪楫悔齋詩有顧菴荔裳西樵諸先生招同諸公復集葭園限韻二首，當是與嘉紀同時之作。又陳維崧湖海樓詩亦有宋荔裳曹顧菴王西樵招集劉峻度葭園分得山字七律一首，編入康熙四年乙巳（一六六五），此詩當作於是年。

分賦古迹，得第五泉

荒丘絶塵囂，石甃蒙荆棘。疇昔烟霞侶，修綆於此汲。提攜甕罌潔，滴瀝苔蘚澀，靈液生天壤，何心冀賞識？人偶辨甲乙，名已傳都邑。伊予家海濱，潮汐作飲食。鹽井難沃胸，原泉苦相憶。數載願弗遂，一瓢今始執。悠悠寺鐘聲，霎霎秋山色；披榛自去來，松風動蓑笠。

【箋】〔第五泉〕翁山詩外第五泉自注：「泉爲陸羽所品，居天下第五，名曰大明泉，亦曰蜀井。」

送汪左嚴北上

燕山十二月，寒氣正凝沍。雪打披裘人，風號無葉樹。之子攜琴書，臨歧別親故。先春到薊門，今夜宿何處？村冷雞早鳴，橋危馬暗渡。疏星照僮僕，殘夢經道路。淮甸隔雲望，金臺仰面遇。三策獻廟廊，知音笑相覷。

【箋】〔燕山〕讀史方輿紀要：「燕山在玉田縣西北二十五里。志云：山自西山一帶迤邐東來，延袤數百里抵海岸。」

〔薊門〕大清一統志：「薊邱在京師德勝門外。」長安客話：「今都城德勝門外，有土城關，相傳古薊門遺址，亦曰薊邱。舊有樓館，并廢，但門存二土阜，旁多林木，蓊翳蒼翠。燕京八景有『薊門烟樹』即此。」〔金臺〕方輿紀要：「黄金臺在順天府東南十六里。又北里許爲小黄金臺，燕昭王嘗於易水東南築臺以延天下士，後人慕之，因築焉。」

案汪左嚴適園詩鈔有入都留别諸同學七古一首，詩云：「朔風凛冽寒雲平，南飛鴻雁啾啾鳴。迢遞薊門驅馬去，驪歌初唱難爲情。故人多在隋堤畔，歲暮川原色黯淡；别酒頻斟不忍行，那堪回首垂楊岸。問訊征夫路正賒，時時引領望京華；曉風聽漏過山縣，暮雪停車問酒家。漫羡長安春色早，春風争似故園好；天末依依遊子心，夢中夜夜江南道。」

歲暮送汪舟次遊匡廬　用「遠懷塵外蹤」五字爲韻。

泛泛木蘭舟，高高匡廬巘。發興風雪時，褰裳道途遠。聊以攄心胸，因之卜棲遁。歲盡行人稀，江澄布帆穩。天邊五老峰，烟靄蒼蒼晚。

遊子何所攜？素琴與青鞵。俯仰湖山際，天風吹人懷。遠公昔結社，此地有茅齋。長嘯白雲壑，送客蒼松厓。高風今邈矣，猿鶴君且偕。

杳冥香爐峰，高卧堪幾旬？只愁雪不化，不知天地春。晴霽試出户，雲物多鮮新。飛泉一萬仞，半空聲粼粼。解衣置石坎，滌盡人間塵。湖波連松杉，寒山互明昧。陶謝往來後，斯人繼高會。惜哉廡下人，阻絶雲山外。十年共歡娛，一朝殊嚮背。徙倚塵埃中，相憶摧肝肺。吾鄉有施老，人比陳元龍。振翮臨此邦，翛然鸞鶴蹤。登眺得閒暇，尊酒須相從。吟咏鷺洲勝，盤桓就亭松。歸來山月下，虎谿聞夜鐘。

【箋】

〔匡廬〕即廬山。嘉慶重修一統志：「廬山在九江府德化縣南二十五里。」

〔五老峰〕嘉慶重修一統志：「在南康府星子縣北廬山，去縣三十里，山石骨峙，突兀凌霄，如五老人駢肩而立，爲廬山盡處。」

〔香爐峰〕嘉慶重修一統志：「在德化縣西南三十里，廬山北。峰形圓聳，氣靄若烟，故名。」

〔虎谿〕嘉慶重修一統志：「在德化縣南，廬山東林寺側。相傳晉慧遠送客過此，虎輒號吼。」

案周亮工賴古堂文集送汪舟次遊廬山序：「吾友舟次汪子，負磊落才。今秋不得意於有司，別予歸維揚；念予寥落，忽復渡江相慰。登繖山後，匆匆有意匡廬。里井之士咸疑舟次胸中糾紛縈結，膠固不伸，藉兹遊以舒其坎壈。」云云。郝羽吉亦有送汪舟次詩。又溉堂集有送汪舟次遊廬山兼寄施尚白少參詩，編入康熙五年丁未（一六六六），此詩當作於是年歲暮。

程臨滄、飛濤兩尊人雙壽詩

隱者多入山，丈人唯愛石。但存巖栖意，城郭亦自適。常聞位置勞，已見岡巒積。引泉磊砢底，種樹苔蘚隙。有時擕良偶，閒夜煮雲液。艷艷林花發，泠泠池月白。賢哉廡下賓，邈矣鹿門客！優遊以偕老，高風齊往昔。

里巷盡人子，誰娛二人心？君家賢嗣息，欿然思何深！伯氏志禄養，笑綰頭上簪。膝下依仲子，手弄焦桐音。昨夜明月佳，曳杖來相尋。主人聞客至，罷鼓丘中琴。群木寂不響，餘音散空林。

【校】

〔君家〕王本作「若家」。

【箋】

〔程臨滄、飛濤〕見卷一送吴仁趾北上箋。案程臨滄、飛濤之父名有容。雍正兩淮鹽法志：「程有容，字休如，歙人。嘗遇水澇，御史郝浴倡勸賑救，容身任其勞，事聞，給頂帶。子澎（即飛濤），刑部主事，封如其官。」

晚發白沙 同汪舟次、吴仁趾，限「沙」字。

黯黯雲垂野，喧喧浪激沙。黄昏初放艇，白首正思家。江戍聞寒柝，漁燈見宿鴉。飛蓬真似我，歲晚更天涯。

【箋】

〔白沙〕廣陵覽古：「白沙洲在儀真城南，即白沙鎮。」

案汪楫有同題詩云：「北風初作雪，逋客正辭家。濁酒當寒水，輕帆入暮笳。燈明村犬吠，潮落榜人譁。歷歷疏星外，江烟起白沙。」意即與嘉紀限韻之作。汪楫山聞續集自序云：「丁未遊西江，歷匡廬、青原、西山諸勝，得詩數十首，藥地老人題曰山聞，謂『清泉白石，實聞此言』也。迄壬子，始合數年登覽贈酬之詩授之梓，統名山聞詩。」此下諸詩山聞詩皆有同題，編於遊匡廬之前，則當作於康熙五年丙午（一六六六）歲暮，時嘉紀送汪楫遊廬山而之金陵。又案周亮工賴古堂詩卷六有吴仁趾自廣陵過訪五律一首，列於丙午季秋自雲門南還諸詩之間。首句有云：「興來齎麥酒，大雪涉江干。」考諸時序，亦相吻合。

渡揚子　限本題三字爲韻，同汪舟次、吴仁趾。

霧斂大江流，淼淼吴楚路。北風吹寒潮，吾掛片帆去。遠岫隔樹蒼，狂湍擁橈怒。抱膝遊空濛，舒襟忘驚懼。鳴鴈何連翩？飛下金陵渡！歲晏無衣食，奔走悲中腸。舉頭見攝山，神情忽飛揚。山色如舊日，疏鐘到野航。中峰定憐我，齒落髪盡蒼。未遑來結屋，倚棹空相望！落日壓峰頭，斜光射江底；洪波亂清暉，蕩激數千里。城郭何勞勞？衣裳在泥滓。常聞陸山人，賞此中流水。瓷罌自引汲，酌共二三子。

【箋】

〔揚子〕讀史方輿紀要：「揚子江，揚州府南四十里，由六合縣經儀真縣至瓜洲鎮。江心有南泠水，與鎮江府分界。」

案汪楫山聞詩渡揚子三首，亦以本題「渡揚子」三字爲韻。此與前詩同時所作。

送吴冠五還屯谿

客路夕陽低，逢君歸舊溪。狂歌杯共把，無意手重攜。石澗清人影，晴沙健馬蹄。回頭看蕩子，皓首獨栖栖。

此日新安路，千山雪正晴。濁醪香野店，獨樹候柴荆。過嶺春禽語，臨溪夜月明。往來與樵牧，款款故鄉情。

【箋】

〔吴冠五〕賴古堂尺牘新鈔結鄰集：「吴宗信字冠五，江南休寧人。著有履心集、屯溪集。」

〔屯谿〕江南通志：「屯谿鎮在休寧縣東南三十里。」

案周亮工賴古堂詩有送冠五還黄山五律四首，汪楫山聞詩亦有送吴冠五歸里五律二首，當爲同時所作。　案周詩列於丙午自雲門南還諸詩中，汪詩列於山聞詩遊廬山諸詩之前，當均作於康熙五年丙午（一六六六）歲暮。

吳嘉紀詩箋校卷四

鳳凰臺訪錢湘靈贈詩二首

翳翳寒雲下，荒臺何嶙峋？鳳凰不來遊，梧竹愁殺人！誰愛一抔土？抱琴來結鄰。登臨發慷慨，長句助有神。時時江山際，清風吹衣巾。李白逝久矣，斯人洵可親。

隴畝在南村，歲凶不得食。吏胥徵税苛，親戚共亡匿。平生工詞賦，出門路人識。文采成饑寒，盛名有何益？昨聞故園松，樵人斤斧逼；扁舟遣兒歸，涕淚正霑臆。

【箋】

〔鳳凰臺〕在南京。重刊江寧府志：「鳳凰臺在今南門内新橋西。宋元嘉十六年，秣陵王覬見二異鳥，文彩五色，時謂之鳳，乃置鳳凰里，起臺於山。」

〔錢湘靈〕吴德旋初月樓聞見録：「錢湘靈名陸燦，别自號圓沙，常熟舉人。生明季，爲諸生，已有名於時。湘靈治經，長於言易。爲詩、古文、時文皆工。以其學教授，出遊揚州、金陵、常州。晚而歸里，弟子著録者數百人，率一時知名之士。著有調運齋集。」

案錢有答吴野人見訪詩，見海虞詩苑。詩云：「故人雲端墮，汪子與吴子，又偕一友來，海陵野人是。曰余夙所欽，拾衣不及履。掀髯見古貌，揮麈乃譚止。曩昔讀叟詩，性情拓於紙。食淡鹽焰中，苦吟東淘市。竭來舊京洛，蒼然定交始。何處可論心？青蓮有遺址。」汪楫山聞詩亦有鳳凰臺歌爲錢湘靈作七古一首，列於遊廬山諸詩之前，此詩當作於康熙五年丙午（一六六六）。

登清涼臺　即虎踞關。

此地舊京華，登臨落照斜。雄關空踞虎，廢殿只啼鴉。山脊明寒燒，江心長白沙。來遊吾獨晚，搔首聽悲笳。

【箋】

〔清涼臺〕江南通志：「清涼山在江寧府西六里清涼門内。舊有清涼臺，俯瞰大江，南唐翠微亭遺址在焉。」

案山聞詩登清涼臺題下注云：「同龔半千、吴野人、仁趾。」此下三題，皆當爲康熙五年丙午

（一六六六）歲暮赴金陵時所作。

登燕子磯

空翠壓蒼波，高亭試一過。江流向北小，山色直南多。風雪孤舟遠，饑寒兩鬢皤。浮家願不遂，老眼看漁蓑。危磯猶似昔，曾同王鴻寶登此。孤客獨傷魂。親友浮雲散，關山曉霧昏。疾帆衝白鷺，怒浪擁蒼黿。俯視維舟處，潮收露石根。

【箋】

〔燕子磯〕讀史方輿紀要：「燕子磯在觀音門西。金陵記：『幕府山東有絶壁臨江，梯磴危峻，飛檻淩空者，宏濟寺也。與宏濟寺對岸相望，翻江石壁勢欲飛動者，燕子磯也。俱爲江濱峻險處。』」

〔王鴻寶〕見卷三懷王鴻寶箋。

案卷十四有同題七律一首，意即嘉紀同王鴻寶登臨之作。

爲錢湘靈題潁川君絶筆二種後

閨中風味亦何清，學佛躭詩已半生。字畫置懷三四載，安仁惆悵不勝情！
金陵歲暮對斜曛，病婦音書久不聞。邂逅鳳凰山下客，雲衣偏説潁川君。

【箋】

〔潁川君〕錢湘靈妻。錢陸燦調運齋集族叔丹成君壽叙：「君弱弟鶴田，桑氏婿，其妻則吾亡妻潁川君姊之出也」云云。

秣陵酒徒歌，贈吴介兹

秣陵吴生今酒徒，絳脣白面蒼髭鬚。年已三十産業無，終朝擊劍歌烏烏。去冬相逢桃葉渡，老栝樹下人提壺。霜落華筵失凛冽，月來深夜隨歡娱。長干老春真有力，遊子臘月衣無襦。今年卧疾蕪城隅，出門送君倩人扶。榾柮炙醅未及把，灑泣睞予傴僂軀。丈夫豈作兒女態，爲予貧病心踟躕。帆前鴈雛唤侣伴，掌大雪片飛江湖，君且痛飲歸舊都。君不見杜陵野叟在泥途，空墻日落妻兒餓，窮谷歌成手足痛。吾曹溝壑等閒事，臨歧顧戀徒區區！

【箋】

〔秣陵〕即南京。讀史方輿紀要：「江寧府，秦改曰秣陵，屬鄣郡。郡志云：『始皇三十七年自會稽還，改金陵爲秣陵；漢因之。建安十七年，孫權自京口徙秣陵，改爲建業。』」

〔吴介兹〕見卷一吟詩秋葉黄圖爲吴介兹題箋。

〔桃葉渡〕嘉慶重修一統志：「桃葉渡，張敦頤六朝事迹：『在（江寧）縣南一里，秦淮口。』通志：『在江寧縣秦淮、青谿合流處。』」

〔長干〕重刊江寧府志：「長干里在今聚寶門外。劉淵林吴都賦注：『建業南五里，有山岡，其間平地，吏民雜居，有大長干、小長干。』」

案詩中有「去冬相逢桃葉渡，老栝樹下人提壺」之句，乃與汪舟次、吴仁趾去金陵時也。此詩當作於康熙六年丁未（一六六七）。

栝園詩四首，贈周雪客

栝，柏葉松身。因以四字爲韻。

嶇嶔數株栝，幹素葉何碧！君家清陰下，三世宴賓客。凜冽歲晏時，巖壑冰霜積。今君憂患餘，重來拭白石。儔侶轉寥寥，此木獨如昔。人生戀故舊，物性貴孤適。天寒色不凋，何必松與柏？殘冬憶名園，滄江命舟楫。入門清風起，謖謖響松葉。故人喜我來，襪束不暇屧。霜蔬把鋤劚，濁酒隔墻饁。開軒試舉杯，蒼然遠山接。十年走東西，僮羸馬無鬣。羡爾於陵子，歸來有舊業！

爾祖此習静，如山先生。不知春與冬。掩卷時出户，開襟對群峰。躞蹀向小橋，鹿麑隨短笻。翛翛塵壒外，伊人洵可宗！我來訪高蹈，寒泉暮淙淙。但見栖鳥回，孤雲已無蹤。徒然嘯歌處，仰首看喬松。

紀也非斷蓬，家在東海濱。門外即流水，狂歌把釣緡。妻兒饑驅我，青鞵入紅塵。一生何疏散，垂白翻苦辛。曠哉園中池，水石清粼粼。風景豈不佳，回首忽愴神。美人峰園中峰名。頂月，何須照老身？

【箋】

〔栝園〕張瑶星金陵諸園詩：「栝園在大功坊東巷内。初，沈生予得之魏國家，數易主而歸周櫟園。堂三楹，敞而受風，寛而宜月。老栝兩株，亭亭直上，園之得名以此。中多石，石亦最奇，而皆具玲瓏透露之致。池水一泓，朱鱗數百；水閣三間，可以忘暑。」

〔周雪客〕今世説：「周雪客名在浚，櫟園長子。有黎莊集。」

〔如山先生〕今世説：「周赤之名文煒，素行屹立，人稱爲如山先生。周曰：『吾如山哉！吾乃坦然者耳。』因以自號。少以文自豪，尤喜賓客。初官諸暨簿，尋忤令，左遷王府官屬。會母喪過哀，竟以病棄官。於所居爲昔有園，與向時賓客觴詠其中，謂之秦淮釣侶。」

此題及以上鳳凰臺訪錢湘靈贈詩二首、登清涼臺、登燕子磯、爲錢湘靈題潁川君絶筆二種後諸詩，皆當作於康熙五年丙午（一六六六）歲暮，與汪舟次、吴仁趾遊金陵時也。本卷有送吴仁趾七絶二首，其二「秋山繞郭儘堪遊，莫宿城西孫楚樓」句下自注云：「予去臘與舟次、仁趾同遊。」當即此時。

勸酒歌二首，爲汪季瑹　時季瑹二十初度。

爲君彈清琴，調苦未免旁人嘲。爲君歌白紵，曲長愁見東方高。何如燭下金叵羅，殷勤斟香醪。香醪味醇色復殷，曾使朱顏常不凋。三萬六千朝，過去七千二百朝；從此朝朝飲美酒，那羨仙人王子喬？

君不見隋家苑，昨爲歌舞場，今爲狐兔窟。眼前景色那有定，山岳轉瞬成溟渤。人生難得沽酒錢，況君翩翩正少年。滿堂賓客皆好我，追光逐景相周旋。往昔有劉生，其人稱大賢；一石飲盡枕鍤卧，摇手不聽婦人言。

【箋】

〔汪季瑑〕名瑋，汪舟次之弟，能詩，有葦溪詩。見魏叔子文集二汪遺詩叙。

〔隋家苑〕謂隋苑，見卷二登觀音閣箋。

旅懷二首，贈汪牧公

春風吹幾日，草木都葳蕤。遊子有肺病，萌芽亦已滋。空囊尚羞澀，皓首唯低垂。時無韓伯休，疾痛欲呼誰？故鄉路漫漫，俛仰不敢思。嗟哉命一縷，燈前聽子規！

藥物日盈筐，煎汁勸吾茹。竊感汪郎情，食苦不知苦。汪郎洵多藝，未嘗向人語。心偶憐孤客，我已免二豎。朝授神農經，夜話伯通廡，扶持疾病人，斯道亦云古！

【箋】

〔汪牧公〕未詳。

三月三日絶句二首

船頭昨夜雨如絲，沃我盆中蘭蕙枝；繁蕊争開修禊日，遊人正是到家時！

已見江城桃李開，風帆飛渡五湖來。揚州有五湖。滄溟三月冰初泮，飽看茅齋緑萼梅。

【箋】

〔五湖〕江南通志：「五湖在高郵州西六十里，通天長縣銅城河。」

傷哉行

鶗雞鳴桑榆，朝旭動溟渤；雨晴宿霧斂，海岸曠兀兀。此時送吾親，就彼丘中穴。破幔不蔽棺，親戚皆且咥。輓輛心自悲，送死具都缺。所念河之濱，一抔勢硉矶。行人村口來，遠帆墓門列。老病未死兒，抱土掩親骨。

墓田固姪有，族姪珍。范公堤東偏。脈脈春流外，西南對澄淵。近水蘆葦多，鴽鶱何翩翩。姪也忽相售，肯不多索錢。遂使我二人，容易及重泉。落葉向故根，吾祖塋在前。三世祖謙公墓。墓後即鄉廬，遠遠見人烟。依然是桑梓，庶以娱長眠。
緬懷乙酉歲，里閭爲戰場。長跪借人隴，雙親厝其旁。石槨製未了，子孫散匆忙。亂定主人歸，桔槔種稻粱；引水二三尺，迫我速發喪。見此五内裂，還家谿日黄。小兒如哀猿，饑卧唤爺娘。俯仰生死際，夜夜淚千行。
葬師語我曰：「三月廿二吉，汝其亟爲槨，時哉不可失！」倉卒聞師言，空手計安出？貧窶鄰里外，豈無交如漆！已推食食我，復干恐見疾。不悟素心者，委曲更相恤。匍匐救有喪，高情罕其匹。瓊瑶光采多，持報是何日？

【校】
〔依然〕楊本作「依依」。

【箋】
〔謙公〕嘉慶東臺縣志：「吴謙字撝軒，安豐人，原籍蘇州。宋季，其祖休徙安豐。謙幼讀書有智略，工騎射。元成宗朝，以文武全才，舉爲兵馬都轄。」

哭吴周

形骸葬何處？遥望但潸然。同病吾猶在，吾與周皆有肺病。貧交汝最賢。買山徒有約，學道苦無年。俊逸豐谿集，周著豐谿草堂集。人間自此傳。

傷哉倡和友，寂寞把君詩。老滴招魂淚，生無會面期！青山躬稼地，丹旐出門時；想見茅簷下，呱呱一歲兒。

丙申赴友難，周也願相隨。冒雪攜裝出，租驢讓我騎。犬鳴投宿店，燈照下鞍時。敝褐西風裏，禁寒泣共持。

重壤懷生友，遊魂到遠舟；形容猶夙昔，風景只颼飀。缺月長橋落，清淮半夜流；醒來憶攜手，惆悵海西頭。七月十九夜，夢周於茱萸灣舟中。

【箋】

〔吴周〕即吴後莊，見卷一懷吴後莊箋。

案「丙申赴友難」係指嘉紀葬程琳仙事。悔齋詩有贈吴後莊詩，紀周事頗詳。詩云：「前年知君名，人言君歸里；去年見君詩，人言君已死。聞君夙昔負奇氣，當杯十日九日醉，謀生不復工讀書，徑寸之書一朝記。落拓遊東淘，結交吴賓賢。賓賢有友程琳仙，客死邗關無賻錢；老人淚枯不得赴，其時臘盡河冰堅。君乃奮臂扶驢韉，肩馱襆被手執鞭。冰霜着指指欲墮，三百里路相周旋。琳仙得葬賓賢喜，群訝此君胡爲爾？竭蹶不受高義名，冷暖羞看輕薄子。此舉世人殊未識，忽聽人言淚沾臆。一片崚嶒骨，零落荒山誰與拾？剥啄何人來草堂？登堂自稱吴後莊。相逢驚定還熟視，輕風冉冉吹斜陽。我昔疑君形偉岸，君身不過四尺半；我昔疑君垂白人，君年甫過三十春。知君生平嗜莊子，放情物外輕生死。男兒生争日月光，安得漫同草木委！執君手，與君歌，驚人詩句今更多，支離病骨難消磨；可憐把酒不敢飲，濡首頓足呼奈何！」又案溉堂續集有哭吴後莊詩，編入康熙八年己酉（一六六九），此詩當作於是年。

寄閻再彭

武陵桃杏然，淮南桂猶好；斯人塵網中，高翔獨何早？出城結草屋，栽樹來啼鳥。俛仰日悠悠，衰頹已稍稍。秋雨過田園，家人采葵藻；開軒延孤賞，舉案勸一飽。仲子有賢妻，灌園足娱老！

躭幽賦招隱，好我須同行。再彭隱處名一蒲，其友張虞山悦之，乃爲結屋，並治釣具。淼淼楚水中，雙雙釣魚航。棲遲共菰蒲，飲啜多滄浪。自比於巢許，人稱曰閻張。予生東海濱，獨著薜蘿裳。聞君居有鄰，欲往河無梁；臨流試極目，葦花秋蒼蒼。

鄘炎吟見志，楊惲醉擊缶；人情固多忌，其調亦傷厚。嘯咏乃娱懷，憂患翻自取。緬彼大雅流，迴哉淮陰叟！春風隨手來，群物解顔受。朝看天際雲，暮倚門前柳；士窮無怨音，時俗安能咎！

【箋】

〔閻再彭〕李元庚望社姓氏考：「閻修齡字再彭，號容菴，別號飲牛叟，大參硻楚先生子。崇禎乙亥諸生，明末落籍，遯迹白馬湖濱，名其居曰一蒲菴。同時如李楷、杜濬、傅山、王猷定、魏禧、閻爾梅輩，過淮皆下榻焉，時人稱盛。又與同里張虞山、靳茶坡爲世外交，朝夕行吟，結望社相倡和。其詩高潔無烟火氣，不減儲、王。著有秋心、秋舫、冬涉、影閣諸集、紅鷗亭詞行世。」案汪鋆批本：「閻再彭妻名仙窈，字少姜，清河丁士美季孫。」

〔一蒲〕茶餘客話：「一蒲菴在平河橋。」

〔張虞山〕感舊集小傳：「張養重字子瞻，號虞山，別號椰冠道人，江南山陽人。」

送高雲客歸遺安草堂二首

遐哉閩中人！攜手竹西路。紅橋正放芙蓉花，黄葉忽落梧桐樹。回首仙霞意淒絶，故鄉宛在雲深處。棲遲只憶大池邊，草堂池水秋蕭然。何妨抱甕澆蔬圃，那慣尋人問酒錢。深夜月明不復眠，散髮狂歌獨扣舷。羡君欲歸便歸去，蘆葦瑟瑟開江船。雪峰巃嵸半空起，君家舊業兹峰裏。千巖古雪壓城郭，四序清光映妻子。淒寒舉室無怨嗔，苦節累世已如此。今君何事來江干？塵中觸暑行蹣跚。幽人能冷不能熱，不覺長歌行路難！路難羞作飛蓬轉，足繭還山力未倦；開笥重看玄晏書，閉門續著高士傳。雲客著續高士傳。北馬南禽難重親，天涯老病獨傷神；遺安堂中僵卧去，夢見栖栖織屨人。

【箋】

〔高雲客〕今世説：「高兆字雲客，福建侯官人。少遭喪亂，自江左還舊鄉，補衣蔬食，塊處蓬室中，采搜隱逸，輯爲高士續傳，鑒别精嚴，論者謂其才識不讓士安。」全閩明詩傳：「高兆字雲客，一字固齋，侯官人。崇禎末諸生。有遺安草堂集。」柳湄詩傳：「兆世居東門後嶼。」案高士續傳，起晉迄明，凡一百四十三人。今刻於觀自得齋叢書中。

送吴仁趾

鳳凰臺北路迢遥，冷驛荒陂打暮潮。汝放扁舟去懷古，白門秋柳正蕭蕭。

秋山繞郭儘堪遊，莫宿城西孫楚樓。予去臘與舟次、仁趾同遊。後夜酒醒思舊伴，烏啼殘月不勝愁！

【箋】

〔吴仁趾〕見卷一送吴仁趾箋。

〔鳳凰臺〕見本卷鳳凰臺訪錢湘靈詩二首箋。

〔白門〕即南京。劉宋之世，宫門外六門設竹籬。有發白虎樽者，言「白門三重門，竹籬穿不完」，乃改立都墻。見南齊書王儉傳。後世遂稱金陵爲白門。

〔孫楚樓〕在南京。江寧府志：「孫楚酒樓在石頭城側。後人因李白詩，亦名李白樓。」

案注中「去臘」，當指丙午歲暮，與汪舟次、吴仁趾赴金陵時也。此詩當作於康熙六年丁未（一六六七）。

送方虞臣遊楚四首

青錢用盡時，問渡欲何之？夜雨人無酒，秋風鬢已絲。船頭分菡萏，浪底出鸕鷀。萬里江湖路，蕭條一畫師。

漫遊蹤不定，望遠意多違。詞客悲秋處，江山木葉飛。新知前去覓，鄉信北來稀。霜降君惆悵，人家又擣衣。

失路仍分手，臨觴各黯顔。才多成蕩子，老至憶鄉關。明月澤中樹，啼猿江上山；天寒渡湘水，愁見竹斑斑。虞臣家有斑竹園。

到時逢早鴈，中夜起搔頭。風景重陽節，饑寒八口謀。忘機人不識，薄醉自銷愁。容易吟清絶，方干共遠遊。時附方季舟。

【箋】〔方虞臣〕未詳。悔齋詩有送方虞臣歸鶴巢七古一首，詩云：「昔我逢君君披緇，狂歌爛醉真吾師；今我逢君君戴笠，身學陶朱走都邑。出世入世偶然耳，高蹤那許常人識。齷齪富兒多俗懷，黄金在手中心猜。驕人自足鄭虔畫，結客偏傾袁紹杯。人生得錢須適意，安肯只作妻孥計？日落柴門倚白頭，却望千金等閒致。木葉下山天泬漻，驪歌最愛唱秋郊。莫令下士驚龍變，且勸先生歸鶴巢。」

屯谿先生

屯谿先生貌魁梧，惆悵世間磊砢路。高歌自攬懸鶉衣，把劍人嗤猛虎步。大雪醉上黄金臺，擊筑之人不可遇。俛首忽見金谿公，板屋蕭瑟烏啼樹。非無蹤履舊賓客，患難一朝散如霧。先生慷慨來扣門，一室五載同晨昏。薊門月白人聯榻，燕市花黄酒滿樽。即今已白金谿冤，又見門庭車馬喧。公也動爲海内法，座上獨拜先生言。君不見東園桃李花正妍，孤松顔色如去年；主人却憶歲寒日，敷榮競艷徒紛然！

【箋】

〔屯谿先生〕周在延書影序：「先君子著述十餘種，是書則於請室中，將平生所睹記有關於世道人心、文章政事，以及山川人物、草木蟲魚，可助見聞者，皆隨筆記出成帙。是時歲在己亥，予小子年方七歲，諸兄弟亦皆幼小，棲息白下。朝夕與先君子周旋吟咏無間者，獨黄山吴君冠五，諱宗信，多才思，尚氣節，有古人風，即書所列屯溪螺隱先生是也。」周亮工年譜：「戊戌，四十七歲。詔逮下刑部復訊。六月出閩，十一月至京師，就刑部候訊。己亥，四十八歲。刑部訊未結。公乃結廬於白雲司，日賦詩著書其中，顔之曰因樹屋。有北雪詩、因樹屋書影諸集。時獄事方急，親友星散，獨白岳吴宗信冠五時左右公，故集中與冠五倡和獨多。」意屯谿先生即吴冠五，見卷三送吴冠五還屯谿箋。

〔金谿〕謂周亮工，周祥符籍，江西金谿人，見卷二答櫟下先生箋。

糧船婦

秋風河上來，吹我饑饉夫；雖有如花婦，不及盤内餔。日暮何喧喧，河灣泊糧船。船公坐上頭，盼睞見紅顔。遣人通殷勤：「吾家衣食足，若輩愁餓死，試來同力作。力作到一年，償錢令汝歸；力作到三年，無錢令汝歸。」阿夫呼婦語：「與卿勉相從；不從便餓死，爾我長西東！」匍匐起偕婦，婦淚落如雨。昨日閨中人，今日舟中婢。儔侶聞添丁，餽酒遺犍蹄。河南艤船來，河北艤船來。船公中心喜，舉手數斟酌；自謂佳麗質，已是虞羅雀。羅雀則有雄，匹婦則有夫。誰知匹婦志，千折不可移！阿夫泣相持：「依人且低眉。力作到三年，無錢共汝歸。」阿婦默無聲，人眠窗落月，急遽離船公，慷慨尋鬼伯。抱石投邗溝，波濤爲不流。行人揮涕看，尸横溝水頭。

【校】明遺民詩題下注作「海氏」。

【箋】案溉堂集雨舟望海烈婦祠詩自注：「吴賓賢有糧船婦詩，爲海烈婦作也。」歸莊集洞庭三烈婦傳附有海氏傳：「海氏家貧，婦色美，有運糧武弁窺見之，紿其夫以遠賈，夫遂挈海附糧艘以行，武弁遣其夫還市物料，夜入犯海，海力捍之，武弁殺之而藏其屍米中，遣其黨追殺其夫於道。黨不義其所爲，詣有司告之，勘驗得實，事聞臺使，爲誅武弁，而奏旌烈婦，立祠於毘陵驛。過之者多嗟嘆泣下，文人學士作爲詩文以彰之。」

答贈羊山先生二首

步出南郭門，稍稍離塵壒，清風悠然來，景物與人會。頻年覩道路，飄轉成老大。愁疾纏一身，仰天但長嘅。日落上河梁，遠山秋靄靄；邂逅壺丘子，偕我遊方外。杳杳吳門岫，翛翛鸞鶴群；羽儀不可見，仰止徒殷勤。淮南叢桂下，不悟揖清芬。周易把三卷，此外皆浮雲。一燈照茅檐，羲皇向我云。雨歇花更發，半夜香氤氳。

【箋】

〔羊山先生〕姓馬，吳門人。汪舟次弟三韓業師也。見魏叔子文集二汪遺詩序。

案溉堂集有贈馬羊山詩，編入康熙七年戊申（一六六八），此詩當作於是年。

送王司勳四首

身閒方嘯傲，組解豈蹉跎！琴鶴辭人去，炎涼奈爾何？青山過雨净，黄菊到家多。試聽楓林下，樵夫正踏歌。

清絶孟夫子，遐哉王輞川！雅音曠千載，歷下踵先賢。文選樓頭月，平山堂外蓮；新詞吴女羨，歌滿泛湖船。

倚杖看秋柳，長謡憶阮亭。阮亭令弟有秋柳詩。賢兄仍遠别，老淚忽雙零。嘆我眉空白，唯君眼最青。天涯復何賴？落日共伶仃。

山寒明月出，犬吠遠人歸。入户梧桐長，憑軒鴈鶩飛。鄉鄰言款款，燈火夜微微。莫問年凶稔，生涯有釣磯。

【箋】

〔王司勳〕謂王士禛之兄士禄，號西樵，官吏部考功司員外郎。見卷三九日懷王西樵客廣陵箋。

〔文選樓、平山堂〕並見卷一揚州雜詠箋。

〔秋柳詩〕四首，見王士禛帶經堂集漁洋詩三丁酉稿。蠶尾集菜根詩集序：「順治丁酉秋，予客濟南，時正秋賦，諸名士雲集明湖。一日，會飲水面亭，亭下楊柳十餘株，披拂水際，綽約近人，葉始微黄，乍染秋色，若有摇落之態。予悵然有感，賦詩四章，一時和者十人。又三年，予至廣陵，則四詩流傳已久，大江南北，和者益衆。於是秋柳社詩爲藝苑口實矣！」

案王西樵旅揚十五月，丁未秋告歸。雷伯籲艾陵文鈔北歸録别詩序：「西樵先生旅於揚州者十有五月，將告歸，置酒城北之墅，前期遍諴于交遊。及期，洒掃早治具再速，頃之，累累而至。籩豆既列，獻酬迭行。酒半，先生揖而請曰：『余之歸有日矣！盍贈以詩？』於是取江文通之别賦三十六字，人各鬮之；體五言古，限以十韻。遂酣醉盡歡而退。翼日，群致其所爲詩者：江南則王式之、白仲調、陳散木、吴野人、鄧孝威、李若金、卞云郭、宗梅岑、華龍眉、許師六、汪左嚴、汪叔定、王仔園、汪季角、蕭靈曦、夏次功、程穆倩、孫無言、汪長玉、查二瞻、吴西崖；浙江則李山顔、黄復仲、孫介夫、姚端木、邵天自、張祖能、姜綺季；江西則涂子山；湖廣則許漱雪、杜茶邨；福建則黄帥先、高雲客；山東則孫道讓；陝西則王築夫、雷伯籲；而郭飲霞、高小卻又自爲韻。名曰北歸録别詩。康熙丁未秋。」此詩當作於康熙六年丁未（一六六七）。

偶歸東淘茅屋，寄楊蘭佩二首

蘭佩與予同庚，八月十二日五十初度，先予四十日。

原野乍涼颸，抗策還三徑。雨餘秋草青，返照泠泠映。家人聞我來，烹蔌開藏醞。寂寂叢桂發，亭亭籬菊迎。時物競招隱，晚芳殊引興。惜哉美人遥，此意難持贈。先民采芝歌，臨觴獨吟詠！

俗士羨逃世，高人偏入城；門外勢利區，門裏絃誦聲。檐花向酒落，園鳥隨人鳴；論文與析疑，兄弟即友生！自愧披裘者，道路日營營；乞米年方暮，狂歌客問名。凍餒成貪鄙，叔牙知我情！

【箋】

〔楊蘭佩〕見卷二楊蘭佩招同諸子泛舟箋。

案汪懋麟墓誌，嘉紀生於明神宗萬曆四十六年戊午（一六一八）九月二十二日，至康熙六年丁未（一六六七）恰值五十。楊與嘉紀同庚，此詩當作於康熙六年。

渡　江

終歲唯行役，荒江幾問津。風淒青塞鴈，浪駭白頭人。飄泊誰知我？饑寒易此身。雲山不相厭，擊汰就嶙峋。

泊東溝

寒潮衝北渚，夕照見東溝。身出江心浪，魂招葦下舟。數錢尋酒店，高枕近沙鷗。穩繫中流楫，飄摇任石尤。

【箋】〔東溝〕讀史方輿紀要：「東溝在儀真縣西南四十里，爲儀真、六合之交，值黄天蕩，大江衝要處也。」

同汪長玉阻風朱家觜二首

岸上北風急，紛紛飛荻花。賈船停擁浪，江戍遠吹笳。有恨黄天蕩，無棲白項鴉。危途頻慰勞，得伴勝還家！

黄壚山下店，往日飲偏豪，壓酒紅顔麗，當門緑樹高。長歌重慷慨，勝地已蓬蒿。惆悵寒江水，人來見二毛。

【箋】

〔汪長玉〕見卷一汪大生日箋。

〔朱家觜〕江南通志：「江寧府大江南岸，自下新河而東爲草鞋夾，二十里至七里洲，三十里至鮒魚廠，二十里至草堂橋，四十里至朱家嘴。」

〔黄天蕩〕康熙揚州府志：「黄天蕩在儀真縣西南揚子江中，流湍瀰漫，最爲天險，即韓世忠與金兀朮相持處。」

哭徐泌二首

素心苦難得，朝露偏易晞。嗟哉芳蘭質，不待秋風萎！就養更何人？雙親寄天涯。琴書委塵壒，親友長别離。夙昔羅浮東，海陵有羅浮山。栖遲一茅茨；相憶每相就，雞鳴樹依依。主人今何適？景物猶往時。臨谿試延頸，五内車輪馳。

生栽雪墅梅，泌種梅處，顔曰雪墅。死葬雷塘土。舊樹鄰里惜，新墳鷗鷺伍。委化人漫悲，平生爾最古。應念貧交者，碌碌殘生苦。窮途類衰駿，世態如猛虎。還家誠已疲，羸疾久弗瘉。鴈鴻寒叫野，風雪夜侵户。歲暮亦何爲？灑泣懷仁祖！

【箋】

案康熙揚州府志藝文有徐泌同諸子集康山送王又旦賦詩一首，注作歙縣人。

〔羅浮山〕江南通志：「羅浮山在泰州西北五里。在藪澤中，不爲水没，遥望如羅浮然，因名。」

〔雷塘〕揚州府志：「雷塘在城西北十五里，漢所謂雷陂。」

飲康山草堂

九月八日，汪長玉招同王西樵、郭欽霞、汪左嚴、程翼士分韻，得一東。

山堂木脱草芃芃，客子登臨思不窮。塞馬偏嘶南郭外，籬花只似故園中。樽開已見當頭月，髮短先驚落帽風。座上酒人交最古，悲歌何用弔康公！

【箋】

〔康山草堂〕康熙揚州府志：「康山在新城内東南隅，舊在姚思孝給諫宅内。其上搆堂，董其昌爲題扁曰康山草堂。以武功康海失職後，來此地與客讌飲彈琵琶處也。」

〔汪長玉〕見卷一汪大生日箋。

〔王西樵〕見卷三題王西樵司勳桐陰讀書圖箋。

〔郭飲霞〕二南遺音：「郭士璟字飲霞，號梅書，涇陽人，江都籍進士，官蓬萊道。」

〔汪左嚴〕見卷二廣陵過嘉樹堂贈汪左嚴孝廉箋。

案汪左嚴適園詩鈔有九月八日長玉兄邀同人飲康山草堂七律一首，即同時所作。

揚州九日 和王西樵「登高」二韻。

佳辰易使旅愁增，隋氏荒丘强一登。疾病自宜無酒日，飄零誰是授衣朋？淮田稔歲齊收稻，漁艇斜陽各曬罾。楊柳蕭疏江霧斂，秋山遠見碧層層。只思種菊老東淘，極目秋原首自搔。郭外酒人船泛泛，灣頭鄉路水滔滔。行經廢苑逢樵語，飲汲清泉見鬢毛。嘆息儒冠全誤我，天風今日爲誰高？

【箋】

〔王西樵〕王士禄，號西樵。見卷三九日懷王西樵客廣陵箋。

懷汪二 用「落月滿屋梁，猶疑照顔色」十字爲韻。

年華無駐時，鬢髮皎於鶴。芳春又荏苒，遠道仍飄泊。薰吹斂微雲，曜靈輝碧落。偶逢西江使，相送出南郭。臨流望所思，逝波浩漠漠。川霽戲鱗介，林暄歡鳥雀。物情各有適，予懷獨鬱若。

扶病送君行，歧路團團月。君行不我顧，我亦歸溟渤。嬌兒牽衣語，溪水繞籬潔。疾疢雖爲蘇，朝食乏薇蕨。山川二千里，當誰尋汝説？詎意同心人，離居肺肝熱。青錢寄來時，海天正風雪。

中夜懷遠遊，晨裝不暫緩；一帆江山際，去去樵風滿。出門多苦辛，君情自瀟散。予也志四方，皓首棲廢館。茲遊弗汝從，惆悵失良伴。臨河渡船絶，汲井素綆短。旁人不相知，啞啞笑予嬾。

西山六百字，吟成寄予讀；手筆真絶倫，丘壑宛在目。水碓殊尋常，何爲倏覃蹙？故鄉念老友，賃舂於村屋。一從此詩出，辭客盡稱服。我願好事者，勒之蒼崖曲。醇意與高言，允矣照山谷！

五老接青天，元氣春混茫。君排白雲來，倒日摇山光。仰指霄漢逼，俯瞰江湖蒼；養真於此地，真堪結草堂！只愁虎谿鐘，催君歸下方。松徑墜斜月，谿流夜浪浪。不見陶淵明，搔首三石梁！

夜半急雨來，驚鴻聲啾啾。不眠起長嘆，人在古吉州。翳然瘴癘鄉，蠻山荒且稠；猿狖愁煞人，時時啼不休。淒絶獨眠夜，傷哉斗粟謀！吴天斷北信，瀨水長東流。徒令行路子，引領頻夷猶！

冉冉樹中草，植根苦不卑；因依生意薄，寸心常憂疑。自我客君家，廬陵夢見之；須臾亦良會，覺來惜已遲。庭前寒梅花，是君手種枝；東風入門來，南枝生葳蕤。日夕相顧盼，思君君不知！

蕭蕭旅館夜，忽忽華燈照。故舊不得見，輸心許年少。抱琴過我門，慕我廣陵操。相與始逢迎，驕矜露稍稍。分手當何如？對面已非笑。寄言輕薄子，敝廬臨海嶠。漫譏阮氏窮，終學任公釣！

硉矹吴公臺，泱漭茱萸灣；堤柳緑酒船，與君時往還。今予在舟中，櫂歌春風間。鴛鴦飛上下，桃花水潺湲。風景不異昔，君滯豫章山。豫章路悠悠，夜夜懷故關。爲聽杜鵑啼，凋却舊朱顔。

東家樹梨栗，西家來采食；口腹藉别人，那能長得力？吁嗟和氏玉，數獻無相識！掩泣低雙眉，鄉人乞顔色。舂米城市裏，牧豕隴畝側；不如歸去來，攜手同作息。君看梁伯鸞，思友吟愴惻！

【箋】

此詩懷汪舟次也。時舟次遠遊豫章。汪舟次有西山紀遊六百字呈同遊施愚山高阮懷五古一首，「西山六百字」指此。案溉堂續集戊申送汪長玉夜入真州詩自注云：「時令弟舟次客吉州。」此詩當作於康熙七年戊申（一六六八）。

歸東淘答汪三韓過訪五首　限「野外貧家遠」五字爲韻。

郡邑難久居，歸去東淘社。行行故鄉近，蓬蒿蔽原野。時候當播穀，膏雨霏霏下。隴無荷鋤人，路有催租馬。白骨委塵埃，盡是逋賦者。皮肉飼饑鳶，居室餘敗瓦。哀哀鵂鶹啼，汩汩溪流瀉。我歸齒髮暮，方嘆生計寡。鄉黨復遘患，倚徙淚盈把。

徒隸持州帖，鴈行柴門外。族有逃役者，署名呼我代。我無半畝田，征税何繇派？密網及無辜，無地可趨背。兒女藏四鄰，酒食緩群吠；用盡腐儒力，未免公家逮。落日望曠野，颸風淒以大。嗟哉越石父！脱驂人安在？

修綆纏轆轤，展轉暮與晨。自我還家來，中腸多苦辛。鸛鳴海雨霽，萬物歡陽春。入門避良時，出門逢故人。故人何翩翩，交我不羞貧；空手來赴難，悲憤幾霑巾！不悟荆棘場，矯矯見松筠。叔牙情不易，黄金那足珍！

十載雞黍約，三春杖藜過；百憂對汝失，一甕趨鄰賖。停午茅簷下，把盞睞庭柯。我羨萇楚枝，君憐紫荆花。花下憶而兄，宿昔客吾家。枝葉仍海甸，塤篪異天涯。主賓意何限，悢悢到棲鴉。

僻壤斜陽多，荷杖上修阪。春風吹平蕪，野緑油油遠。是時攜勝引，田間一繾綣。未敢問桑麻，焉得遂棲遁。行人亦已稀，海天稍欲晚。稚子報黍熟，長吟望烟返。

送吴眷西歸長林四首

孟夏雨初霽，海村桑葉肥。小麥蘄蘄秀，雉來麥上飛。悵然遠遊子，顧盼思巖扉。十年困馬足，四體縣鶉衣。世態已閲歷，長策莫如歸。檗樹無甘蔭，冰壑無炎暉；從來高蹈士，不厭寒與饑。去去故山中，努力餐蕨薇！

長林何處所？泉潔山秀峙。曖曖人烟際，灌木四五里。枝上老鴉多，春來各生子；子幼含哺勞，子大雄雌恃。恩勤雖已極，骨肉一巢裹。此時垂白母，望遠閭自倚。行路稍欲稀，夕陽半山紫。兒也遠歸來，無米親亦喜。

老夫貧賤交，强半是君鄉。兵甲阻來往，雲峰苦相望。逢君問所思，十人九人亡。而翁最知我，墓已拱白楊。感念平生歡，不覺淚霑裳。自顧遲暮景，宛如斜日光。出門道無車，入門甕無糧。何時磨鏡去，一慟亡友旁？

君家草堂前，種禾有山田。糗糒日不足，何嘗無豐年！況復征賦急，村野正喧闐；里胥夜捉人，不問愚與賢。君試荷耰耡，鄰里相往還。劬勞及農時，刈穫償租錢。歸來山月下，盡室情依然。雖無儋石儲，庶得高枕眠！

【校】

〔蘄蘄〕皇清詩選作「漸漸」。

〔思巖扉〕國朝詩作「歌式微」。

〔種禾〕皇清詩選作「種秫」。

〔往還〕國朝詩作「周旋」。

【箋】

〔吴眷西〕未詳。

〔長林〕見卷二長林吴處士箋。

過徐經白幽居二首

草路行人少，蓬門野色閒。吟詩過白日，避世駐紅顔。疏牖羲皇意，陳醪琥珀殷。自然拚一醉，借宿竹陰間。

芳菲慳鹵壤，芍藥盛徐家。植來已百年，種多奇艷；他宅移種，輒憔悴以萎。里人稱「徐家芍藥」云。歲歲春將暮，叢叢自發花。我來思賞玩，艷色已泥沙。榮日無人問，君應起嘆嗟。

【箋】

〔徐經白〕未詳。

松蘿茶歌

東南産茶非一鄉，盧仝當日推陽羡。月團雲腴那易致？山蕣野蔎市井遍。今人飲茶只飲味，誰識歙州大方僧名。片？松蘿山中嫩葉萌，老僧顧盼心神清。竹籯提挈一人摘，松火青熒深夜烹。韻事倡來曾幾載？千峰萬峰叢亂生。春殘男婦采已畢，山村薄雲隱白日。卷緑焙鮮處處同，蕙香蘭氣家家出。北源土沃偏有味，黄山石瘦若無色。紫霞摸山兩幽絶，谷暗蹊寒苦難得。種同地異質遂殊，不宜南鄉但宜北。負巖汪子真吾徒，不惟嗜茶兼嗜壺。大彬小徐盡真迹，水光手澤陳以腴。鉼花冉冉相掩映，宜興舊式天下無！有時看月思老夫，自煎泉水墻東呼。郝髯陸羽無優劣，茗櫝微茫觸手別。靈物堪令疾疢瘳，今年所貯來年啜。憐予海岸病消渴，遠道寄將久不輟。二君俱是新安人，我願買山爲比鄰。一寸閒田亦種樹，甌香椀汁長霑唇，況復新安之水清粼粼。

【箋】

〔松蘿茶〕靳修歙縣志：「明隆慶間，僧大方住休之松蘿山，製茶精妙，郡邑師其法，因稱茶曰松蘿。」休寧碎事：「茶初摘時，須揀去枝梗老葉，惟取嫩葉，又須去尖與柄，恐其易焦。此松蘿法也。」

〔松蘿山〕休寧縣志：「松蘿山在縣北十三里，高一百六十仞，周十五里，與天葆山聯。山半石壁插天，峰巒攢簇，松蘿交映。」

〔北源〕歙縣志：「茶有所謂紫霞、太函、羃山、金竺，歲産原不多得，諸種皆謂之北源。」

〔夐巖汪子〕謂汪扶晨，有紫霞茶歌，見卷三寄答汪扶晨箋。

〔郝髯〕謂郝羽吉。

〔新安〕即安徽歙縣。晉太康元年，平吴，改新都郡爲新安郡。見歙縣志。

七月初六夜，贈吴仁趾移居二首

蕪城蟋蟀鳴，節候傍七夕。寂寂新月下，家家茉莉白。炎熱復何在？涼颸已摵摵。之子别故鄰，是夜遷其宅。兒女雜琴書，意況各自適。鮮新石徑草，滴瀝糟牀液。晨光啓雙扉，遲爾素心客。

爾昔家海濱，來往蘆花洲。陋軒與雪阿，兩家寒颼颼。自爾入城來，時賢尊敝裘。蒿徑弗容屨，更爲棲止謀。人生貴適意，居室亦須求。烹葵召親昵，種竹躭清幽。未知風雨夕，幾迴思舊遊？得新不忘故，庶免前人羞！

【箋】

〔吴仁趾〕見卷一送吴仁趾箋。

〔雪阿〕當爲吴仁趾所居。

案溉堂續集亦有贈吳仁趾移居詩，編入康熙七年戊申（一六六八），此詩當作於是年。

程臨滄三十初度贈詩

朱顏須久駐，日車不停轢。人生比四時，難得者春夏。程郎乘高軒，光輝映鄉鄰。將身受歡娛，年齒甫三旬。出門志四方，入門養二老。錦衣老萊衣，被服任懷抱。行樂情易恣，學仙世易欺。保己惜景光，延年理在兹。

寄題龔大野遺新居

亂離足飄泊，老大還郊坰。江水真有意，流轉一浮萍。親戚復誰在？虎嘯山風腥。驚疑兒女色，顧戀歸人情。翳翳寒烟墟，蕭蕭茅草亭。琴書既有托，斂迹謝逢迎。澄潭入郭流，群峰繞舍青；悄然松際月，聞爾商歌聲。君鄉是舊京，山盤江瀠洄。勝概今何似？處處蒿與萊。邈哉爾幽居，却傍清涼臺；落日試登眺，吳楚潮皚皚。三山若圖畫，鍾阜何崔嵬！樵牧指伊人，俛仰襟抱開。誰知遊覽意，百感從中來！

【校】

〔題〕詩觀作寄題龔大野遺秣陵新居。

【箋】

〔龔大野〕讀畫録：「龔半千賢，又名豈賢，字野遺。性孤僻，與人落落難合。其畫掃除谿徑，獨出幽異。自謂前無古人，後無來者。程青溪能畫，於近人少所許可，獨題半千畫云：『畫有繁減，乃論筆墨，非論境界也。北宋人千邱萬壑，無一筆不減；元人枯枝瘦石，無一筆不繁。通此解者，其半千乎！』早年厭白門雜遝，移家廣陵；已復厭之，仍返而結廬於清涼山下，葺半畝園，栽花種竹，悠然自得。足不履市井，惟與方嵞山、湯巖夫諸遺老過從甚歡。筆墨之外，賦詩自適。」

〔清涼臺〕見本卷登清涼臺箋。

〔三山〕在南京西南。江南通志：「三山在江寧府西南五十七里。吳志：『晉王濬伐吳，順流而下直指三山是也。』大江從西來，勢如建瓴，此山突出當其衝。有峰，吳時津戍處。輿圖志云：『其山積石森鬱，濱於大江，三峰行列，南北相連。』唐李白詩『三山半落青天外』，即此。」

〔鍾阜〕謂紫金山，在南京。江南通志：「鍾山在江寧府東北十五里朝陽門外，本名金陵山。據庾闡揚都賦云：『山時有紫氣，故又名紫金山。』高一百五十八丈，周迴六十里。」

送程子布

嘯傲終年傍俗喧，君真不愧古晨門。天寒禄米持沽酒，雨夜家山憶灌園。北固鐘聲摇碧落，南朝木葉下黄昏。扁舟去宿金陵渚，鳴鴈蕭蕭獨黯魂。

【箋】

〔程子布〕未詳。

〔北固〕山名，在鎮江。京口山水志：「北固山在城北一里，甘露寺在山上。」

送程升玉 時別妻家歸省。

朝思建業暮言歸，冷釜梁鴻自寡依。淮海孤舟同婦坐，菰蒲幾鴈近人飛？關心里巷生秋草，極目江山上夕暉。琴瑟到門親一笑，征衣解却换斑衣。

【箋】

〔程升玉〕未詳。

東歸道中

人烟四望稀，野雪不見路。歸鴉與暝色，稍稍隋宫樹。

【箋】

〔隋宫〕見卷一送方爾止箋。

九日冒雨登康山草堂 康修撰海别墅。寄汪舟次

風雨海西至，雲山江上重。人愁鬢毛换，節好道途逢。薄俗嗤金盡，貧交餽酒濃。壺觴何處好？載向草堂松。

歌吹争歡會，城池待夕陽。背人高處立，引領寸心傷。前輩泉臺下，同袍瘴癘鄉。老夫無倚賴，羞見菊花黄。

聞道廬陵客，年來逸興增。出城衝猛虎，入谷訪高僧。祇樹君應憩；儒冠世久憎。東鄉是歸路，雲岫不須登。

【箋】〔廬陵〕嘉慶重修一統志：「江西吉安府，後漢興平元年分置廬陵郡，隋開皇初，郡廢，改置吉州，大業初，復曰廬陵。」

案汪舟次時客吉州，此詩當作於康熙七年戊申（一六六八）。

歸燕

春色空梁少，霜華昨夜新。他鄉徒有子，倦羽漸無鄰。已識時將暮，終難冷傍人。故巢托王謝，簷雀未須嗔。

送汪三韓之秦郵 分韻得七虞。

澤國年饑日，寒天客去孤。淮流漲入郭，塔影倒沉湖。征税逃田父，豨薟秦郵名酒。媚酒徒。泊船雲水際，遮莫數錢沽。

【箋】〔汪三韓〕見卷三早春寄汪三韓箋。

〔秦郵〕即高郵，見卷一送吴仁趾箋。

送汪左嚴之虎墩 分得「冬」字。

澤滿哀鴻羽，墩留猛虎蹤。布帆君獨往，海岸正窮冬。鹽賤人休市，年荒里罷春。吾廬在直北，試望數株松。

【校】

〔羽〕東臺縣志引作「集」。

【箋】

〔汪左嚴〕見卷二廣陵過嘉樹堂贈汪左嚴孝廉箋。

〔虎墩〕嘉慶東臺縣志：「虎墩在縣治西北六十八里，舊小海場。范文正公築捍海堰，起自虎墩，即此地。」又案中十場志云：「富安場亦有虎墩，在西便倉北。故富安一名虎墩。」

寄汪虚中 限「願得萱草枝」五字爲韻。

愁眼看黄鵠，天涯淚如霰。何心慕雲霄？奮飛實所願。微哉道上蓬，身逐淒風轉；景光忽已暮，故根亦已遠。何如青松枝，泉石相繾綣。蒼蒼雲岫外，辛苦君不見。

美服昏夜掩，美玉石中匿。悠悠天地間，真賞那易得！自我别同心，懷抱多偪側。魑魅立歧路，顛倒我南北。車側同旅笑，壯腕不與力。毛褐御炎暉，葛屨行霜域。寒暄總自詒，敢怨人顔色！

明明海濱月，翳翳桑下門。避地來吴汪，攜手如弟昆。亡友吴元霖、吴周與汪同里。有暇時命酒，無憂不對萱；樂極哀情至，東西各飛翻。只今舊酒徒，唯我與君存；老夫餬口出，君亦歸田園。饑雀戀空倉，羸驥懷故軒。死别長已矣，生别傷我魂！

扶晨君從姪，邂逅廣陵道。開尊始晤言，平生便傾倒。可憐輕薄場，恭敬嚮一老。歸去就林泉，與君恣幽討。嘯咏近鸞鶴，登臨無晏蚤。徒思蹤迹遐，不見顔色好。松泉寒濺濺，嶺雲暮浩浩。終然黄帝山，相隨拾瑶草。

百年亦易盡，歡樂須及時。膏沃媚形骸，俗情每如斯。念君齒已壯，當世人不知。鶉懸冰雪候，蟣視鄉里兒。歲暮空山裏，梁甫吟正悲。悲吟和者稀，儔侶君相思。天寒無驛使，惆悵梅花枝。

【校】

〔題〕詩觀二集作寄汪舟兼示令姪徵遠。

〔扶晨〕詩觀作「遠也」。

【箋】

〔汪虛中〕詩觀：「汪舟字虛中，江南歙縣人，有岸舫齋詩。吳子野人數言虛中之爲人，質直多古誼。詩篇清矯，如喬松直上，如澄潭絶塵。」

〔吳元霖〕即吳雨臣，見卷二哭吳雨臣箋。

〔吳周〕字後莊，見卷一懷吳後莊箋。

〔汪扶晨〕見卷三寄答汪扶晨箋。

還家二首

近海無淡水，唯冰淡且潔。天地不冱寒，清濁何繇别？紛吾返故林，窮冬雨澤絶。兀兀野桑枯，飅飅颸風發；河伯喜人歸，一夜水生骨。古諺云：「犂星没，水生骨。」漁艇成阻滯，狐狸競馳越。家人嚮河笑，擊伐兼抱挈。千片光晶瑩，一堂氣凛冽。閉門煮月團，貧家歲堪卒。

夷吾困窮日，分金感叔牙。叔牙適有金，交情安足誇！不見汪伯子，概蒋。債主紛如麻。蠷蠼出見人，西風吹雪花。客路一相遇，怪我鬢髮華。囊中稱貸錢，視之如泥沙。脱贈豈必多，我已得還家。迷雲楚天鴈，繞樹隋宫鴉。報德空有懷，川原白日斜。

【校】

六卷本卷二迄於此詩。

【箋】

〔概蒋〕汪長玉號，見卷一汪大生日箋。

吴嘉紀詩箋校卷五

送汪于鼎、文冶兄弟歸春草閣 限「池塘生春草」五字爲韻。

翩翩兩汪生，惻惻遥相思；相思來相尋，攜手淮水湄。清泠松澗雪，不受塵壒欺。臨水見遊魚，慨然懷故池。早食猶在蓐，征車已載脂。樽酒歡娱地，轉瞬生涕洟。哀泉下隴頭，東西南北時。余亦欲高卧，浩歌還東菑。

歸軒嚮何處？萬松鬱青光。君家萬松前，一閣臨池塘。雲水四時漲，蕩漾如舟航。空山晝無人，風細水花香。隨意自來去，雙雙紫鴛鴦。

歙州半汪氏，司馬最有聲。道昆前輩。身後猶籍甚，端不爲公卿。我聞著書處，松杉淒以清；山水洵奇絶，復生爾弟兄。年少伏草莽，鄉人未敢輕。峻孫有季直，侃裔有淵明；家風久勿墜，豈不賴後生？別業尚在山，遺書尚在簏。還家各努力，允矣寶榮名。

氣暄積雪盡，堤樹榮振振。山雨池上來，草色亦已新。擔簦兩遊子，歸來正及春。登臨入翠微，窗牖開良辰。浮雲一時散，黄山出蒼旻。三十六青峰，靄靄遠嚮人。會心發長謡，佳句助有神。寂寥山谷中，高調無四鄰。

我愛新安江，水清石皓皓；一瓢可以飲，松蘿茶名。味尤好。往歲賢昆季，東望溟渤島；寄我松明茶，二君家歙之松明山。迢迢吳楚道。君言種茶人，白骨久枯槁。僧大方。遺叢蔓巖谷，萌芽混野草。到家春暮時，千峰霽懷抱；烟霞最深處，爲子攜筐造。

【箋】

〔汪于鼎、文治〕石修歙縣志：「汪洪度字于鼎，松明山人。父子喻，隱居煉丹峰下。洪度善屬文，工詩；受業于王士禛，士禛爲定其全集。歌行中，賞其建文鐘篇，云中有史筆。靳治荆修邑志，延洪度專志山水。著有息廬文集、餘事集、黄山領要録、新安女史徵，詞意雅飭。畫法尤爲時所重。弟洋度，字文冶，並有才名。王士禛嘗曰：『松山二汪，聲價比於儀、廙。』詩亦拔俗有逸致。書仿晉人，尺蹏便面，人争重之。」

〔春草閣〕靳修歙縣志：「春草閣在松山，臨池而山，水木清湛，遠峰環列，縈青繚紫。汪司馬南明與弟仲嘉、仲淹讀書於此。汪太學恕，因司馬故址重搆，令其子鑑、鈺、洪度、洋度肄業其中。」

〔歙州〕安徽歙縣。隋開皇九年，改新安郡爲歙州。見歙縣志。

〔汪道昆〕字伯玉，號南明，歙縣千秋里人。嘉靖丁未進士，官至兵部左侍郎。著有太函集。康熙歙縣志、明史皆有傳。

〔新安江〕康熙歙縣志：「邑以歙浦得名。浦會三江，江瀦衆水，其濫觴於浦而東注者，曰新安江。端歙浦，委桐廬，凡四百里，咸謂新安江。」

〔松明山〕一名箕山，山不甚峻，汪司馬道昆之族居之。見歙縣志。

流民船

泗水漲入淮，千里波滔天。極目何所見？但有流民船。橫流相盪激，篙短不得前。家人滿船中，肢骨撐朽舷。人生非木石，飲食胡能捐？嗚呼水中央，日暝風颯然！撥棹欲何之？遠投烟火處。歲儉竊盜多，村村見船怒。男人坐守船，呼婦行乞去。蔽體無完裙，蔽身無敗絮。嬌兒置夫膝，臨行復就乳。生長田舍中，那解逢人訴！一米一低眉，淚濕東西路。

鹽城有三人，云是親父子。洪濤没其廬，適遠求居止。饑寒世俗欺，同伴氣都靡。三人萬人中，屹如山島峙。長嘆呼彼蒼，攜手蹈海水。志士逢溝壑，將身會一死。釜中生遊魚，井上有敗李。我餓難出門，聞之慨然起。

【箋】

康熙揚州府志藝文載有李宗孔於康熙十年二月二十四日所題請撥鹽課賑濟淮揚疏，略云：「去歲淮、揚兩府水災滔天漫地，如高、寶、興、鹽、江、安、山、桃等處十一州縣之民，田地陸沉，房屋倒塌；牛畜種糧飄浮，父子兄弟夫妻兒女死於洪波巨浪者，不幾千百人，而無衣無食，露處江干，號泣之聲，震動天地。聞去歲十二月内，淮、揚大雪，連陰三十餘日，嚴寒積冰。饑民數萬，屯住揚州四郊寺觀。或搭蓆篷，或借小船，居沿河住。雖督撫漕鹽諸臣勸諭商民，賑粥施衣，而雪久寒深，凍餓死者，一日之内，少者數十，多者百餘；一月之内，死無數矣！饑民攜兒挈女，鳩形鵠面，百結鶉衣，行乞城野。四鄉内外，結聚成群。」溉堂續集流民船和吴賓賢其一：「生長水邊村，將謂水邊老。門前繫一船，取魚媚翁媪。爲農盡地利，福善倚天道；天道不可知，地利棄如掃。蛟龍奪人宅，汝罪誰能討？舟小賴相活，焉論濕與燥。飄零不自惜，墳墓頗浩浩。」其二：「平時在平野，丐者耻同論。但爲采桑出，或復餉耕耘。婦有冀缺敬，夫非秋胡倫。自謂鄭衛俗，不如朱陳村。今日紅顔女，乞食傍人門；下船施脂粉，上船多笑言。信哉橘易化，傷哉萍無根。」其三：「餬口無定向，吴民或之楚。鄰邑不相容，不如鄰家鼠。將云防盜賊，只在高墻宇；南北爲一家，驅逐到兒女。故鄉不可歸，他鄉復難處。怨氣結爲雲，日日多風雨；水患烈如此，無人信袁甫。」案李宗孔題疏，此詩當作於康熙九年庚戌（一六七〇），溉堂和詩亦編入庚戌。

徐曰嚴送酒

飢饉爲賃傭非計，別侶歸我東淘田。谿梅始花野雪大，徐君抱酒來門前。君意既厚酒復醇，一盞一日堪醉眠。甕儲有無不更問，日日如泥到有年。

【箋】

〔徐曰嚴〕未詳。

送王玉久歸茅山

結廬雖福地，家無辟穀方；白石煮不爛，無食愁高堂。勞勞負米兒，邈邈今還鄉。持此且承歡，新穀將登場。鄰里聞君歸，叩門攜酒漿。咸稱新吏賢，七月未開倉。吾族老與少，差得緩逃亡。月照谷中屋，雞鳴墻下桑。高眠須適意，勿便趨行裝。

【箋】

〔王玉久〕未詳。

〔茅山〕讀史方輿紀要：「茅山在句容縣東南四十五里，山高三十里，周百五十里。初名句曲山，又名巳山，皆以形似名。漢有三茅君得道於此，因謂之三茅峰。梁陶弘景亦隱居此山。」

秋日懷孫八豹人六首

江洲芳草歇，時序已蹉跎。閉户真無賴，干人復若何？南天深瘴癘，北客懼風波。中路逢名嶽，開顔試一過！

大雪迷他縣，奇寒困老人。抱痾惟獨卧，卒歲與誰鄰？家遠江千里，書來日五旬。急難兼悵望，淚眼過冬春。

疾病辭修水，行吟入漢陰。歸裝空計日，適遠更何心？岸樹下雙鶴，漁舟横一琴；悠悠欲誰嚮？郢上有知音。

王郎關中王黄湄，時爲潛江令。苦幽獨，今日失咨嗟。夜夜夢中友，轔轔門外車。秦聲歌短調，才子近長沙。攜手清風裏，秋蘭爲發花。

潛江卑下地，年歲幾時豐？舟檝城池内，鴛鴦里巷中。縣官真范冉，過客是梁鴻。杵臼家家絶，何繇慰轉蓬？

衰年纏百慮，我輩豈長存？努力辭飄梗，還家學灌園。兒童須負米，居止必同村。極盡餘生樂，朝朝扣爾門。

【箋】

〔修水〕在江西南康府建德縣南。見嘉慶重修一統志。

〔漢陰〕陝西通志：「漢陰，唐縣名，本漢安陽。唐至德初改漢陰。縣志云：『舊治漢江南，紹興初，徙治新店。按水南曰陰。初治漢南，故名漢陰；後徙漢北，而仍名漢陰者，襲舊名而誤也。』」

〔郢〕今湖北江陵縣。荆州府志：「江陵縣，春秋楚郢都。」

〔潛江〕湖北通志：「潛江，宋初爲安遠鎮，乾德三年，升爲潛江縣。」潛江縣志：「王又旦字幼華，號黄湄，陝西西安之郃陽人。順治戊戌進士，康熙戊申來爲邑宰，甲寅冬，以廉能最，召試南省。」又縣志河渠志云：「潛自改邑以來，去江差遠，輪袤延亘，規郛七百餘里，周環皆漢。其東北陬爲景陵，西北陬爲荆門，東南陬爲沔陽，西帶江陵，南襟監利。内有重湖沮洳，暴漲苦墊，頻年漢水横溢，城郭田廬，悉委巨浸。康熙戊申、己酉間，漢水屢決，王又旦有前後屯營堤嘆詩，即紀其事。」

案此詩懷孫豹人，豹人時客潛江王又旦署中。溉堂集留别王幼華明府詩編入康熙八年己酉（一六六九），此詩當作於是年。

過江漢緯寓園分韻

維舟便入門，草路似山村。樹色侵荒野，鶯聲聚廢園。幽人此偃息，酒店隔墻垣。漫漫邗溝水，相尋一笑言。

【箋】

〔江漢緯〕未詳。

寄別江漢緯

掛帆更回望，病友在南林。楚塞秋聲起，淮流日暮深。野禽争獨樹，村月急鳴砧。我識雷塘路，舟中有夢尋。

舟宿海安鎮，懷江漢緯

獨處煢煢爾若何？荒園古木對沉痾。人間孤孽關心少，眼底親知失意多。露濕土城鳴蟋蟀，月臨秋野渡駕鵝。江干海岸相思苦，試聽滄浪有櫂歌。

【箋】

〔海安鎮〕見本卷海安鎮箋。

祖姑詩

雙飛畫堂燕，春來又銜泥。堂中紅顔女，歲歲惟孤栖。孤栖何爲爾？有母年齒衰。今年復明年，朝昏不暫違。膝下辛苦多，織作致甘肥。女身日以長，母身日以羸；桑榆戀斜景，依依能幾時？淚下未及收，里姥來門楣：「東家有賢郎，相煩求蛾眉。」深閨聞姥來，倉皇愁生離；懇懇托家媪，徐徐出謝之。東家去諾諾，西家又遣媒。人生各有志，紛紛徒去來。媒妁殷勤言，祇以煎人懷。今年復明年，荏苒歲月徂；母年既七十，女亦三十餘。霜風吹林木，落葉辭舊枝；傷哉黄髮母，一夕赴泉臺。骨與肉離别，天傾地崩摧。女也何所賴？抱痛長號呼。浮雲爲黯淡，翔鳥爲徘徊。月落空房冷，至哀毁形骸。母女相繼逝，見者靡不悲！家人出卜葬，葬母以女隨。生死在親傍，夙願已克諧。迄今三百載，丘塋猶嵬嵬。往事聞故老，小子仰前徽；援筆傳孝女，慚非絶妙辭。

【箋】案此詩嘉紀咏其六世祖姑也。嘉慶東臺縣志有傳。

寧四公詩 有序

紀七世族祖寧四公，諱汝寧，兄弟四人，公行二。伯兄汝陽公，洪武時爲蔡權鹽法事，應例，充雲南烏撒衛軍；六年歸。寧公以弟代兄役赴衛；至黄陵廟前，遇風，覆舟溺死。

我聞洪武皇帝二十年，中原子弟多戍邊；開邊拓宇歲不歇，故鄉那得歸耕田？海樹烏栖溪月圓，烏撒軍人萬里還。盡室驚看如夢寐，老親喜極轉潸然。骨肉款款重依依，不知假期難久延。訪舊比鄰方載酒，催行里正已鞲韉。妻子更牽衣，雙親齊撫背；頓足仰面向天哭，高天曒日爲昏晦。就中一弟中心煩，呼人置兄起相代。入門自裏頭，出門自束帶；軍令不用暫留戀，彎弓插箭隨前隊。驅馬渡吴山，山深日落無人行。密林峭蹊馬蹄側，枝上鷓鴣時一聲；慷慨征夫顔色苦，開眼不見親弟兄。行行歷楚疆，七澤魚龍鄉；波濤匉訇氣㠉翳，回頭數望耶與娘。危檣攲柁往前去，黄陵廟前風大狂；風狂舟楫覆，壯士逢夭殤。未把吴鈎舒國奮，翻成李樹代桃僵。白骨從此日漂泊，閨中延頸復何望？君看東海箜篌引，悽愴哀音千載長！

【箋】

〔寧四公〕康熙揚州府志：「吴汝寧，泰州人。洪武初，伯兄汝陽以鹽事戍雲南烏撒衛。越六年歸里，心憚遠行，臨發，愀然不樂，汝寧慷慨願代兄役，行至黄陵廟，遇風覆舟溺水死。其七世孫吴嘉紀紀之以詩。」

范公堤行，呈汪芾斯先生

范公勞苦築長堤，洋洋潮汐不復西。黄壤黑壤接廬舍，南場北場多鳴雞。運鹽搰搰車在野，穫稻蒼蒼水映畦。老弱嬉遊日無擾，風俗宛與成康齊。遺愛千年東海湄，只今强半是蒿藜。此中啼號有赤子，長者試與重提攜。

烟火七里曰東淘，淘上儒生饑拾橡。商歌無限不平意，不嚮親朋嚮官長。官長自顧室何如？生魚釜中遊蕩蕩。攜手海天秋正半，清風皎月長堤上。閔貢口腹羞累令，陳遵醴醹會盈盎。腐儒廉吏俗情稀，閒鷗漫笑人來往。

【箋】

〔范公堤〕見卷三與汪伯光二首箋。

〔汪芾斯〕嘉慶東臺縣志：「汪兆璋字芾斯，浙江錢塘人，貢生。康熙六年任諸場，在職九年，以廉幹稱。康熙十二年，重修十場志，彙爲十卷，較舊志愈加詳備，稱信史焉。」

題易書圖贈蘇母 唐李昭母，以珍玩易書教子。

卓哉李氏母，珍玩家有餘，未肯愚其子，乃以易詩書。奇書異帙充梁棟，世俗紛紛那知重！卷軸倏爲志士有，清宵白日恣吟誦。草間一朝光彩著，鷃雀改顔避鸞鳳。始知玩好最蠹物，達者入手皆有用。此風邈矣千餘年，蘇宇之母世稱賢。紡績换書授孤子，兼父兼師意惘然。母子勤劬燈影間，雞鳴夜夜空閨寒；織作日久書亦多，麻縷珠玉總一般。二母教子真可法，李爲其易蘇爲難。矧母高節難盡述，即今春秋已六十。紅顔茹茶到白首，竹叢松葉冰霜集。宇也出爲鄉黨師，李昭赿步慚不及。是母是子天壤間，門内門外山島立。當代何人采國風？願向輶軒陳此什。

【箋】

〔蘇母〕姓汪，江都諸生蘇光達妻，蘇宇之母。見雍正江都縣志。

溉堂集有題掩錢圖壽蘇母汪太夫人詩，序云：「吾友蘇與蒼，採古來賢母教子事，自孟母下共得十二人，命工繪圖，徵詩於海内作者，以壽其母。掩錢圖其一也，予爲題此歌。」溉堂詩編入康熙九年庚戌（一六七〇），此詩當作於是年。

謝徐式家送菊兼奉别

入户何心對草萊？故人憐我遠遊回。不知明日還行路，自櫂扁舟送菊來。鵶啼溪色樹蒼蒼，采汝籬花上野航；前路重陽誰送酒？今宵片月倍思鄉。

【箋】〔徐式家〕見卷三傅谿孤子行挽徐鏡如處士箋。

晚發甓社湖

終年住城郭，今夕在菰蘆。淮水渾無岸，秋天半入湖。見人浮鴈起，逆浪去船孤。明月真如畫，何煩蚌吐珠！湖中老蚌吐珠，光燿遠近。

【箋】

〔甓社湖〕廣陵覽古：「甓社湖在高郵州西三十里。宋孫莘老家湖陰，夜讀書，覺窗明如晝，循湖求之，見大珠，其光燭天。」

案汪楫山聞詩有晚發甓社湖詩，題下注云：「同周櫟園先生、吴野人、高康生、吴仁趾諸子限韻。」

過露筋祠

祠祀烈女蕭。蕭同嫂夏夜經湖濱，時蚊厲甚，嫂避去，蕭爲蚊嗜，露筋死。

湖日映藤蘿，荒祠艤棹過。狂瀾聲滚滚，遺像骨峨峨。蘩藻當門緑，鴛鴦隔樹多。皮膚生不重，利喙欲如何？

【箋】

〔露筋祠〕廣陵覽古：「露筋祠在邵伯鎮北三十里，地與高郵分界，祠祀高郵貞女。按隨園詩話云：『高郵露筋祠，説部有四解：或云鹿筋，梁地名也，有鹿爲蚊所嘬，露筋而死，故名；或云有遠商二人，分金於此，一人忿争不已，一人悉以贈之，其人大慚，置金路上而去，後人義之，以其金爲之立祠，故名路金，訛爲露涇；所云姑嫂避蚊者，乃俗傳一説耳』云云。然歐陽修憎蚊詩，有『傷哉露筋女，萬劫讐不復』句，則不知何據？」

過韓侯釣臺

放艇來爲客，登臺獨弔韓。少年從古惡，楚水至今寒。芳草憐人過，殘碑背市看。我窮誰顧盼？也把一漁竿。

【箋】

〔韓侯釣臺〕清一統志：「韓侯釣臺在山陽縣北，與漂母祠爲鄰。」

案汪楫山聞詩亦有過韓侯釣臺詩。

過漂母祠

薄劣淮陰市，凄涼漂母祠；畫衣紛蘚迹，繡幔網蟲絲。進食調饑處，哀人受侮時。高情臺下水，千載碧漪漪！

【箋】

〔漂母祠〕清一統志：「漂母祠在山陽縣城望雲門外。」乾隆山陽志：「漂母祠舊址，本在舊城西門外。明弘治間，邑人雍時中有重修漂母祠碑記。後改建於北角樓漕河堤濡。」

案山聞詩亦有過漂母祠詩。

堤上謡

汴泗河淮，水合勢高；行我下河，千里滔滔！
牛鳴鶩嘯，不見渡船。側水如矢，直到堤邊。
水聲斷肝腸，登高望儂村；喬木不見頂，何處是柴門？
斷竹拾葦作巢居，胡爲乎生人爲漁，死人飼魚？

【箋】

案康熙揚州府志引李宗孔請修堤濟漕疏：「漕運自淮安、山陽至江都邵伯鎮，二百六十餘里。河東有堤，與河俱長。堤之東係高郵、江都、興化、寶應、泰州、鹽城、山陽各州縣民田，地形低窪，如在釜中。全恃此堤，護七邑之居民，障二百餘里之湖水。水漲堤潰，則糧艘有傾阻之虞，居民有淹没之苦。故明亦時崩潰，至我朝其害滋甚。順治四年至六年，連潰三載。順治十六年、康熙元年，又潰二次。今歲水勢更大，堤岸不能護。波浪滔天，横屍遍野，慘目傷心。説者委之天災，無可如何。不知使有去路以宣洩之，何致水聚諸湖，乘風爲害乎？」汪楫悔齋詩亦有同題七首，題下自注：「范水道中」。

堤上行二首

高低田没盡，横流始歸海。壞堤石出何磊磊？官長見田不見湖，摇手不減今年租。未崩河堤餘幾丈，留與催租者。草枯風瑟瑟，往來走驛馬。

岸旁婦，如花枝，不妝首飾髻低垂。達官大賈畫船近，長跪欲告腸中饑，舉頭不覺雙淚墮，隔河望見露筋祠。露筋，烈女也。

【箋】

案顧炎武天下郡國利病書卷三十論勘災異同有云：「圖所列五州縣水患詳矣，然被水無彼此，而論災有異同。泰州僻在東偏，誰則見之？而誰則聞之？泰州之偏，往來者獨二三上司也。上司以樓船從揚子灣入，徒見兩岸禾黍穰穰，洵美且都，嘆賞不容口，而安見江都、泰州之分界也？又安見下河之一望成湖也？其府有行縣入興化者，故道又不由泰州往也，而泰州之水安從見之？然間亦有勘災之委官矣。委官之入境，未嘗一遍歷也。上下河多寡之數，未嘗一通考也。其以災報者，往往雜於上下之間，未嘗一分疏爲區別之也。而泰、興一體之義，又何自而得轉聞於當路乎？當路且不聞矣，況廟堂乎！」此詩正寫其咨嗟昏墊之慨也。案重修中十場志載：「康熙八年七月，河决，洪水傷稼，歲大歉。」以上二詩，或作於是年。

送汪濬之西泠

田園荒白嶽，毛髮禿揚州。老去無長策，天涯復浪遊。琵琶勸酒婦，風月渡江舟。浩蕩烟波上，忘機一海鷗。千年書法絶，叟獨愛羲之。今古人誰辨？臨摹老勿疲。沿溪濯石硯，倚樹看鵝兒。景物東南勝，逍遥歲晏時。雙峰看不厭，畫舫足徘徊。湖水三十里，梅花兩岸開。夕陽明古寺，積雪冷荒臺。冉冉鳧鷖起，漁人送酒來。富春君莫望，江樹嘯哀猿。灘峻懸潮落，山多宿霧昏。十年别親友，此路近家園。佇看漁樵去，遊人獨黯魂。

【箋】

〔汪濬〕字秋澗，見卷一贈汪秋澗箋。

〔白嶽〕康熙休寧縣志：「白嶽山在縣西三十里，高三百仞，周三十五里，奇峰四起，絶壁斷崖，遊齊雲者，必先登焉。」

〔富春〕嘉慶重修一統志：「富春江在富陽縣西南，自桐廬經富春入錢塘。」

送汪長玉之薊門

斑騅鳴蕭蕭，遊子急行役。北風增慷慨，出郭無離色。親愛惜暌違，開樽待官驛。背人雙鴈去，隔水數峰碧。酒酣因止宿，泠泠野月白。攜手登高丘，嘉會盡今夕。及時不歡娛，來日徒相憶！

北望臨碣石，薊丘何巍巍！伊昔昭王時，國中盛賢才。一士蒙敬禮，齊趙紛來歸。陳迹復何在？草根惟夕暉。君今遊此都，清風吹襟懷。誰知郭隗後，國士驅馬來！悲歌飲濁酒，醉上黄金臺。

【箋】

〔薊門、薊丘、黄金臺〕並見卷三送汪左嚴北上箋。

〔碣石〕讀史方輿紀要：「碣石山在昌黎縣西北二十里。山勢穹窿，頂有巨石特出，因名。」

日落

日落穆家灣，日落馬家灣；兩灣地僻易爲賊，往往横刀挾矢林莽間。饑烏下啄冢中骨，浮雲不見江南山。曾一經過喪我膽，今日孤身仍往返。何當復似萬曆時，桑榆翳翳人烟遠？

【校】

〔萬曆〕二字夏本原闕，據陳本補。

【箋】

〔穆家灣、馬家灣〕道光泰州志：「正東隅有沐家灣、馬家灣。」案雍正泰州志引沈龍翔周公鋪詩，後注云：「出州南門，沿運河折而東，十五里爲塘灣，兩岸空闊漭坱無人迹，爲萑苻藪。往來舟車，久成畏途。」

挽鄭母

鄭仲嬰母。

朝與慈母違，暮與慈母違，菽水苦不足，承歡未敢期。悄悄念桑梓，行行寡容儀。

縫衣相送處，回望多斜暉，努力學聖賢，鼎養或有時。年華逝冉冉，志士無錦衣。還家北風勁，芳萱遽已萎。有米母不食，晚爨爲誰炊？一櫬寄他舍，宛如客未歸。飛飛霜夜雛，栖宿嚮何枝？

【箋】

〔鄭仲嬰〕未詳。

復洲田四首，與老友陳鴻烈

洲田復與民，官長示告諭。故主前來看，猶疑夢未寤。落葉遇回風，衰林尋舊樹。寥寥亂後人，歷歷沙上去。烽燧壘尚在，望望生驚懼。十年避兵戈，萬姓凋道路。他鄉溝與壑，一步一回顧。

斜日寒江流，褰裳試遵渚。不悟餘黎民，重踐舊田土。廬墓在何處？四顧唯榛莽。雉雞見人飛，狐狸嘷且怒。生理何暇計，先須蔽風雨。刈草覆我堦，叠石爲我堵。不復辨東西，向山編竹户。室成誰往來？蘆中有漁父！

泱莽大洲上，君亦結茅茨。雖無百畝田，蕪穢轉易治。耕牛托老僕，詩書誨嬌兒。開門清風來，江平水漪漪。明月出遠峰，哀笳不復吹。時時聞盪槳，城中輸賦歸。餘生免喪亂，税課安敢遲？朝築潮水堤，暮鋤野蘆根；且以餬口腹，漫思長子孫。我聞甲申前，此地如桃源。雞犬江山際，灌木深里門；霜落秫穗熟，橘柚香村村。日晏釣魚歸，鄰里笑語喧。想見太平時，家家酒滿樽。

【箋】

〔陳鴻烈〕雍正江都縣志：「陳無競字鴻烈，生而木質，見人倜然縮朐朒，似不敢前。性好讀書，自經籍而外，凡三教九流之書，無不手自薈蕞謄寫，著述等身。爲文奥博沉厚，而不得志於有司，年三十餘，始爲諸生。詩絶似孟襄陽，而所遇亦如之。」

案江蘇詩徵引費錫璜復洲田詩，題下自注曰：「順治十三年六月，禁海船市易。後因海氛，遂棄洲田，不許耕種。康熙中，始復洲。」謝國楨清初東南沿海遷界考：「清初遷界之事，殃及沿海江、浙、閩、粤、魯五省人民。」陋軒詩中有復洲田之詩，似亦遷涉避匿之事，未久即復，但未如浙、閩之甚耳！」

宿三江口

淺水迴沙岸，淒風送角聲。月明鄉樹遠，潮長客船輕。飢饉多爲盜，堤防正用兵。歸心中夜劇，江北聽雞鳴。

【箋】

〔三江口〕京口山水志：「三江口在圌山下。汪楫泊三江口詩：『月出日未落，大江生晚烟；舟停宿鷺起，潮落薄冰懸。列戍吹笳地，黄蘆賣酒船。比來長道路，盡醉水雲邊。』」

江上阻風

避風隨賈舶，抱膝對蘆花。濺沫驚灘鳥，迴波卷岸沙。漁船來賣酒，江水汲煎茶。過日偏容易，征途鬢已華。

挽方爾止

斯人盛文采，時運苦不遇；行吟三十年，鄉井耻歸去。豈不極勞瘁，久捹死道路。兵戈淚眼看，書卷衰年著。僦居秦淮閣，日望鍾山樹。黄河清幾時？人命倏朝露。飛塵上琴瑟，衡門下鷗鷺。哀哀稚女啼，慰問無親故！往昔隋宫路，逢君酒壚邊；擊節市人中，高歌聲淒然。慨慷來百憂，囊笥無一錢。失意惟適遠，中途及黄泉。沙浦飛白鶴，江波映紅蓮；雖無要離鄰，幸有漁父船。旅櫬何用歸，三山二水前。春風殘夜月，歲歲啼杜鵑。

【箋】

〔方爾止〕見卷一送方爾止箋。

案溉堂集亦有哭方爾止四首，編入康熙八年己酉（一六六九），此詩當作於是年。

過鍾山下

兹山大江南，形勢何雄特！萬樹隱蟠虬，四序葱葱碧。常懷山上雲，今作山下客；綣綣路人語，暉暉崖日夕。勝地縱搏爪，半天稜瘦脊。但見下牛羊，不逢舊松柏。乾坤遭燬鑠，禍害及木石。暮角受降城，寒潮瓜步驛。渡江吾遲遲，回首淚霑臆。

【箋】

〔瓜步〕即瓜洲。光緒重刊江都縣志：「瓜洲渡在城南四十五里瓜洲鎮，與江南鎮江府對直二十里江面。」

贈程飛濤

末俗矜繁華，衆人悦雷同。城中與四方，相傚何時窮？古諺：「城中好高髻，四方高一尺。」廣陵侈尤甚，巨户如王公；食肉被紈素，極意媚微躬。歡樂成惽愚，不幸財貨豐。我愛程仲子，矯矯魚鹽中。春草野萋萋，中有幽蘭叢。何以别氣味？君試臨清風。

種樹城郭内，喈喈啼春禽。昆弟何容與，仿佛棲山林。良辰集朋儔，緑酒花下斟。月來失暝色，灑灑舒胸襟。君情復何向？高梧與鳴琴。舉手弄素絲，開軒受清陰；清陰蔭連枝，素絲娱知音。

【校】

〔題〕明詩綜作贈程澎，僅收第一首。

〔矜〕明詩綜作「慕」。
〔窮〕明詩綜作「終」。
〔中有〕明詩綜作「内有」。

【箋】
〔程飛濤〕見卷一送吴仁趾北上箋。

詩二首贈郭飲霞博士

老樹憎淒風，旅人愁歲暮；歲暮雨雪多，鄉園憶親故。棲棲予何爲？悵悵在歧路。見人唯傴僂，所嚮詘言語。亂絲置懷袖，何繇别緇素？夕鳥戀林棲，流水知東注。褰裳望川原，吾廬不能去！

茸茸蕙蘭發，皎皎官梅清。君子適在鄉，里巷多芳馨。一氊十年坐，朝野尊先生。空憐顔色壯，荷兹爵位榮。歸來無酒錢，大雪滿荒城。何以慰親友？日暮心屏營。揚雄貧嗜飲，劉向老傳經。遐心寓簪紱，昔人同此情。

【箋】
〔郭飲霞〕順治乙未進士，改授常州府學教授，遷助教。見卷四飲康山草堂箋。

送周雪客北上 限「難爲心」三字。

半年騎北馬，兩度向東安。緩急親知少，關山道路難。濁醪憑自慰，長鋏對人彈。又見悲風起，蕭蕭易水寒！

渡江迷去路，下馬問相知。林雨鴉歸早，梅花酒熟時。愁人不得醉，歡會轉成悲。多難無長策，徘徊空爾爲！

路遥夜不息，力盡涕難禁。榛莽愁饑虎，桑榆羡野禽。迴腸催白髮，空手急黄金。此日誰相贈？貧交一寸心！

【箋】

〔周雪客〕櫟園長子。見卷四栝園詩四首贈周雪客箋。

〔東安〕方輿紀要：「東安縣在順天府東南百五十里。漢安次縣地。元中統四年，升爲東安州，屬大明路；明初復爲縣。」

案汪舟次山聞詩有送周雪客入燕三首，亦以「難爲心」三字爲韻，當是同時所作。

過程臨滄山閣看梅 同諸子分韻，得六麻。

主人愛種植，城市有烟霞。梅放來登閣，窗開正對花。林風摇坐雀，蘚石啄饑鴉。萬户笙歌裏，冰霜自一家。聞説羅浮勝，春來到處花。雲中流澗水，雪裏住人家。客路纏饑凍，衰年墮齒牙。只思扶杖去，卜築問桑麻。閣上春光始，園中逸興賒。一城啼曙鳥，四序有名花。兄弟無多客，招尋必煮茶。婆娑此林麓，每到似還家。春風懷故里，溪水繞圓沙。漏屋誰添草？寒梅又發花。簷低枝上下，月出影横斜。滿目芳菲意，傷心不在家！

【箋】〔程臨滄〕飛濤之兄，見卷三泛舟詞贈程臨滄飛濤箋。

送郝羽吉

長男昨已婚，老母今待食。入門復出門，俯仰情孔亟。春風别桑榆，依依何默默！林中嬌鳥鳴，道旁芳草色。物情皆自繇，行子不得息。生涯況依人，志氣始偪側。我矩人以圓，我鈎物偏直。世途齟齬多，負米君努力！

寄湯巖夫

相識各已老，十年復阻絶。登高望浮丘，日落江湖闊。同心怨離居，白髮禁久别。自君歌北風，乾坤盛雨雪。褰裳欲何之？舉步泥滑滑。踽踽避膏沃，栖栖采薇蕨。波瀾不上山，熠燿空照熱。披裘棄遺金，愧殺吴季札！

【箋】〔湯巖夫〕明遺民詩：「湯燕生字巖夫，太平人。布衣，性朴質，精漢隸，授徒自給。志尚甚高，縣令餽金，不納，亦不枉見。赭山四詩，可以概見其生平矣。」

懷錢湘靈

蕭條萬竿竹，念君羈此間。春風吹不到，饑凍有苦顔。搣搣華門暮，翩翩棲鳥還。高賢棄道傍，蘭蕙同草菅。俛首欲何言？登高眺江關。水雲清可把，沙路杳難扳。淚落鳳凰臺，家在鳳凰山。

【箋】

〔錢湘靈〕見卷四鳳凰臺訪錢湘靈箋。

古意寄王黄湄

揚州青銅鏡，多年陷泥滓；雕文半已蝕，妙質幸猶在。一朝蒙提攜，稍得見光采。常感磨瑩力，不致鑒別改。逝將與儀容，百歲相終始。奈何漢江去，棄置空房裏？鞶帶徒爲飾，塵垢復欲浼。儻非故時人，誰更拂拭此？

【校】

〔題〕皇清詩選作古意寄王又旦。

【箋】案王黄湄時任潛江令。

青萍港

青萍港，樹翳翳，野烟入河河水黑，來船去船樹根繫。人家門開鵝鴨歸，酒店月出藤蘿細。模糊缸底釀，鮮新網來鱖。村無盜賊客有錢，買君一醉高枕眠。

【箋】案道光泰州志：「清瓶港在州治東九十里。」或即此。

海安鎮

古鎮樹修修，長河流泯泯。西顧吴陵大，東來楚尾盡。淮泗英雄起戰争，將軍開平公。此地築孤城。城土只今尚壘壘，吁嗟人事一朝改！來瓶去犢暮逡巡，草色愁殺行路人。

【箋】

〔海安鎮〕道光泰州志：「海安鎮城，在州東百二十里，南北朝戍守處。明常遇春築，後圮。嘉靖間倭警，巡撫唐順之、海道劉景韶重建土城，周六里許，牓其三門曰鎮寧、泰寧、永安。尋復圮。」

〔吴陵〕即泰州。泰縣志：「唐武德三年，置吴州，更縣曰吴陵。」

九日懷程翼士客吴門

淒清授衣時，辛苦還家叟。雨霽良辰來，茱萸發户牖。呼兒分果餌，倚杖閲雞狗。衰年在鄉井，未覺風景醜。鄰圃念倦遊，贈我蔬與酒。氣寒鴈來早，草枯蟲默久。觴至誰共銜？思君坐搔首。

行賈小人事，心力殫錙銖；如何骯髒懷？亦與齷齪俱。吁嗟菰蘆中，鴻鵠鶂鶂鳧。渴饑共儔侣，少壯輕道途。衆悦爾趣同，誰知中心殊？吴月起松栝，麋鹿驚相呼。鄉愁愸然來，脈脈臨具區。

【校】

〔銜〕王本作「御」，誤。

【箋】

〔程翼士〕未詳。

〔吴門〕指蘇州。

〔具區〕乾隆蘇州府志：「太湖在府西南三十餘里，古謂之震澤，亦謂之具區。」

贈吴景尼三首 歙縣澄塘人。

不用歌二龔，不須讚四皓！今日塵埃中，高趣有吴老。斂迹親庸俗，寄情在羲皞。丹砂笑人愚，白髮顔自好。問年已七十，無人識懷抱。亂後故園蕪，客中兒子小；日暮讀書歸，牽衣索梨棗。

長者有令德，蕙草多芬芳；芬芳易感人，近者靡不臧。一從辭歙浦，家國纏禍殃。避世魚鹽中，清風在門墻。質疑與問字，往往來登堂。放歌對隋柳，把釣懷澄塘。王烈羈遼東，范宣客豫章；到處風俗美，終思還故鄉。

采藥去鹿門，織畚老蒙山；泉石娱夫婦，齊眉豈不歡！倉卒罹大亂，閨閤急紅顔；入井復出井，女中逢大賢。曲護冰雪意，全生鋒刃間；慷慨勵孤節，流離經五年。終焉歸夫子，軒車辭幽燕。只今淮水上，鴛鴦鳴關關！寶劍分復合，古鏡破仍圓；高士配貞女，雙美人争傳。

【箋】

〔吴景尼〕未詳。

〔澄塘〕靳修歙縣志：「十五都十二圖，村曰班塘、古塘、澄塘、陳村、潛口、水界山、松明山、莘墟、唐貝、西山。」

廣陵送汪扶晨歸潛川

露白桂花香，命駕聊遊衍。牀頭金欲盡，竹西舟重泛。秋水没繁華，流民雜鳧鴈。入郭尋舊居，鄰里半已换。驚心蟋蟀鳴，過眼雲烟幻；世事迭榮枯，吾曹值貧賤。去去故山中，餐薇飲石澗。莫以錢刀少，遂令鬒髮變！

【校】

〔題〕康熙揚州府志引作廣陵送汪徵遠歸潛川。

〔竹西句〕揚州府志引作「淮南路重踐」。

【箋】

〔汪扶晨〕見卷三寄答汪扶晨箋。

〔潛川〕即潛溪。歙縣志：「潛溪，亦名阮溪，經紫霞山下，數里而出莘墟。」

題荷山草堂圖，贈徐仲光

泱漭江湖間，青山何蔥蘢！山水相掩映，曠然澄心胸。崖壑宿古雲，屋宇當清風。沙鷗入籬飛，琴書在高窗。伊人不得志，杖策歸山中。柴門松樹老，樵徑石橋通。世事勿復問，澗泉鳴淙淙。

潦中不生梧，道傍不生藻。山公爲荷蕢，五岳盈懷抱。北風摧卉木，寒灰共枯槁。骯髒將何之？雲際山杳渺。結廬自悲歌，炊藿時一飽。泉石誠足娛，壯顏條已老。光采秋蘭花，零落同野草。

踽踽懸鶉人，籊籊釣魚竿。廣眉不肯傚，盡室纏饑寒。饑寒竟欲死，擔簦來江關。矍蹙欲誰向？逢君陌路間。提攜梅樹前，清琴對月彈。琴絃常苦直，梅子常苦酸；君聽蜀岡上，啼鵑摧肺肝！

【箋】

〔徐仲光〕陳田明詩紀事：「徐芳字仲光，號拙菴，江西南城人。崇禎庚辰進士，官澤州知州。國變後，與友人鄧廷彬入山偕隱。有松明閣詩選、懸榻編。」施愚山詩集悼徐仲光詩自注：「公隱於盱江之荷山，撰著極富。己酉春，同遊麻源三谷。」

案溉堂續集亦有徐仲光先生來揚州爲題荷山草堂圖詩，編入康熙九年庚戌（一六七〇），此詩當作於是年。

哭妻父王三重先生二首

鳲鳩啄我隴上土，農夫田父嘆息起。冬去春來雨雪多，前村長者僵卧死。村孤水大弔客絶，角角雞鳴桑柘裏。平生無榮復無辱，耄年情性如赤子。榮叟行歌身帶索，黔婁謝世斂無被。生不羞貧没亦然，清風謖謖吹鄉里。

十年力田九不穫，晚歲偃息甥之廬。廬中過日有書帙，柴門衆樹陰扶疏。甥也捨此遠賃廡，臨行囑婦司中厨。糗糒入手先致翁，諸兒簞豆需其餘。人多食少心腸苦，我婦朝饑每到晡。舂米人歸今有儲，炊飯飯翁翁已徂。惆悵外孫問字處，春花谿月滿階除。

秦潼

秦潼水霧中，屋上棲野鴨。蘋花蓮葉遍里巷，野鴨飛下争唼喋。有船田父皆爲漁，十口五口依菰蒲。蒲多村少心腸亂，網得大魚無米换。亭午風順客船來，烟生茅店人炊爨。可憐冷落紅顔婦，凶年賣飯不賣酒。

【箋】〔秦潼〕嘉慶東臺縣志：「縣西南六十里，鎮曰秦潼鎮。」

催麥村 催麥，鳥也。村多此鳥，故名。

村南催麥，村北催麥，催得小麥長四尺。晴日照地菜花香，更晴十日麥亦黄。姑思食麪婦打手，焦氏易林云：「口饑打手。」麥穗滿田不得嘗。朝饑暮饑時有數，柳陰茅屋家人聚。試看門外無田人，髮秃足繭獨行路！

【箋】〔催麥村〕在泰州東。

仙女廟

急湍湧雷霆，淮水入江瀉。孤舟别家客，泊此過遥夜。遥夜未央白髮新，饑寒思共糟糠人。梁孟吴門有賃廡，朱孔山陰會采薪。夢中鄉里覺來遠，仙女廟前花纂纂。毛禿鴛鴦相背飛，東望菰茭淚雙滿！

【箋】

〔仙女廟〕見卷三夜發箋。

茱萸灣

安石怡情地，滃滃茱萸灣，安石不在茱萸在，秋來到處花斑斑。自開自謝雜榛莽，千年此物無人賞。廣陵城東酒店多，晉時月出滄波上。漁歌淒涼岸樹緑，我櫂扁舟來止宿。

【箋】

〔茱萸灣〕見卷三九日懷王西樵客廣陵箋。

馮店

孤舟近馮店，居人望不見。颼颼風鳴店前桑，我行滯此呼誰援？雨下雪下天已暝，來鵝去鴈不識面。前櫂船頭後把舵，遠水青來盜賊火。饑寒誰能死勿變？草野稍見戈争荷。爾輩縱然不殺人，解去緼袍凍殺我！

【箋】

〔馮店〕道光泰州志：「正東隅有村曰馮甸。」或即指此。

白塔河

朝發黄金壩，暮宿白塔河。河流上河泥土沃，夏收麥菽秋登禾。人家隱隱暮春遠，楊柳倐倐燈火多。咫尺下河没洪水，哭聲水聲一千里。上河農厭下河哭，船來繫樹遭驅逐。同是耕田鑿井人，何惜樹陰不借宿？

【校】

〔春〕皇清詩選誤作「春」。

【箋】

〔白塔河〕康熙揚州府志：「白塔河在郡東北六十里。明永樂七年，平江伯陳瑄所穿。」

〔黄金壩〕在揚州城北。見甘泉縣志。

附程翼士舟歸東淘作

客久吾逾拙，囊空汝倦遊。故鄉無百畝，壯日盡孤舟。村吠隔花犬，谿飛衝雨鷗。相攜應不厭，同是敝貂裘！

挽程母

昨稱介壽觴，今歌薤露詩；南山成北邙，變故倏如斯！井臼秋蕭瑟，鄉鄰涕漣洏。廣莫遇高丘，行者皆仰之！賢母有盛德，殁後令人思。桁上留衣裳，形容不可追。孫兒可憐甚，含弄永無期！

吴嘉紀詩箋校卷六

秦淮月夜，集施愚山少參寓亭，聽蘇崑生度曲　同郭汾又、楊商賢、汪舟次。

洛陽蘇生善度曲，今夕相見秦淮河。秦淮渺渺江水漲，其時月出清光多。生也惜良會，臨風爲我歌。清音不使管絃佐，嬌鶯哀狖樽前過。一座搔頭聞白雪，四鄰傾耳擬青娥。却憶盛年時，歡場擅高譽。珠履主人最有情，玉顔弟子從無數。樂極哀來世運遷，東西亡命髮皤然。楚水吴山如舊日，翠翹紅袖總寒烟。還家那有妻兒在？絶技唯聞坎壈纏。往事紛紜勿復道，今日詞人吾亦老。風塵困頓誰相識？身世歡娱恨不早。曲罷出門何所之？石頭城上笳聲曉。

【箋】

〔秦淮〕河名，在南京。江南通志：「秦淮在江寧府治東南，相傳秦時所鑿。」

〔施愚山〕施閏章字尚白，號愚山，宣城人。順治六年進士，授刑部主事，擢山東學政，秩滿遷江西參議，分守湖西道。見清史稿文苑傳。

〔蘇崑生〕明末蔡州人。左良玉駐軍武昌，以擅歌與柳敬亭爲幸舍重客。良玉殁，蘇生痛哭削髮，入九華山。久之，出從武林汪然明。然明亡，流落吴中。見吴梅村詩集楚兩生行序。

〔郭汾又〕郭奎光字汾又，四川羅江人。施愚山詩集酬郭汾又送别詩自注：「郭，蜀人，流寓吴興。」

〔楊商賢〕名彭齡，宛平人。籍餼順天府學。自少有聞，衆推國士。宅近桃葉渡，僅蔽几杖。其詩清逸幽寒，能削浮響。見施愚山文集楊子商賢墓志銘。

〔石頭城〕即指南京。後漢建安十六年，孫權徙治秣陵；明年，城石頭。

施愚山詩集有秦淮水亭集郭汾又楊商賢吴野人汪舟次聽蘇生度曲詩云：「客舍何人堪共飲？獨歌獨酌勸孤影。今日鄰翁致魚膾，良朋偶爾成高會。座中絶調有蘇生，含商激羽傾公卿。當筵按拍絲管亂，一字沉吟更漏换。空階玉佩翩珊珊，重崖乳瀑寒潺潺；忽聞巨石墮千仞，驚猿駭鶴啼秋山。可憐此曲真可惜，會須一飲盡十石；我看四座各忘言，況是天涯白頭客。劉郎故舊嘆何戡，子山摇落哀江南。是夕輕風動楊柳，飛來片月明寒潭。貧賤傷局促，富貴多傾覆；笑殺柴桑翁，惟恨飲不足。孫楚樓前酒再沽，桃葉渡頭歌重續；與君爛醉梨花春，明日東西南北人。」汪楫亦有秦淮月夜聽蘇崑生度曲詩云：「明月在天復在水，開軒坐入空明裏。鰣魚堆雪酒如銀，春波乍定歌聲起。歌聲自斷還自續，一肉能兼絲與竹。隔簾共擬蛾眉青，當筵不信顛毛禿。借問歌者誰？蔡州蘇崑生。吳兒愁一顧，楚客最知名。我聞審音先辨字，新聲共拍皆其次；生言辨字須求全，要令文義隨聲傳。折坂登頓馬蹄碎，崩崖峭絶藤絲牽。梨園子弟毹氍老，繞梁振木皆徒然。在昔寧南建大纛，歇鞍便索陽春曲；錦衣按拍虎帳歡，烏巾調笑紅裙哭。只今喪亂苦飄零，老翁七十還如玉。琱弓畫戟飽經過，必遇詞人始放歌。坎壈知爲盛名誤，崚嶒偏覺賞音多。月黑歌停奈爾何！噫嘻月黑歌停奈爾何！」

過弘濟寺

鐘聲聞谷口，勝地試攀躋。白日無塵事，長風净石堤。潮翻沙浦小，山壓寺檐低。坐對娑羅樹，鵁鶄不住啼。

【箋】〔弘濟寺〕見卷四登燕子磯箋。

挽戴崟二首

侵晨治行裝，省親歸舊宅。鄉雲空在眼，催促逢鬼伯。甘脆置道塗，老母死生隔。汩汩泉水逝，淹淹槿花夕。室暗鼠嚙書，林秋葉墮席。仿佛形容在，户牖氣摵摵。同學無多人，妙年君且慧；靈心出敏思，著手便有致。稍解亦已倦，有恒君則未。勖勵悔不早，傳世無精藝。藝精竟何益？念昔徒歔欷！

【箋】

〔戴岔〕未詳。

辛亥孟夏二十八日，三兄嘉經歸葬東淘

二兄呼五弟：「荷鋤隨我發！爾我將老死，應收三弟骨。」行行見廢墟，荆棘何鬱鬱！饑鳶啄貍骼，野蔓牽人膝。二十八年來，始有家人迹。朽櫬在何處？形骸雜土木。肢體拾容易，砂礫亂爪脊。撥剔到天暝，全軀乃無缺。嗚呼甲申歲，兄禍生倉卒。身飽强横手，命盡少壯日。官長來相視，行路色慘戚。磊磊讐人頭，指日白刃割。哀笳忽四起，鐵騎來萬匹。野積戰士屍，城流殺人血。群兇出獄門，亦各操鈇鉞。依倚猛虎區，見者咸竦慄。飲恨歸去來，待時卧蓬蓽。次男名瑶琴，襁褓兄愛

惜；衆謀立爲嗣，此支庶不歇！四歲離所生，命仰伯母活。不悟大人心，憐女不憐姪。綺襦擁外孫，兒也足無襪！弱膚受風霜，鬈髮叢蟣蝨；憊極走還歸，持抱生母泣。我時實貧窘，寸心與誰説？今年兒齒壯，摧殘膺疢疾；媒妁不議婚，徭役長被責。敢望吾宗大？仍愁兄祀絶。冤魂久飄零，今日就窀穸。蔓蔓鄉樹近，沃沃水芰碧。死者抱痛眠，生者吞聲哭。報讐事已矣！斜陽遍阡陌。

【箋】

〔辛亥〕康熙十年（一六七一）。此詩當作於是年。

汪芾斯先生四十初度

旱潦淮南甚，魚鹽舊業蕪。潮聲寒擁日，草色晚飛鳧。召杜來何後？黔黎苦欲蘇。五年蒞茲土，夫子最勤劬！

撫人皆是惠，省事更稱賢。黑壤存千室，蒼生戴二天。蒹葭堤月下，雞犬海雲邊。到處追呼少，閭閻足穩眠。

歲首沍寒候，海濱狐兔驕。琴堂對風雪，蝸舍念漁樵。稍益詩書色，潛令侮慢消。猪肝何用給，仲叔意陶陶。此地昔爲宰，群推王孟津。高風踵張范，素學鄙韓申。老壽酬仁政，歌思遍海民。無疆千户祝，今又見斯人！

【箋】

〔汪苪斯〕見卷五范公堤行呈汪苪斯先生箋。

〔王孟津〕雍正鹽法志：「王雉鼎，河南孟津人。由舉人順治二年任泰州運判。會遭明季兵燹，閭巷蕭然；雉鼎務噢咻安集，布衣蔬食，恬然不擾。性尤仁恕，或過誤干法，輒多寬宥。尋擢保定同知。」

案汪於康熙六年就任，據首章「五年蒞兹土」句，此詩當作於康熙十年辛亥（一六七一）。

挽王秀才斌

懷抱人難測，衣冠自不迂。傳經多弟子，結友半屠沽。死去文章在，年凶産業蕪。故林滄海畔，鳴噪盡饑烏。

賦詩悲亂世，易簀及芳春。夙昔寧知佛，精魂實避秦。老妻單冷墅，殘帙委流塵。杖履難重遇，桃花處處津。斌卒之前日，夢一僧邀往須彌山；寤題詩云：「本是須彌極樂身，沉淪苦海幾多春；憑君引我還山去，趁有桃花好問津。」

【箋】

〔王斌〕字爲憲，安豐人，明諸生，能詩，善屬文。弟灦，字萊衣，尤工書法。順治乙酉，偕從子禹開客揚州，遇亂，禹開被掠，灦追至宛虹橋奪之，禹開逸，而灦爲亂兵所殺。斌家居聞變，徒步往收弟骸骨於積屍中，求禹開以歸，終不復出。結社淘上，與諸老互相倡和。所著詩文多刺時，皆湮没。康熙重修中十場志、雍正兩淮鹽法志有傳。

送張山侶歸小谿茅屋，予時別家

衡門昨放歌，主賓悵隔絶。張有訪予不遇詩。歧路今搔首，會聚成離別。谿水芙蓉繞四鄰，柳風拂簷村酒醇；田間景物真堪戀，愁殺孤舟行路人！

【箋】

〔張山侶〕未詳。

〔小谿〕靳修歙縣志：「六都五圖，其村有小谿。」

挽船行

疫困駕船人，人船雙趦趄。老姑起把舵，新婦爲縴夫。尚存異鄉息，自憎薄命軀。夏日懸中天，灼死岸旁樹；纏頭苦無巾，裹足猶有布。數罷商人錢，拭淚盼官路。路長縴繩短，挽船不敢緩！

章兒病，何裕充雨中來視，贈詩三首

羸軀負米在凶年，辛苦今成困頓眠。安得疾瘳兒遽起，老親無食也歡然！

溪無流水隴無禾，久旱窮濱災疢多。今日何生來賣藥，范公堤上雨滂沱。

一經自是傳家物，肘後方書且救貧。便有青錢日盈把，腐儒何事不如人？

【箋】

〔何裕充〕嘉慶東臺縣志：「劉仲一字裕充，安豐人。幼失怙恃，寄養於姑夫何信家，因冒姓何。何本世醫。仲一初事舉子業，崇禎末，隱居東淘，還治醫。鍵户十年，博貫群書，遂爲名醫。款門者不遠千里來，日得百錢，輒付酒家，醉後即杜門狂歌，人呼爲『癡先生』。有贈以多金者，輒謝曰：『子非知我者也，我豈爲利計哉！』同里吴嘉紀嘗贈以詩。子良彪，世其學。」

歸里與胡右明二首

潦後復大旱，穀價貴荆吴。疫癘纏饑民，喪亡滿道途。故里災尤甚，中宵憶吾廬；歸舟不待曉，取道緑楊湖。水淺茭草長，翳翳蔽游魚。烟火何處乞？秋陽净平蕪。鷹鸇遥睨雀，盜賊僞爲漁。人險物情異，行止多踟躕。

行路不知疲，近鄉翻蹙額。水涸原野高，衰草蕭蕭白。天心凶歲忍，我室多艱阸。養生急饔飧，救死缺藥石。淚迸老妻啼，病勢嬌兒劇。出門自悵悵，入門仍脈脈。雨歇秋氣佳，黄花發檐隙。何以遣予愁？籬外來嘉客。

【箋】

〔胡右明〕未詳。

〔緑楊湖〕當即渌洋湖。光緒重刊江都縣志：「渌洋湖在城東北六十五里，西南接艾陵湖，東北屬高郵州界。」

案重修中十場志載：「康熙十年潦，六月、七月旱，瘟疫行，人多死，歲歉，米石價一兩八錢。」

首章四句當即指此。此詩當作於是年。

哭劉業師 師諱國柱，字則鳴，江西人，寄籍泰州梁垛場。

叢棘真難偶，孤松倏已萎。黔公衾不足，卜氏淚方垂。四日前，師喪次子。死喪誰相救？高寒俗所嗤。手栽籬菊在，瑟瑟海風吹。

管樂成虛願，荆高匪我儔！放歌悲失鹿，蹈海看閒鷗。門巷青蒿塞，江河落日流。師亡吾已老，壯志復何求？

南州雖故土，梁垛有高賢。黄髮鹽烟内，青鞵野水邊。傳經猶有子，歸里苦無田。餬口逢凶歲，淒涼老伏虔。

回首思冬夜，扶兒訪蓽門。海風折衆樹，野雪陷孤村。白酒呼鄰借，黄精佐客飡。家貧供給薄，脈脈愴予魂！

貧士不可死，家人唯掩扉。室寒蠅懶入，缾罄鼠常稀。我亦多兒女，門東待蕨薇。看師身後事，涕淚倍霑衣！

【箋】

〔劉國柱〕袁承業王心齋先生弟子師承表：「劉國柱字則鳴，本江西人。少負大志，遍遊四方，訪名儒宿學，以資見聞。一日來安豐，慕心齋學，因師事守來（按守來即吴嘉紀之祖吴鳳儀）。適學使按試泰州，與考，即冠其曹，遂爲泰州庠生，續以梁垛爲家焉。未幾，主講安豐社學十年。先生博涉群書，自經史子集旁及醫卜，無不通曉；尤長易，著易宗二卷，一洗訓詁舊習。又著三通衷略、四書學史、私史諸書，貧不能付梓，故世未有知者。年八十餘卒。門人吴嘉紀以詩哭之。」

〔梁垛場〕即南梁，見卷一臨場歌箋。

江健六過訪，閱其近詩，有贈

天寒朝日如夕暉，桑葉颯颯蘆花飛。風落河濱叫鴻雁，刈楚捕魚人出稀。老夫側立滄海上，來牛去馬不可嚮。入門倚徙搔白頭，久别貧交遠相訪。嘗聞餬口在江湖，亂後鄉園歸去無？梁子饑炊却熱釜，阮公獨往遭窮途；思友詠懷何耿耿，梁鴻思友、阮籍詠懷。一卷新詩冰雪冷。風人半是窮愁人，乃知坎壈非不幸。

【箋】

〔江健六〕未詳。

送江健六之長洲、錢塘

長歌去路遥，遥遥去何處？楓橋與斷橋。兩岸梅花五更月，布帆吹去風翛翛。嘯傲山水前，豈遂稱豪賢！豪賢舉動笑腐儒，飲酒縱博膽氣麤。朝出赴急難，夜歸提頭顱。一旦功成不受報，有時義在仍捐軀；不然潛身至老死，結屋種樹臨江湖。雨晴放艇隨漁父，客散分餐飼鶴雛。君不見吴要離，宋林逋！

【箋】

〔長洲〕即今蘇州。乾隆蘇州府志：「長洲縣本吴縣地。唐萬歲通天元年，析置長洲縣，取長洲苑爲名，與吴縣分治郭下。」

〔錢塘〕大清一統志：「杭州，秦置錢塘縣，屬會稽郡。」

〔楓橋〕乾隆蘇州府志：「楓橋在閶門西七里。豹隱紀談云：舊作封橋，因張繼詩，相承作『楓』。今天平寺藏經，多唐人書，背有『封橋常住』字。」

〔斷橋〕乾隆杭州府志：「白沙堤東第一橋曰斷橋。」

詠古詩十二首，贈郝羽吉

諸古人予與羽吉所夙慕也，詠之以自勖，並以勖羽吉。

桓公夜出郭，商歌聲正悲。甯戚窮適齊，旦暮牛因依；細草勸牛食，扣角歌所懷。粲粲石何白，漫漫夜未晞。當其身未遇，淒涼單布衣。賢聖雖自命，儔侶爭相譏。

尺半長鯉魚，鱗鬐光葳蕤。遭際商旅中，後車載之歸。

達哉范少伯，易名曰陶朱。但計刀與錐，不言越與吳。貨殖偶加意，貲財便有餘。餌美魚爭戀，財多人易愚。一朝別鄰里，揮手散膏腴。受者感且送，提攜傍菰蒲。扁舟倏已遠，清風吹五湖。

巢繇稱至潔，衣食亦相須。儻欲遂高尚，未可厭錙銖。

慨然訪趙勝，乃以口舌爭。邯鄲圍日急，衆欲帝强嬴。秦民死不爲，齊國魯先生。開口屈梁客，數語却秦兵。孤鳳鳴霄漢，萬族仰其聲。區區寵與位，那足詘高情！趙人不相知，樽前金滿籯；一笑拂衣起，東海歸柴荆。

皇帝好殺戮，得罪方紛紛；同列盡緘口，斯人獨笑言。翩翩東方朔，待詔金馬門。下士鄙滑稽，不識義理存。巧言寓忠藎，聽者中懷罪偃氣何壯，割肉度何温！

忻。身全事亦濟，誰謂辭不根！畜之以優俳，武帝真寡恩！

衆山何犖确？於中挺五嶽。人苟不自卑，應須嗜丘壑。卧看松上月，行採澗邊藥。心迹既已遐，塵網焉能縛？漢運昔中衰，禽慶家索寞；茅屋三卷易，嘯歌對碧落。新莽禄不食，故人饋不却。同好得子平，擔簦著芒屩；冥然投雲峰，秋空一雙鶴。

伯鸞貧牧豕，遺火及他室。義不負若主，尋問償所直。盡驅其豕去，不足身爲役。樵汲每行吟，卑微無耻色。小人奴長者，耆老交相責。時危遠適吴，夫婦勞筋力。盛德杵臼間，遂爲皋叟識。數椽借棲遲，四體聊偃息。憑君餬吾口，著書送餘日。

郭泰不可即，人稱爲神仙。樹下逢茅容，言談何依然！雨止攜泰歸，家中待舉烟。炊黍以爲飯，殺雞以爲餐；雞黍一時熟，跪奉阿母前。徐徐出食客，蔬糗不盈盤。老親養不輟，良朋心轉歡。敬友道如此，容也真大賢！

淵明樂田園，獨居每搔首；搔首復跂足，遥望南村柳。其下多居人，情高風俗厚；力作共陌阡，羲皇在户牖。幾年懷此鄉，今日去爲耦。五男與弱女，抱琴或牽狗。籬邊菊正花，入室催漉酒。殷勤語稚子，柴門候賓友。

百年傷母單，遺體誓不暖。孤清懶近人，獨契孔思遠。遠廬偶一造，入户樽已滿。燈影照茅檐，笑語接繾綣。勝引既同心，雪花復在眼。良夜寧惜飲，榻在遂忘返。主人護醉眠，取具覆緩緩。温綿驚冷骨，酣夢倏中斷。起來却卧具，賓主淚齊泫。

曇首離奇人，年少無競心；貲財散兄弟，自取書與琴。歌調尤絶妙，康樂慕其音；挽髻著袴褶，匹馬來相尋。相尋不相近，載騾入中林。舉聲嚮謝侯，野静松蕭森。一唱皎秋月，再唱醒棲禽。曲罷謝欲前，歸騎已駸駸。

襄陽孟夫子，紅顔樂巖阿。灌園不入市，釣魚臨滄波。釣得槎頭鯿，沽酒造鄰家。顯者期弗顧，醉來一高歌。淅淅竹露滴，清響何用多！誦詩天子前，觸忌將如何？佳句實自賞，無心競榮華。歸來鹿門山，雪月松徑斜。

茶味世不識，濁俗何繇醒？鴻翼覆野啼，陸羽真天生。飲啜道遂廣，荈蔎辨尤精。採摘穀雨前，歸來山月明。夜火喧僧舍，幽芬淡人情。吴楚幾原泉，氣味本孤清；汩没山谷裏，幾與衆水并。逢君一鑒賞，人間盡知名。至今品題處，滴溜寒泠泠。

【箋】

〔郝羽吉〕見卷一郝羽吉寄宛陵棉布箋。

漲落

漲落見村墟，藻荇掛死楓。蓮子河中央，饑殺岸上翁。翁媼久飄零，荷鋤返鄉里。耰鋤戀故土，魴鯉樂深水。古陌行人來，鷺鷥雙飛起。

德政詩五首，爲泰州分司汪公賦 芾斯先生。

嶺梅豈不清，感人者芳馨。黔首雖至愚，懷德有同情。荒荒瀕海岸，役役煎鹽氓；終歲供國税，鹵鄉變人形。饑兒草中卧，蟋蟀共悲鳴。倘不逢良牧，何繇慰群生？撫字日已勞，罷癃日已寧；祝良作甘澤，遍野起歌聲。

夫子昔高卧，別業吴山下。圖史娱弟兄，吴越擅風雅。泠然湖山際，襟抱各瀟灑。令譽倏以廣，長嘯別松檟。伯子陟雲霄，仲氏膺民社。蒼茫潮汐區，何堪詘静者？鷗鷺迎清琴，蒹葭隱斑馬；煌煌瑚璉器，光采及原野。

風潮飄蕩後，萬井莽荆榛。黄草連遠天，鳴雁愁殺人。兹鄉實寒陋，亟亟思陽春。春風一朝至，草木鬱然新。嘘煦六年來，慈祥四海聞。當代選循吏，徵車正轔轔。赤子涕漣洏，唯恐失其親；耆老扶竹杖，鄙生出山雲。未暇贈劉寵，方將借寇恂。

鷙鳥避叢棘，鯉魚肥泉水。仲舉稱高賢，乃下徐孺子。孺子不仕君，榮華草菅視。一榻何戀戀？心實感知己。往來古不廢，干謁余所耻。軒車遇鶉衣，攬挈若蘭芷。野月臨冰雪，田玉出泥滓。孤雲漫悠悠，偃室重貧士。

頻年禾不登，流離滿海邊；困餓傍萑葦，容易把戈鋋。使君騎馬來，淚迸流民船。賑饑日行野，糴米時借錢。或有强肆者，辱之以蒲鞭；一誠消梟蠢，散去如雲烟。只今中十場，里巷何晏然！牛車夜不歇，鷄鳴月在天。民物各自適，誰知官長賢？

【校】

〔泠然〕夏本原作「冷然」，據王本改正。

【箋】

〔汪芾斯〕見卷五范公堤行呈汪芾斯先生箋。

〔吴山〕嘉慶重修一統志：「吴山在杭州府城内西南隅，舊名胥山，上有子胥祠。」

〔中十場〕乾隆兩淮鹽法志：「國朝通、泰、淮三分司所隸三十場，初皆仍明之舊。通州分司駐石港，其所屬豐利、馬塘、掘港、石港、西亭、金沙、餘西、餘中、餘東、吕四等十場，爲上十場。泰州分司駐東臺，其所屬富安、安豐、梁垛、東臺、何垛、丁溪、草堰、小海、拼茶、角斜等十場，爲中十場。淮安分司駐安東，其所屬白駒、劉莊、伍祐、新興、廟灣、莞瀆、板浦、徐瀆、臨洪、興莊等十場，爲下十場。其隸淮南煎鹽者，爲通、泰二十場，及淮安之劉莊、伍祐、新興、廟灣四場。其隸淮北曬鹽者，爲淮安之板浦、徐瀆、臨洪、興莊四場。至場不産鹽，惟刈草供課者，在淮南則爲白駒，淮北則爲莞瀆。此淮南北三分司分駐分隸之舊制也。」

案汪於丁未蒞任分司，據三章「噓煦六年來」句，此詩當作於康熙十一年壬子（一六七二）。

讀印人傳，作歌贈周金谿先生

千餘年來尚楷書，篆體唯憑印信傳。秦章漢璽苦難遘，時俗臆見空拘牽。一從近代有文何，文三橋、何雪漁。朗如雲盡窺青天。鈍鐵在手代毛穎，象牙棗木失其堅。

肥不喪真瘦不枯，龍摶鵠峙相糾纏。慧心漸次趨簡便，磊磊石塊採青田。坑凍柔澤如可食，燈光出土珊瑚鮮。坑凍、燈光凍，皆石名。海内繼起日稍稍，新安梁谿尤多賢。金谿先生最嗜此，高手到處與往還。錦纏帕覆隨出入，宦遊載滿烟波船。斯道彰明五十載，金谿實爲風氣先。只今能事復誰數？老成强半歸重泉。不憚苦心訪遺迹，肯教絶技同寒烟。生者死者爲作傳，印人一一在眼前。異哉吾鄉黄濟叔，蓬蒿中挺孤芳荃；深心厚蓄流精光，意所欲到手已然。諸家豈不各稱善，濟叔兼之無愧焉！如皋濟叔里。丘墓松楸護，賴古公堂名。文章星斗懸。誰知黄也身存日，姓字不出鄉閭邊。若非遭遇周夫子，懷瑾握瑜祇自憐！

【箋】

〔印人傳〕錢陸燦印人傳序：「印人傳，櫟園先生未完之書也。先生故精深於六書之學，四方操是藝以登其門者，往往待先生一裁别以成名。先生於是患難相從，退食平居之隙，薈蕞其印，列於左方，人冠以小傳，大要指次其印學之所以然，而其人之生平亦附著」云云。

〔周金谿〕即周亮工，見卷二答櫟下先生箋。

〔文三橋〕繪事微言：「文彭號三橋，徵仲長子，善繪蘭竹。」

〔何雪漁〕道光徽州府志：「何震號雪漁，休寧人。工金石篆刻，海内圖書出其手者，争傳寳之。生平不刻佳石及鎸人氏號，故至今流傳者尚不乏云。」

〔黄濟叔〕乾隆如皋縣志：「黄經字濟叔，善山水，仿倪、黄遺意。究心篆籀，得秦、漢法。周櫟園侍郎嘗稱其書畫，品兼神逸。緣姓名與人同，誤置非所，冤雪後，名震公卿。以書畫日致千金，旋即分友散去，客死延陵。黄岡杜茶村不遠千里來弔，詩以哭之。著六書定論三十卷、藝苑微言四卷、品畫麈談二卷。」

客中送汪文治之衡州

老懷易忘失，偏不失羈愁。金盡浪依人，悲君亦遠遊。遠遊何處所？春水滿揚子。江樹鵑啼一片月，雲山客路三千里。寒泉皎皎下青松，君到衡山定憶儂。題罷音書無北雁，踟躕獨上祝融峰。

【箋】

〔文治〕汪洋度字，見卷五送汪于鼎文治兄弟歸春草閣箋。

〔衡州〕嘉慶重修一統志：「衡州府在湖南省治南三百八十里。隋廢湘東、衡陽二郡，改置衡州。」

〔揚子〕見卷三渡揚子箋。

〔衡山〕嘉慶重修一統志：「衡山在湖南衡山縣西三十里，五嶽之一也。上如車蓋及衡軛之形，山高四千一十丈。共七十二峰，十五巖，十洞，三十八泉，二十五溪，九池，九潭，六源，八橋，九井。祝融峰，乃七十二峰最高者。」

初夏送王鴻寶之海安鎮，向崔朗生乞菊二首

蔣生偕二仲，三徑思悠哉。我亦歸田舍，君應日往來。青春悲已去，黃菊約同栽。發興求名種，扁舟遠泝洄。

斥鹵海安鎮，清風崔氏林。籬低沙鳥入，菊長草堂深。花待飛霜發，人今冒雨尋。寒芳贈不惜，持抱碧森森。

【箋】

〔王鴻寶〕見卷三懷王鴻寶箋。

〔海安鎮〕見卷五海安鎮箋。

〔崔朗生〕未詳。

黄山歌送程飛濤

躡芒屩，抱鳴琴，登嶺望天都，天際何嶇嶔！嶇嶔復氛氳，昔住軒轅君；丹成騎龍上天去，三十六峰唯白雲。雲生雲漲失丘樊，天海浩浩波濤翻。扶桑日低却倒照，精光萬頃摇心魂。巖巒絶非人世境，磽确都無泥土存。巘松葉細幹下垂，盤曲石上拏瘦根。空洞氣冥漠，暗瀑聲潺湲。林深鶴鳴風瑟瑟，老龍卧處寒潭昏。伊予慕名勝，無羽難高騫。白日馳旦暮，紅顔落家園。夭桃過雨花葉新，村村石路浄無塵。君今逍遥去遊覽，萬壑千丘正暮春。登臨倘與赤松遇，服食時有明霞親。年華不能老，雲峰任卜鄰。只愁見月思鄉縣，又櫂扁舟返故津。滿山瑶草輕抛擲，松下青猿笑殺人！

【箋】

〔天都〕靳修歙縣志：「天都峰，高九百仞，健骨崚嶒，卓立天表。頂有石室，洞門宏敞。又有石臺凌空而出，背倚玉屏，端嚴聳峙；雲濤澎湃，時擁山腰，峰拔雲上，反若喬影虚懸，頽然欲墮。」

案黄山志定本有程飛濤遊黄山詩三首。

題喬雲漸小像

頭不戴鷊冠，身不衣鹿皮。片石爲深山，幽意無人知。眼中浮雲盡，塵尾清風隨。匿鱗泳静淵，憩翼投高枝。紛紛巖棲輩，應爲丈人嗤！

【箋】

〔喬雲漸〕喬出塵字雲漸，號疑庵，寶應人。明御史可聘從孫，有疑庵集。見阮元淮海英靈集、劉寶楠陶澂傳附喬出塵傳。

案溉堂續集亦有同題詩，編入康熙十三年甲寅（一六七四），則此詩亦當作於是年。

鶖來詞

六月蝗爲災，有鶖自東來，來立田中如老翁，秃頭長頸驅蝗蟲。群蠢赴海齊趯趯，飛走不疾鶖啄食。食既飽，起高飛，人來争穫救公饑。稻名。田公田姥呼鶖拜，恩德爾比鳳凰大。昨日憔悴今日歡，他家流亡我家在。我願家長在舊村，爾鶖老壽多子孫。子孫翺翔遍天下，年年護我農夫稼！

【箋】

〔鶖〕揚州府志：「俗名青鶴」。

案重修中十場志載：「康熙十一年六月，飛蝗蔽空。」此詩當作於是年。

爲湯巖夫題大滌精舍圖

誤聞遂洗耳，祛垢因濯纓。所保甚微細，未足稱至清。不見翠微内，遥遥懸户庭。窗外峰羅列，檻底海訇訇；氣勢相盪激，白雲曠英英。長風吹入松，一山皆水聲。豈惟肺腸浄，簷楹亦光晶。幽人此歌嘯，高趣有誰并？薜蘿製爲裳，藜藿采作羹；不謀衣與食，安知姓與名？老夫牙齒落，無地可歸耕。輭襪敗泥滓，舟車違性情。樹茶乃求甘，飲酒乃求醒。乘桴思尼父，坐榻望管寧。何當卜居來？荷鍤送殘生。

【校】

〔樹茶〕王本作「樹荼」。

【箋】

〔湯巖夫〕見卷五寄湯巖夫箋。

案汪楫山聞詩有題湯巖夫大滌精舍圖，施愚山學餘詩集亦有大滌精舍圖詩，題下注：「潛谷爲湯巖夫畫。」

病中哭周櫟園先生

建業來雙鯉，先生去九原。風流餘劍佩，精采散乾坤。舊侶沉痾日，殘生一綫存。支離東海上，茅屋遠招魂。

往弔應扶病，知音苦不多。白頭慚我在，青鏡爲人磨。樓閣塵書畫，門墻長薜蘿。頻年車馬少，今日復誰過？

荷衣裁昨日，竹杖曳何之？幽徑蒿生早，荒齋月去遲。錦纏新刻印，稿剩未成詩。景物都如舊，無緣見所思。

洛下何時返？人間暫住難。生涯逢短景，死所得長干。螻蟻殘簪黻，蕭蓬没蕙蘭。霑巾賓客淚，不與露同乾。

【箋】汪舟次有哭周櫟園先生：「每逢佳士必書紳，最愛吴陵吴野人；一卷新詩誇國士，百年荒海識遺民。牙籤插遍烏皮几，棨戟迎來折角巾。江左風流千古在，文章交道總如神。」案周亮工年譜，櫟園卒於康熙十一年壬子（一六七二），此詩當作於是年。

舟宿堰上有懷吴載澄 吴時在汪使君幕中。

塞鴻集霜渚，海燕巢廈梁；羈旅各有托，安用別炎涼？惝怳予何之？寒夜宿菰蔣。聽雞憶同志，見月起長望。夙昔隔千里，今宵同一鄉。曖曖桑榆烟，濛濛雲水莊。不謂膠與漆，翻成參與商！岸上種芳蓮，池中樹甘棠。君勿笑顛倒，世事真難量！

【箋】

〔吴載澄〕未詳。

夜發蠻子莊，寄黄天濤

蠻子莊前掛席歸，姜家堰上月輝輝。情人相近起相望，淮水不流低雁飛。

【箋】

〔鑾子莊〕泰縣志：「鑾子莊在姜堰北，明監察御史蔣行之墓在焉。行之科隆慶戊辰進士，巡按兩廣，故名其莊曰鑾子。又以其巡按甘肅，故又名其莊曰回子。」

〔黄天濤〕清詩别裁：「黄九河字天濤，江南泰州人。」

〔姜家堰〕廣陵詩事：「姜堰在泰州郭東四十五里，黄天濤與從兄仙裳居於此。天濤於宅後構秋嘉館。又築臺結閣，以爲賓友吟眺之處。閣始成，適黄岡杜于皇至，因名其閣爲杜來閣。」

哭汪三韓

秋氣入中庭，使我芳樹萎。白日不與光，君亦從此辭。東流潑潑逝，零露朝朝晞；人生幾日客？念君獨早歸。夙昔負奇懷，動爲時俗嗤。瓊玖在懷袖，光輝有誰知？志大年命促，千古同歔欷！

遊魂汝安托？郭外多丘墳。林木鳴悲風，不見親昵人。草根傍衿佩，血氣隨飈塵。狐狸暝來宿，弗别愚與賢。寧知白髮親，徙倚門楣邊。往時出門去，不待日入還。原野今已暮，極目惟寒烟。

同氣多白眉，嗣息兩黄口。抱兒昆弟間，嬌鳥啼槐柳。好風起竹叢，灑然到户牖。開襟賦新詩，往往兼親友。興味一何逸，但未買田畝。鄉鄰第宅高，卿相章句取；豈不榮且艷，君視若芻狗。俛首師丹經，良繇抱羸痾。獨坐睆牀頭，奈此緑樽何！稍愈謝服食，對酒舞婆娑。侣伴來扣門，檐下發新花。及時且行樂，莫計去日多。却笑賈終輩，棄繻與投沙。濁醪不解飲，歲月空蹉跎！北風稍已寒，葉落黄公店。蒼蒼隋苑樹，盼睞淚如霰。昨日此分手，病中各眷眷；君道長相思，我期重會面。平生言猶在，金石質已變。窗中書卷高，雨後茱萸艷。同病故人來，入門君不見。

【箋】〔汪三韓〕汪楫弟。見卷三早春寄汪三韓箋。魏叔子文集二汪遺詩叙：「三韓性迒邁，爲詩若不經意，而自然高爽。躭於酒，竟以此發病卒。」

案清詩別裁有吴麐哭汪三韓詩。

弔謝承啓

疾風揚沙礫，原野黯無輝。蕙蒭方不辨，志士將安之？舉手謝丘園，褰裳行𡾊巇；蹋蹐至摧敗，憂來發狂癡。狂癡天地間，羞作弱男兒。膏明祇自煎，杼急多亂絲。稻粱在籬下，雀飽黄鵠饑。徒然如精衛，神哀形體疲。蒼海何時涸？白日但西馳。勞苦願未酬，老死令人悲！

【箋】〔謝承啓〕康熙中十場志：「謝紹烈字承啓，歙縣謝村人。博綜典籍，隱居自廢，善書畫，爲人所寶。黄生贈詩云：『謝公人共棄，楷法世終傳。家遠黄山下，途窮白眼邊。狂來多罵坐，醉裏即逃禪。末俗宜嗔怪，遺民在葛天。』又有謝顛歌，以張顛、米顛自況。暮年移家粱垛，居最久，竟卒於粱垛。」

正月三日晨之東亭，午歸東淘，風帆來去皆便，舟中賦此

晴暉殘雪在谿中，來去孤舟一老翁；自説今年出門好，樵薪恰遇鄭公風。

【箋】〔東亭〕一名東臺場，淮南中十場之一，即今東臺市。見東臺縣志。

贈鮑節婦二首　鮑爾榮母。

南梁烏，爲巢樹上生爾雛。樹下寡婦心愴然，紡績日暮炊無烟。市來餅餌那足茹？飼却嬌兒遺却女。冰堅雪厚日難過，眼前黄口何時大？

南梁烏，烏老小烏來反哺；巢高翅弱飛不起，南梁孝子愛殺爾。山松青青谿水長，母年六十身體康。酒饌朝昏盈豆甒，阿母舉匕淚如雨。東林茶蓼西蔗枝，今日甘芳昨日苦。

【箋】〔鮑節婦〕乾隆兩淮鹽法志：「鮑夢斗妻方氏，徽州人。年二十七，夫客死揚州。三子一女皆幼，貧不能自存，奉姑王轉徙梁垛場，盡鬻奩具，以供菽水。教子讀書，擇交遊，勵名節。次子耀祖，與安豐吴嘉紀爲詩友，嘉紀賦南梁烏贈焉。」

〔南梁〕見卷一臨場歌箋。

送張菊人明府歸江南，因邀泛晏溪，登天妃山頂，分韻三首

兩岸楊花落，送君搔白頭。衰年憎别路，斜日戀扁舟。鯉躍漁罾得，人歸海市休。晏公溪上水，不厭寂寥遊。

橈停石梁下，路到土山頭。曠野無人迹，涼風近麥秋。棘叢銷勝地，海氣敗危樓；諸佛塵埃裏，翻增過客憂。

吴郝秋天遇，郝羽吉、吴仁趾。琴樽此地遊。渚寒花皎皎，沙晚雁啾啾。舊好成飄梗，殘生托釣舟。登臨一回望，淚灑敝羊裘。

【箋】

〔張菊人〕即張芳，見卷二酒間口號答句曲張鹿牀箋。

〔晏谿〕見卷一晏谿送汪虚中兼懷吴後莊箋。

〔天妃山〕嘉慶東臺縣志：「泰山在縣治西南五里，西溪鎮通聖橋之南。壘土而成，高四丈二尺，上建碧霞宫，故名泰山，又曰天妃山。」

顧友惺畫萱花見贈

遲暮隨飄梗，荒蕪嘆故丘。徑花常入夢，樽酒不忘憂。有客來蝸舍，題名是虎頭。一枝圖贈我，風露晚悠悠。

【箋】〔顧友惺〕皇清詩選：「顧自惺，字友星，江南江寧人。」金陵通傳：「顧夢游從子友惺，亦工詞翰，閏章嘗贈以詩。」

東淘雜詠十首

范公堤　宋范文正公築。

茫茫潮汐中，矶矶沙堤起；智勇敵洪濤，胼胝生赤子。西塍發稻花，東火煎海水；海水有時枯，公恩何日已？

勉仁堂　王心齋先生精舍。

先儒樂道處，明月寒塘出。門外地名月塘灣。枯樹曉啼烏，頹垣春長棘。余亦生此鄉，水濱訪其室。獨往意悠悠，沙禽起衡泌。

竹園　紀四世祖顯卿公墓上竹也。公仕元爲提舉，至正間，棄官歸，隱新豐園，甃街恤鄰，里人至今德之。

抽笋思凌雲，結根肯傍海。野霜叢森森，水月碧靄靄。一從種植來，幾遇人代改？蕭瑟天海間，清風四百載。

東寺磬　文銘和尚遺物。

我來弔高僧，古寺深蒿艾。人間留一磬，身後覺群昧。暉暉日墜淵，淅淅風生檜；清音送出林，適與幽人會。

崇寧觀鐘　鐘鐵質，相傳神冶所鑄。鑄成，冶人晨別去，戒曰：「勿暮，勿鳴也！」黃冠疑焉；旋撞之。冶人甫去二十里，聞鐘嘆曰：「聲止此矣！」

大器方遠聞，去程未及半。時俗昧神工，徘徊鳴海岸。臨流鳥雀静，將曙星辰爛。聵聵塵中人，一聲殘夢斷！

白龍潭　即仇湖村。舊傳有白龍育子於此。至今梅雨時，鱗爪每隱見雲際，居人相顧喜曰：「白龍歸矣！」其年必稔。

風起枯榛鳴，遠村晝如暮。神物久飛騰，寒潭尚雲霧。田荒男婦散，水冷鷺鷥聚。龍子不歸來，豐年幾時遇？

古石梁　場北。

場北夕陽多，石梁宜登陟。行人戀景光，去水無休息。閒泳魚逐群，倒生草垂色。樵牧暮還家，相逢半相識。

常家井 在常家竈。

竈丁日食鹽，澹味詫爲異。可嘆清泠泉，乃生斥鹵地。旱天澤不枯，夜月茶堪試。淒涼蔓草中，汲引誰遠至？

園田 通倉橋西。

烟火幾十家，園田三百畝。野雪甘青菜，春風脆新韭。門閒時繫船，市近易沽酒。我無買地錢，空羨荷鋤叟！

影山 在新豐園澤中。

泱漭東海邊，一丘何竦峭！地僻名不章，湖清影自照。棲雲林樹低，鶩月鸛雛叫。祇應垂釣翁，繫艇來登眺。

【箋】

〔范公堤〕嘉慶東臺縣志：「范公堤，即捍海堰。南抵通、泰，北接山陽，長五百餘里。唐李承建，宋范仲淹重修，故又名范公堤。」

〔勉仁堂〕東臺縣志：「在東淘精舍內，王艮講學之所。東淘精舍在安豐場月塘灣，即王艮之宅，今改爲祠。」

〔竹園〕東臺縣志：「在安豐場新竈南，元提舉吴顯卿墓側。」

〔顯卿〕吴顯卿，東臺縣志：「謙之子，仕元爲嘉、松提舉司。初下車，卻餽減耗，風采凜然。未逾年，詭冒盡除，鹽政清肅。至正間，罷歸，隱居新竈，闢園曰小隱。里中苦旱，掘地爲井，以恤鄉鄰，出資獨甃市街，遺迹尚存。」

〔東寺〕東義阡寺，東臺縣志：「在安豐場，明萬曆四十年建。寺有古磬，爲行僧文銘遺物。」

〔文銘〕道光泰州志：「文銘，正德間祝髮泰州東寺。」

〔崇寧觀〕嘉慶東臺縣志：「崇寧觀在安豐場，明洪武年建，萬曆年修，康熙二年，徐我選倡修。」

〔白龍潭〕東臺縣志：「仇湖在縣治南四十里，湖周三十里。阮昇之記云：『昔有仇姓居此，故名。』又名白龍潭。今湖墾爲市，居民鱗次矣。」

〔古石粱〕即北石橋，在減水壩西，明王嘉令倡建。見縣志。

〔常家井〕在安豐常家竈。斥鹵之地，水味獨甘，遇旱不枯。見縣志。

〔通倉橋〕在安豐場，大使張雄建，康熙四年，張承信重修。見縣志。

〔影山〕東臺縣志：「在縣治南四十里安豐場新豐團。自澤中起，高二丈餘，草木蓊翳，隱隱如高峰特聳，翠黛横雲，照水蕩漾，故曰影山。」

案徐發菼有和吳嘉紀影山詩：「依稀海上山，蓯蘢起藪澤。十丈飛紅塵，山邊自遠隔。秋月映蘆花，天地光明積；漁父吹笛來，錯認神仙客。」

汪愧前新婚詠物詩二首寄贈

釵

南金持作釵，金堅色蒼蒼；良工懷古儀，製出雙鳳凰。質貴容止和，毛羽亦非常。無心食竹實，懶去鳴高岡。連翩欲何向？願佐新婦裝。握來玉臺前，見者嘆無雙。著髻珠玉潤，入鬢膏澤香。徐徐出房户，人釵兩輝光。棲托既得所，恩情何敢忘？永結百年歡，追隨以頡頏。

琴

迢迢雲峰下，翳翳孤桐枝；桐枝甚微細，生長無人知。雅音中自具，空望手指揮。一朝利斧斤，遭遇寂寥時。根株留山中，枝隨良工來。紛紜塵俗裏，始見不凡材。固以膠與漆，飾以黄金徽。黄金何光采，膠漆不相離。明月來閨閣，軒牖殷勤開。良夜既如此，請君彈素絲。

贈汪長玉

【箋】

〔汪愧前〕未詳。

索居寡忻豫，薄言訪親故。扁舟入殘荷，左右滴清露。人來宿鷺起，葦盡曠野曙。早歲識伊人，樂與同旦暮。寒暄時向往，鬒髮白道路。淮村月照花，海岸雞鳴樹。幽興人不知，長河自來去。

靡靡衆情内，長者如鳴琴；古調清且和，感人亦何深！世俗不相識，遺身在幽林。泉石須偃仰，時運有升沉。嘗聞鄉里間，親交頌徽音。遠岫跂足望，春風吹衣襟。鍾君可爲師，安用被華簪？

堂上急粮精，雪裏上江船。行行遇疾風，舟覆波浪間。失足蛟龍悦，負米神鬼憐；入水復出水，身體獲安全。天日重照曜，於今已十年。誰知更生者？崇德志益堅。周行夷且長，獨往方慨然！

【箋】

案汪長玉舟覆皖江爲康熙二年癸卯（一六六三），此詩第三章有「天日重照曜，於今已十年」之句，當作於康熙十二年癸丑（一六七三）。

夏次功來東淘業鹽，贈詩二首，兼答汪叔定見寄

不妨魚目溷明珠，皂帽青袍碧海隅。伏驥幾曾忘道路？困鱗聊且就霑濡。地偏野月來隨客，俗厚商人肯敬儒。應接得閒還嘯詠，東淘新酒正堪沽。

來鶩去雁任紛紛，茅屋清谿遠俗氛。自是菰蒲堪送老，誰知言笑得同君！秋晴海上尋黄菊，日落淮南見白雲。獨有良朋懷故舊，臨歧一倍惜離群。

【箋】

〔夏次功〕清詩鐸：「夏次功名九叙，江都人，有緑雪堂詩。」

〔汪叔定〕字耀麟，見卷三上巳集汪叔定季角見山樓分得風字箋。

案夏次功緑雪堂詩略有客東淘贈吴賓賢詩二首，詩云：「東淘賈客何雄豪，囊中光彩金錯刀；貨殖紛紛用千鏹，白鹽突兀如山高。秋光澄爽日亭午，肥肉大酒齊相邀；氍毹軟叠争博塞，袒跣大叫矜且驕。尊前花下紅妝女，明眸皓齒吹鸞簫。相看志意盡如此，幾人拭眼看蓬蒿。」「青袍儒生無舊業，饑軀似鳥投林樾；扣角聊爲甯戚歌，傭租遠詠袁宏月。悠悠海岸少情親，不悟蒹葭有故人；僻壤長吟老將至，破氈獨坐家長貧。游龍行空逐雲霧，我亦追隨喜相遇。一任塵埃黿鼉嗤，扁舟秋水時來去。」

送喬乎五北上

兩家茆舍一清谿，同日歸來手重攜。積水葦花方掩映，秋風蓬葉又東西。交稀自結王生襪，歲晏誰遺范叔綈？騎馬看山兼望遠，川原斜日暮淒淒。

秦郵邵埭去經過，極目飛飛鷗鷺多。水上饑寒銷赤子，淮南井邑貯黄河。轉輸久廢公家藏，勞苦常聞役者歌。今日堤成明日潰，空令藿食淚滂沱！

及至河流向海奔，狂瀾已没幾千村。陳潘陳公瑄、潘公季馴。此日存遺迹，淮泗何人問水源？吹律谷邊春意在，黄金臺上布衣尊。懷中計畫分明甚，七邑餘民待一言。披裘誰是汝同心？謂孫豹人。浩月當頭酒滿斟。鄒衍逢時成往事，荆軻醉處一長吟。年凶乞米關河遠，身老辭家歲月深。又值薊門霜雪至，紛紛雲雁有哀音！

【校】

六卷本卷三迄於此詩。

【箋】

〔喬孚五〕嘉慶東臺縣志：「喬寅字孚五，號東湖，寶應人，前明諸生，隱居安豐。性豪邁不羈，慷慨激昂，發爲詩歌，梓有碧瀾堂集，杜濬爲之序。」

〔陳瑄〕字彦純，合肥人。永樂初，以平江伯充總兵都督，帥舟師海運。起堤八百里，爲海運表識。後開會通河，罷海運。造淺艖二千艘，歲運二百萬，後增至五百萬。疏清江浦，引水由管家湖入鴨陳口達淮。就管家湖築堤十里，以便引舟淮濱。明史卷一五三有傳。

〔潘季馴〕字時良，烏程人，進士。萬曆五年，河決崔鎮，黄水北流，清河口淤澱，全淮南徙，高堰湖堤大壞，淮陽皆爲巨浸。會河漕尚書吴桂芳卒，六年夏，命季馴代之。季馴以故道久湮，雖濬復，其深廣必不能如今河。議築遥堤以防潰決。季馴凡四奉治河，前後二十七年，習知地形險要，增築堤防，置官建閘，下及木石樁埽，綜理纖悉。明史卷二二三有傳。

〔吹律谷〕畿輔通志：「黍谷山在密雲縣西南十五里，亦名燕谷山。燕有黍谷，地美而寒，不生五穀，鄒子居之，吹律而温生，因以種黍，黍生豐熟到今，名之曰黍谷。」

〔黄金臺、薊門〕並見卷三送汪左嚴北上箋。

吳嘉紀詩箋校卷七

寄鄧孝威

銅爐何代治？製古無人識。歲月磨雕文，渾然見異質。置身綺席上，豈不勝金玉？夜深吐芳氣，氤氲久不歇。奈何美人遥，寥寥自一室。燃灰遂枯槁，朱火成隔絶。迷迭雖甚馨，何繇爲君發？黄鵠大羽翼，乃向蘆中翔。鼎烹奉仲繇，顧之涕盈裳。甘肥信云美，怙恃去高堂。榮達事事好，不如老親傍。人生得終養，裋褐庸何傷！髮白車輪邊，展轉爲餱糧；裹糧望廬返，依依暮景光。運會今如何？紛紜執管籥。有懷不肯默，緣調發哀樂。歡娱情易靡，悲愁響易索。孰是和平奏？尚須賈人鐸。大雅久荒蕪，斯人起林薄。操持正始音，一唱諧衆作。矯矯泥滓中，何用嗟淪落？時選詩觀。

【箋】〔鄧孝威〕海陵文徵沈龍翔鄧徵君傳：「徵君姓鄧氏，名漢儀，字孝威，號舊山，蘇州人，徙家泰州。十九歲，補吴縣博士弟子員。生平著述甚富，遊淮有淮陽集，居揚有官梅集，遊粵有過嶺集，遊潁有濠梁集，遊燕有燕臺集，遊越有甬東集，膺薦有被徵集，皆逐年編紀，手自删訂。詩餘、古文數百篇，藏於家。所選天下名家詩觀初二三集，搜羅富而抉擇精。戊午春，詔舉宏博科，户部郎中談皆宏憲以先生名應，力辭不獲。是年秋，偕三原孫枝蔚應詔入都。與枝蔚均以年老學優，賜内閣中書舍人銜，當軸皆惜其才，欲薦入史館，以母老遄歸，徜徉吟詠。康熙己巳卒於家，年七十有三。」

案鄧孝威詩觀二集序有「甲寅春，予復至廣陵，選詩觀之二集」云云，此詩或當作於是年。

汪扶晨自新安之吴門，遇於竹西，奉送四首 次扶晨留別韻。

泉石辭高卧，風霜漫出遊。獨行悲曠野，卒歲在扁舟。烽火終年舉，人烟幾處稠？故山回首望，不見陣雲收。

臘盡歸無計，知稀懶自嗟。故人來扣户，良夜似還家。逝水離雲壑，飄蓬遇雪花。艱難經歷了，念汝鬢毛華。相見當歧路，貪悽共酒杯。去春廡下米，行折嶺頭梅。晴浴江鷗悦，饑鳴澤鴈哀。褐衣珍重甚，老母别時裁。路梗聞兵過，囊開見客貧。低顔聊貰酒，高興忽尋人。殺戮遺身體，歡娱報苦辛。吴歌催酩酊，燕語李花春。

【箋】

〔汪扶晨〕名徵遠，見卷三寄答汪扶晨箋。

案汪徵遠栗亭詩集有丁巳秋與吴門太守過兩洞庭詩，知丁巳秋汪在吴門。又案詩觀引汪徵遠詩後注曰：「新安兵革初定，而高蘇州使君訂之入吴，往來皆取道邗江。」據次首「臘盡歸無計」、「故人來扣户」句，則遇於竹西之時，當在丙辰歲暮，此詩當作於康熙十五年丙辰（一六七六）。

采葑行

東家來采葑，西家來采葑，采罷去樊圃，根荄委泥土。孰爲可棄孰可珍？貴賤豯來本一身。分歡共娱在疇昔，失意顧盼今何人？南山北山手堪捧，世間莫如恩義重。

高歌拔劍出門行，里中少年誰最勇？雲翻雨覆紛相欺，鴻鵠無煩燕雀隨。君食園瓜我食瓠，甘苦分明各自知。

與程梅憨

昨聞徽州忽遘亂，潛峰憶我程梅憨。居民逃難莫敢哭，晝投山北夜山南。山鬼前嘯猛虎後，巖昏谷邃路弗諳。血氣少年罷已甚，疾病奔走君何堪！不謂赤眉敬長者，烽火不近潛峰嵐。六邑沸騰日殺掠，此鄉醉歌人自酣。始知善類若蔗枝，根荄托處多芳甘。朝來寇退病亦痊，行裝束與蒼頭擔。涉江蹈海何録録？欲就安豐老友談。野菜霽生牧豕地，岸花暄坼釣魚潭。亂後相逢若爲喜，春風鶴髮同藍鬖。

【箋】

〔程梅憨〕未詳。

灣港謡

郎刺船，儂夜炊，飯熟共郎食未畢，船頭已見飛鷺鷥。鷺鷥飛飛下啄蚌，水大船輕到灣港。樹鳴東淘鷄，海黑三塘岸，來到灣港程一半。

【箋】

〔三塘〕泰州志：「芙蓉塘在海安西寺，沿塘植芙蓉。合鷗鳥、白鷺，故號三塘；惟芙蓉名最勝，邑亦名芙蓉塘。」

舟中贈程聖瑞

時聖瑞往江南。

羽檄日徵兵，瑟瑟風嘶馬。寒雲愁殺人，十日暗原野。開門試延頸，毛褐雪雹打。腐儒是贅疣，行路何爲者？有客駕舟來，偕宿桑榆下。負米辭行旅，尋親適他縣。江清舟自孤，烽舉士將戰。戰壘行欲盡，春風藹吹面。阿翁若爲喜，舉頭忽相見。柴門杏發花，日出飛雙燕。江南多水村，村村植梅樹。花開雪始晴，蕩漾湖日暮。此中好鄰舍，櫂船互來去。茆屋臨稻田，婦人織棉布；自然足衣食，何必桃源住？

【箋】

〔程聖瑞〕未詳。

題圖詩十二首

甲寅孟春，汪生伯先生七十初度。先生行誼類前賢者，親友繪圖以介壽；紀同孫豹人製詩。

劉殷授七子經史圖

受福貴多男，昌後須設教；男多教勿施，往哲何繇肖？譬彼竽與笙，雅音奏古調。不蒙君吹噓，徒然具孔竅。昔者劉長盛，挺挺北方嶠；七子皆不凡，因材各相造。經史几案高，燈火軒楹照。清談誤人國，閉門不敢效！

王祜三槐圖

積善如種木，生意日夜滋。晉公既被放，蒔植以寄懷。懷苦誰見諒？祇應天地知。天若知此懷，吾後有大時；地若知此懷，定茂吾三槐。轉瞬樹凌雲，華衮兒孫披。良辰霽襟抱，童稚掃堦墀。仰面視清陰，黄鳥鳴喈喈。

虞玩之卻屐圖

踽踽虞少府，來造蕭公席；光輝袞繡間，斜鋭一雙屐。及席行且止，醜物驚貴人。舉手取相視，回頭趣贈新。新恩豈不榮，念故意逡巡。一從競奢侈，薦紳多謬戾。敝屐甚細微，少府不肯棄。儉約使人厚，永堪式頽世！

陶侃運甓圖

人生各有爲，照曜同白日。去來相馳迫，筋骨不遑逸。中原夠多事，志士欲致力；郡邑雖幽偏，砥礪得衆甓。光闇抱挈入，光曙抱挈出；四體惟自勤，寸心有誰識？從此慣勞苦，遂以濟家國。光陰與人聖，何可易抛擲！

劉凝之散錢圖

錯刀解擇主，不聚義士囊。志安隱荆州，歲儉多感傷。眼中饑困人，無計充其腸；十萬遠相遺，云是衡陽王。高人心忽貪，受之氣揚揚；提攜到市門，分散何匆忙！春風吹道左，愁苦變歡場。紛紛糴米去，伫看樂未央。

王烈感化鄉人圖

君子在鄉曲，有如薰在鑪；薰香使人聞，不擇賢與愚。漢運昔云替，彦方棲家丘。盜賊一相念，不覺赧然羞。中懷久勿欺，遺劍守道周。清風起松下，謖謖遍鄉閭。今日山中蘭，昨日野中芻。君看争訟人，望見長者廬。

范仲淹義田圖

嬴氏廢井田，千年民失所；耕織既無資，衣食將安取？皇天篤范家，希文大門户。困窮憐本族，俸禄買田土。田父笑荷鋤，稻花香帶雨。秋成聚老幼，樹下開倉庾。誰更有緩急？餘廩以待汝！雞栖命棹歸，處處烟火舉。

郈成子反璧圖

右宰倏罹禍，兒啼婦徬徨。車輪何方來？患難肯相迎。只緣杯酒歡，平生不能忘。禄食自此分，同棲隔垣墻。孤兒稍成立，故璧出輝光；已蒙存母子，終更潤箱篋。峨峨山岳高，浩浩海水長；俯仰天壤間，丈人德難量！

楚丘先生説孟嘗君圖

七十楚丘生，披裘髮皓皓；田文不相知，乃謂先生老。人生貴有用，何必形容好？善士如五穀，衆士如野草。錯薪徒紛紜，嘉禾令人飽。運會值列國，時事多煩擾。詞令與謀畫，老成國之寶。雞鳴狗盜徒，雖壯那足道！

龐德公釋耒答劉表圖

庸人愛子弟，往往使爲官。小柱承榱桷，常有崩摧患。劉侯造龐公，言談隴畝間。新苗何油油，妻子耘于前。冠蓋雖炫燿，力作意自閒。鴻鵠巢高枝，黿鼉穴深淵；耒耜遺兒孫，亦欲求其安。安危世誰知？長吟對峴山。

衛武公規箴圖

伏生年九十，聖經授來學。榮叟年九十，彈琴歌且樂。强哉衛武公，爾室尋愧怍；年已九十五，警顧何矍矍！古柏自孤清，甘霖更瀞濯。出入有明戒，怠荒防暗作。泉水容易流，德基容易薄；殷勤語師工，倘類童求角。

萬石君家居圖

漢臣曰石奮，徵祥集其家。禄糈到門來，擔石一何多！天子稱爲君，尊崇無以加。歸來暮景長，皇恩日優渥。榮遇歷五君，躬行先四國；兒孫益孝謹，卿相盈廟廊。朝回鄉里羡，令德受冠裳。百福繇一人，省侍向高堂。

【箋】

〔甲寅〕康熙十三年（一六七四）。

〔汪生伯〕乾隆兩淮鹽法志：「汪汝蕃字生伯，休寧人。幼失母，爲庶母所虐。年十一，即走四方謀食。中年，以鹽筴起家。明季，四鎮分争索餉，横甚，汝蕃冒死走説靖南侯黄得功，析以大義，得功改容禮之。妻閔，能相助爲善。次子楫。」
案溉堂集亦有題圖詩十二首，序曰：「甲寅孟春，汪生伯先生七十初度，先生行誼類前賢者，親友繪圖以介壽，蔚同吴賓賢製詩。」

寄程雲家

大絃音和平，小絃音清峭；音響雖不同，與君實同調。古曲雅逾淡，時俗每非笑。下里安可向？東海不妨蹈。海水何茫茫，伊人在前谿。雨歇開門望，遠樹鶬鶊啼。褰裳就葭菼，微風生水湄；水湄有芳草，氣味近始知。子莊徙杜陵，幼安適遼東；經授亂離後，榻穿羇旅中。野蒿長入門，春花開入夏。夢裏更尋君，依然舊館舍。

【箋】〔程雲家〕見卷一菖蒲詩箋。

種梧桐歌贈萬菴

開士避地來安豐，鹵鄉始有碧梧桐。短袂長鑱自塵外，疏枝直幹生定中。海雨人眠夜颯颯，炎天日午陰濛濛。禪宫如拭浮雲過，汲水澆樹樹皆大。和鳴不見鳳凰栖，軟語時偕樵牧坐。怪殺秋風直北來，乾葉蒼蒼墜幾箇。爲菀爲枯總一身，蕭條風景轉宜人。獨立長廊看月色，不知霜露濕衣巾。

【箋】

〔萬菴〕未詳。

送程四之祝塘

老態自栖栖，荒谿風瑟瑟。開門見布帆，扶杖看行客。斜陽共屏營，暮齒經離索。鴻鴈下蘆洲，浤浤秋水白。北風吹飛鳧，散我水上霧。扁舟出荻花，試問祝塘路。潮來五山小，月上雙槳去；稍近石崖行，松梢滴清露。

江鄉好風俗，結識多老農。秋涼釀濁酒，新秫家家舂。前山風景佳，提壺願相從。蓑笠不畏雨，雲起鹿娘峰。已買暨陽田，尚須嘉樹林；藝植曾幾時，茆簷生緑陰。獨坐對禾黍，風來聞鳴禽。爲君隔城市，莫問世古今。

【箋】

〔程四〕未詳。

〔祝塘〕江陰縣志：「祝塘鎮在縣東南五十里。」

〔暨陽〕即今江陰市，見卷二程聖瑞齋中聽吕方旦彈琴六首箋。

九日同夏五作

嘆息三秋暮，蹉跎萬事非。年衰初學稼，霜降未成衣。隔水蘆花潔，開門塞雁飛。登高無處所，海岸雨霏霏。風雨朝如晦，乾坤日用兵。秋魂聽鬼哭，老眼看人争。榛梗方爲害，東南稍輟耕。吾家二十口，溝壑正關情。

淵明醒對菊，偏使白衣憐。今日予無酒，貧交適有錢。野蔬烹後緑，河蟹擘來鮮；賴汝酬佳節，壺觴緩緩傳。

【校】

〔題〕明遺民詩作九日同夏次功作。

【箋】

〔夏五〕即夏次功，見卷六夏次功來東淘業鹽贈詩二首兼答汪叔定見寄箋。

過鑑空和尚故居

杖藜及户轉徘徊，相識緇流隔夜臺。皓月當頭懷往昔，殘經離去聲手委塵埃。成林碧樹皆親種，遍地黄花只自開。棲鳥不知人已去，鐘鳴各認舊枝來。

谿邊從此笑言稀，獨往孤雲背落暉。浮世同爲行客舍，禪林但見故人衣。欲知遺教花仍墜，應念餘生露未晞。我挾俗情空顧盼，懸燈虚室暮輝輝。

【箋】

〔鑑空和尚〕未詳。

初　冬

海桑還落葉，田舍始休農。暖日窮人得，行雲老鴈從。地偏欣事少，廬敝畏鄰春。歲月躊躕過，中原正舉烽。

贈汪五南珍

往昔隋宫路，鵲噪老槐樹。扣門尋令兄，竹月夜相遇。樽前諸弟出，五弟年最孺；燈燭照襟袖，爽氣軒然露。拜受長者果，羞爲童子語。是夕始識面，良辰期必晤。老成衆所輕，風雅心獨慕。低頭親卷帙，轉眼貌魁梧。汝齒何其盛，余髮亦已素。文舉稱正平，林宗契叔度。心交每忘年，何論早與暮！

【箋】〔汪南珍〕汪楫五弟。溉堂文集汪南珍詩序：「今南珍年甫弱冠，持其所爲屏齋詩請予評定。閒淡老成，類久於詩者。中間憂憫農夫之辛苦，其言不一而足。予讀之，私喜衰暮之年，又得一畏友矣！」

贈郡伯金長真先生二首 遷江寧參憲。

在昔二千石，嘗聞劉寵賢；當其別會稽，朱轓誰攀援？耶谿與山陰，老生來翩翩。余亦草茅士，釣魚東海邊。時遭鄉里笑，懶扣諸侯門。明公蒞吾郡，雨下乾旱天。歲豐雞犬静，閭閻多晏眠。奈何棄此去，恩澤惟一年。薜衣裘馬際，藜杖冰雪間。今日遠相送，自愧無大錢。

永叔嘯歌處，山上忽有堂；我公多好懷，於此來彷徉。公復建平山堂。緑樽對遥嶼，座客吟短章。豈惟山澤榮，士氣亦已揚。誰知五色鳳，欲棲千仞岡？德音雖未遐，瞻顧違輝光。我來新宇下，三山跂足望。自無雙羽翼，安得共翱翔？華棟明雲岫，佳詞唱酒航。異日思遺愛，郭外荷花香。

【校】

〔題〕康熙揚州府志引作贈金長真郡伯。

〔忽〕揚州府志引作「舊」。

〔彷徉〕揚州府志引作「徜徉」。

【箋】

〔金長真〕康熙揚州府志：「金鎮字又鑣，又字長真，山陰人。崇禎壬午舉人。康熙十三年知揚州府。宋歐陽修平山堂，郡名勝地也，爲棲靈寺僧所占，鎮興復之。郡志皆手自排纂。擢江南鹽驛副使，晉按察使。」

案揚州府志，金鎮於康熙十三年知揚州。此詩首章有「奈何棄此去，恩澤惟一年」之句，此詩當作於康熙十四年乙卯（一六七五）。

贈汪觀瀾先生，時九十初度

居愛大海濱，遊愛廣陵城。海大好釣魚，城郭有交情。於中誰最密？二汪如瓊英。謂叔定、蛟門昆季。迢迢就光采，每每費逢迎。客來賢父喜，僮僕掃中庭。曾參酒食多，分甘及友生。山雨過園林，石澗幽蘭馨。醉飽卧簷下，櫂船夢滄溟。

蒼蒼隋苑樹，東風吹新鮮。氣暄鶯早至，樹下飛翩翩。丈人悦良辰，披襟自開顏。坐石聽寒濤，登樓見遠山；健勝如少壯，人乃賀耄年。花底斑衣舞，松陰白日閒。皤然數老友，提壺來扣關。

豪賢當代推，聘幣及林薄。孰知孤雲意，嬾向塵氛托。開户横素琴，天地夜寥廓。月低竹影長，野風鳴老鶴。榮公逢仲尼，自述平生樂。逍遥閲歲時，歌詠清巖壑。翁適與同年，高趣還相若。蒼穹好施予，悋惜惟光陰。自非天所篤，漫比石與金。衆人各有身，衆人各有心；瞿瞿衆人内，翁獨似臨深。平楚曠茫茫，嵬然聳孤岑。擊磬亂石中，靈者發清音；音清聽彌遠，躬厚慶平聲易任。年壽不可量，酒漿徐徐斟！

【箋】

〔汪觀瀾〕汪如江字觀瀾，自號覺非居士，歙縣人，家於揚州。有四子：振麟、兆麟早卒；耀麟，揚州府學生；懋麟，康熙丁未進士，官内閣中書舍人。見施閏章學餘堂文集汪覺非先生墓誌銘。

〔叔定、蛟門〕即汪耀麟、懋麟，見卷三上巳集汪叔定季角見山樓箋。

案施愚山汪覺非先生墓誌：「公生於萬曆十四年正月二十一日，卒於康熙十五年十二月五日，得年九十一。」題云「時九十初度」，此詩當作於康熙十四年乙卯（一六七五）正月。

贈方生詩四首

天都方于雲，直樸慷慨少年，以至孝稱於鄉。比居南梁，室稍饒；樂善好施，久勿怠也。鄉里人德之，請老夫賦詩。

乞藥詞

乞藥乞藥，父病馬嶺，醫住白岳。白岳暮去曉始來，一月去來三十回。峭壁陰長山月落，松風瑟瑟猿啼哀。不愁草中出猛虎，只愁堂上卧老父。低頭嘗藥雙淚垂，藥味不及兒心苦！

周急詞

多財令人愚，亦復令人賢。親交來扣門，欲貸主人家裹錢。有錢當用與子孫，主人獨用倉浪天。天雨天雪謂親交：「來，予錢！」急難者萬，饑困者千；幾人離患，幾爨舉烟！笑殺西家齷齪兒，飲食生長青銅側；體胖心肺勞，夜夜憂盜賊。

受侮詞

此揶揄，彼睚眦，水上風來波浪生，鸞鷟無端集於枳。時俗計校苦不休，赤丸白刃争報讐。江海納水千萬里，下來那擇清濁流。山麋擁大角，隴羫擁小角； 長者襟懷自坦夷，異類相逢任抵觸。

贈櫬詞

南河有梁，北河有梁。怒潮之上成坦途，漁樵在前後牛羊。牛羊過橋上高丘，丘下死人陳不收。路旁不少惻隱心，木匠去領方家金。金置懷中人不見，櫬櫝聚散匠人店。海村寒食草始青，東風輕緩飛新燕。遊魂各抱髑髏喜，方君更欲買蒿里。

【箋】

〔方于雲〕名鴻逵，歙縣人，寄籍南梁，業於鹺。康熙重修中十場志、嘉慶東臺縣志均有傳。

〔馬嶺〕靳修歙縣志：「二十四都九圖，村曰：環山、石嶺、石岡、羅下田、馬嶺、忠堂、共良堨、楊村。」

〔白岳〕見卷五送汪濬之西泠箋。

寄題汪于鼎、文治始信峰草堂 峰在黃山。

海水藏蛟龍，不拒鰕與魚。世人争入山，誰賢復誰愚？田泥暎美珵，浦水還舊珠。時危在鄉曲，貧賤懷亦攄。高山華門前，去去聊卜居。石烟净毛髓，天漢涼衣裾。未遑問治亂，且自全我軀。兄茅而弟堵，築室何劬劬！

兹峰常夢想，今到峰上頭。松瘦氣長清，四叙如深秋。開門臨萬象，散髮人悠悠。雲生散花塢，水白蓮花溝。日月走一壁，階庭凌九州。移爾昆季情，銷人古今愁。畏壘寓庚桑，社山棲吾丘。青青千歲猿，招之從我遊。

真僧乘化去，精舍存遺址。一乘和尚曾於峰頂構定空菴。步虚何代人？道士鳥窠。瓢笠宿於此。石竈冷無烟，白月竈傍起。聳然來獨坐，復聞江烈士。石壁鐫「寒江子獨坐」五字，乃江文石先生書。清飆卷巘雲，飛鶴投泉水。卒逢君父難，褰裳别桑梓。髮過三山豎，頭擲九衢死。何用蓮花青，何用靈芝紫？烈士即仙佛，吾慕寒江子！

【校】

〔畏壘句〕黃山志定本引作「鄭圃寓子林」。

〔聳然〕黄山志定本引作「嵬然」。

【箋】

〔汪于鼎、文冶〕見卷五送汪于鼎文冶兄弟歸春草閣箋。

〔始信峰〕黄山志：「始信峰在石筍矼散花塢之西南。三面臨壑，背北面南；從絶壑中凸起東面一峰，隔丈許，闊不盈尺，架木作橋，兩木相接，可至峰腰。左垂翳一松，借枝扶手，名曰『接引松』。度橋即入石坼，窄僅容身；盤折而上，稍以碎石補綴爲逕，頂倚片壁，有室在焉。室前古松數株，絶頂有定空室，僅容蒲團；僧一乘居三年，每從師子林暮梵畢，雖昏黑大雨雪，必孑影歸宿室内，絶無傾躓之患。後道者烏窠採藥黄山，亦喜居此。文學江天一來遊，書『寒江子獨坐』五字。壑中有繞龍松。」

〔江烈士〕謂江天一。康熙歙縣志：「江天一字文石，正直廉介，工文章。寒江村人，稱寒江先生。晚年棄舉子業，甲申死於難。同學閔遵古、洪瀾，閩人蕭倫，蕪湖僧海明爲購屍殯之。寧都魏叔子爲之作傳。」

送吴蒼二歸新安，兼寄汪虚中、扶晨、于鼎、文冶、鄭慕倩諸子

園中折花娱眼前，老翁結友許少年。少年開口易然諾，豈必士士皆輕薄！吴郎

舊家子，饑困不受鄰姥哀。負米常竭仲繇力，説詩遠就匡鼎來。軒墀顧盼忽清絶，彷彿坐對西谿梅。鴛鴦愛水馬愛路，昨日相逢今日去。勸盡村醨人轉醒，停杯問汝往何處？刈了嘉禾田野閒，白雲茆屋練江山。故人俱在山中住，淚滴船頭送汝還！

【箋】

〔吴蒼二〕未詳。

〔鄭慕倩〕歙縣志：「鄭旼字慕倩，號遺甦，貞白里人。或言旼本名旻，國變後，移日於左，寓無君之痛也。工詩，卓然名家；畫出入元季。又學漸江上人，秀者近查梅壑，而俊逸過之。常隱於狂疾，服如野僧。嘗作詩以文山自況。亦時畫蘭，有小印曰『鄭所南後身』。手輯杜詩箋注，尤嗜理學。有拜經齋、致道堂、近己居等集。湯燕生爲作傳。」

〔練江〕見卷二寄程蝕菴箋。

送分司汪芾斯先生歸錢塘

帆前葦下鴈聲悲，回首東亭夕照時。何日鳴琴重到此？海鷗堤柳最相思。

黄花每入訟庭開，今歲花開人已回。蟋蟀自吟門館静，分明秋月爲誰來？

頗無刁斗近窮檐，還喜輪公役不添。露水初乾斫新草，强梁子弟各燒鹽。

范公堤西田父歌，飛得蝗來不喫禾。雨滿池塘蒲葉嫩，家家門外鴨兒多。

【箋】

〔汪苇斯〕見卷五范公堤行呈汪苇斯先生箋。

〔錢塘〕即今杭州。秦置錢塘縣，屬會稽郡。

〔東亭〕嘉慶東臺縣志：「本城即東臺場，一名東亭，屬泰州分司。」

〔范公堤〕見卷三與汪伯光二首箋。

案此詩爲送汪苇斯因親喪歸里所作。王大經獨善堂文集送泰州分運汪苇斯丁艱歸里序有云：「錢塘汪苇斯先生分理鹺運於東亭，至兹九年矣。」汪任分司始於康熙六年丁未，至乙卯（一六七五）爲九年，此詩當作於康熙乙卯。

賦得對鏡，贈汪琨隨新婚

鑑物渾如秋水鮮，揚州鏡子使人憐；盤龍在底無波浪，穩泛鴛鴦一百年。

洞房深處絶氛埃，一朵芙蓉冉冉開；顧盼忽驚成並蒂，郎君背後覷儂來！

【箋】〔汪琨隨〕未詳。

臘月四日，贈袁姊丈漢儒

萬曆年間老者樂，子弟學問倉廩盈。柴荆晝無隸胥扣，道路夜有商賈行。東海邊淮地瀕海，竈户煮鹽農力耕。雲黄隴畝稻將熟，烟暗茆茨雞共鳴。南里北里孰高義？吾翁若翁皆有聲。桑梓漫説知交少，青松更耐女蘿繞。門闌喜色君始過，林薄哀吟我猶小。轉眼饑荒致亂離，傷心朝野遭煩擾。吴苑野鹿上臺遊，鼎湖飛龍入雲杳。男兒壯志伸幾時？舉盞入村聽啼鳥。生産繇來不關慮，蝸廬豈厭長居住。室人儉歲任艱辛，舂米績麻忘曉暮。留客典衣足飲食，教兒學圃完租賦。近水竹令庭户閑，當階苔引琴書趣。一榻常依繡佛眠，連宵未覺金樽誤。糟牀經帙日隨身，白髮朱顔已七旬。倜儻魯連排患難，清虚韓順誨鄉鄰。中原風俗今非舊，落日踟蹰淚滿巾。余亦衰年爲釣叟，愁來無處見先民。漁竿在掌作雄劍，往往遺笑尋常人。

【校】
〔中原〕二字夏本原缺，據陳本補。

【箋】
〔袁漢儒〕字聖傳，安豐場人。乾隆兩淮鹽法志有傳。

夢硯歌，贈汪蛟門舍人 舍人夢得十二硯，因以名其齋；自著有夢硯歌並記。

老夫有一硯，質美貌殊醜。濡煤點筆三十年，寒暑不厭真吾友。買文人少米甕空，持出換穀十五斗。舍人有一硯，精堅世無偶。鳳凰池頭人竊去，歸來官舍唯搔首。端谿石貴無錢購，栩栩夢向廣庭走。縱横几席雲烟生，磊磊落落皆瑊玏。水痕墨瀋何淋漓，螭立龍行互蚴蟉。澄泥老坑素所愛，一十二枚任意取。從此文思有神助，齋名詩句傳人口。與君同是硯主人，摩挲舊物今何有？君獨神遊霄漢上，我如饑鳥鳴林藪。殘編秃穎有何用？破袖多寒徒内手。安能提挈入華胥？石塊分贈吴陵叟。

【箋】

〔汪蛟門〕汪懋麟號蛟門，時官中書舍人，見卷三上巳集汪叔定季角見山樓箋。

〔十二硯齋〕康熙揚州府志：「十二硯齋在東關，刑部主事汪懋麟之居。」

案汪懋麟百尺梧桐閣集夢得十二硯詩：「秋室病卧睡無著，忽然夢得十二硯；巨璞一一禹所鑿，異狀紛陳眼稀見。初然將身入廣廈，中有大几排四面；几上横陳端谿石，墨瀋新磨吾所羨。意中似是校士場，試席淋漓罷酣戰。紛紛好硯胡不收？就中竊取亦非僭；最先選取得六石，龍虎蛟螭刻雕變。潑水濡墨攜將歸，餘者摩挲復無厭；又取六石似蒼玉，火焰蕉紋衆星現。不惜衿袖莽包裹，寇物提攜手多顫。我有一硯行將焚，顧此十二重留戀；天公毋乃故戲弄，使我白首老書掾。張華之筆行當還，文字豈容久誇衒。留此多石何爲乎？酢酒擣牀兼擣練。」

程節婦

節婦歙縣程岫母也。岫父懋衡公，甲申之變，不食死。婦事姑舅，撫三幼子，孝行義方，鄉里推重。丙辰秋，年六十矣，紀與岫友，悉其家世，因賦其尊人大節，以俟世之採風者。

谷爲陵，人世非；鼎湖龍，去不歸。隴上禾熟，程公腹悲。一解。公無名位如龔生，公無門逕如蔣翁。不願立他人地上，飽食令終。二解。朝不視餐，夕不視餐。室中新婦長跪前：「夫子有志，兒女子衣何敢牽？」三解。歌呼慨慷。仰邪俯邪？付之誰邪？揮手就泉下，笑謂室中婦：汝稱未亡！四解。未亡人捧羹上堂，但見堂上雙白頭，不聞故人聲與音。泣不以面，淚滴中心。五解。未亡人抱杍下堂，但見呱呱黄口，不見故人容與顔。車輪入懷，轉我肺肝！六解。肺肝殷勤，菽水甘馨。舅耄姑耋，瘽者起，盲者更明。七解。檠燈照夜，傳簡授編。孟博士行，方將爲世規矩，寧知母也惻愴勞苦，三十三年！八解。鄒衍呼天，霜飛五月；魯陽揮戈，空駐落日。九解。哀哀寡婦，神鬼祐爾！煢煢孤兒，鄉鄰莫敢侮爾！嗟哉母今日之生，嗟哉公昨日之死！十解。

【箋】

〔程岫〕字雲家，見卷一菖蒲詩箋。

〔丙辰〕康熙十五年（一六七六）。

案溉堂集亦有程母詩并序：「程母詩，爲歙縣程處士岫字雲家母作也。雲家父玉中先生，名懋衡，聞甲申之變，不食而死。母事舅姑，如夫在日，鄉人皆稱其孝。撫幼子三人皆成立。丙辰秋，壽六十，余友吴賓賢美之以詩，他日屬余和焉。余未得交雲家，但從賓賢處得見其所作江村詩，善作悲涼語，皎潔有冰雪之色，心異之。且嘆義士節婦之有子也。詩之三章，因并及之。」

詠走馬燈和黄摶遠

紛紜鐵騎猛如彪，甲士持戈坐上頭。鞭策未施行已疾，道途多險去無愁。軼群毛骨從誰辨？接踵奔騰那自繇；争戰只今方攘攘，杞人看罷不勝憂！

鬭勝家家燈火紅，高蹄峻耳製尤工。趨炎不住行空際，逐伴何曾到暗中？南陌笙歌歡夜永，西莊父老願年豐。隴頭黄犢强於馬，春雨梨花唱牧童。

【校】

〔摶遠〕「摶」諸本均作「搏」。案卷十三有自虎墩歸見摶遠雨窗寄懷之句三日後答以此章，抄、刻二本皆作「摶遠」，據以校正。

【箋】

〔黄摶遠〕未詳。

送方菘中、申野昆季之西泠

越嶠梅將放，吴船櫂不停。雪消春水活，雲落遠峰青。周易攜三卷，村醪載百餅。鄉愁容易起，月在夢兒亭。

燕子來紅樹，鵝兒戲白沙。湖山人入畫，兄弟自爲家。門閉移松影，書開落柳花。虎跑泉味美，日日煮新茶。

【箋】

〔方菘中、申野〕梁垛人，諸生。見乾隆兩淮鹽法志。

〔西泠〕即杭州。

〔夢兒亭〕在杭州西靈隱山。乾隆杭州府志：「夢謝亭，即是杜明浦夢謝靈運之所，因名客兒也。靈運父不宜子息，乃於錢塘杜明師舍寄養。明師夜夢東南有賢人相訪，及曉，靈運至。故有夢謝亭，一名客兒亭。」

〔虎跑泉〕在杭州大慈山上。西湖志：「泉清溧而甘寒，與龍井、玉泉相伯仲。」

二月九日詩三首，與徐式家

一樹不作林，尺布難縫衣。貧賤無友生，戚戚中腸悲。行路隨阪牛，覓食傍野雞。不掩饑凍色，應受鄉鄰嗤。念爾期期者，我里來棲遲。出入二十年，交態未曾衰。爾家堤柳東，我家堤柳西；同蔭復同根，日聽鶬鶊啼。

開扉積雨晴，野色入懷抱。幾日不出門，處處生春草。遲暉移節叙，暄風變枯槁。同生天地間，我獨形容老。何以散我憂？樽罍與朋好。攜幼上舟航，涉谿采蓴藻。親昵相尋來，海天月皓皓。

時俗尚辭華，結交亦相須。賦詩酌醇酒，膠漆應不如。夜深燭影薄，星月落庭隅。履迹未出門，中情稍已疏。交遊徒爾爲，雷陳今則無。麻根不生葛，犢母不産駒。文士滿華堂，不如一直友。九畹滋幽蘭，不如禾一畝。

【箋】

〔徐式家〕見卷三傅谿孤子行追挽徐鏡如處士箋。

題王大像

王大既没，其友李十一，貌其田間小像，沽酒祀之，爲題絶句二首。

何緣世上見情親？粉繪經營一寫真。觴酒檠燈風雨夜，需衣重對故時人。

槐柳陰涼夏日斜，含情獨立在田家。石湖水上飛鳧子，茆屋門前發稻花。

送汪蛟門

蘆中水禽叫，夏雲將變霞。飄飄宦遊子，方舟適京華。親友從此遠，還顧望巖阿。黽勉事貧交，三年子在家。徒爾相扶植，蓬萱終匪麻。欲别我何賴？隨子看荷花。水香風稍來，落日思情多。芳馨難久戀，搔首獨咨嗟！

【箋】

案「三年子在家」，當指汪蛟門丁母憂在家時也。百尺梧桐閣集有七夕入京詩，編入丙辰，蛟門服闋入京當在是年，此詩亦當作於康熙十五年丙辰（一六七六）。

六月十一日水中作

驟雨催堤決，奔雷向海驅。虚空浮屋宇，里巷入江湖。蛇齒時愁嚙，蛙聲夜與俱。急難誰救汝？稚子莫號呼！

産業眼看破，詩書心最關。浪中千卷去，架上幾時還？碧荇親愁思，浮萍笑老顔。水頭八十丈，又報黑羊山。

【箋】案東臺縣志祥異：「康熙十五年，水。」又興化縣志：「康熙十五年，河淮泛漲。五月，大風雨，高郵漕堤決三十餘處，清水潭決數千丈，興化水驟長以丈計，舟行市中，漂溺廬舍人民無算。」此詩似作於是年。

初秋作

地僻無來往，閒吟在蓽門。微風生緑樹，東郭欲黄昏。稻没人炊麥，瓜香里灌園。鷄栖林月早，不異住山村。

出郭驚洪水，褰衣上戍樓。怒來塵世换，高擁海天流。新鬼漂千里，殘人寄一舟。蕩摇波浪際，淚眼看閒鷗。
深莽没僧屋，愁霖崩海城。荒蕪林鳥去，容易草蟲鳴。旅況惟雙樹，新涼近五更。俗人夢纏擾，多謝曉鐘聲。寓陳家菴。

【校】
〔纏擾〕楊本作「纏繞」。

【箋】
〔陳家菴〕孔尚任湖海集陳菴記：「陳菴者，在泰州之南城，州人陳氏佞佛所築也。正樓五楹；左右折而爲廂樓，又各二楹，如宫門之有雙闕，如城門之有兩觀。」
案此詩當作於六月十一日水中作之後，爲避水而寓居陳菴也。

九日寄徐式家

清波晃蕩荻花齊，徙倚衡門獨杖藜。家在水中霜降早，船行林半鷺飛低。凶年酒貴鄉人醒，返照村空寡婦啼。浦溆黄昏君不見，涼風衰柳思淒淒。

歸舊居後，洪水復至，步屧不得出户，踻踖連句。九月十七日，徐仁長、沈亦季、程雲家、仰岐、方菹中、王于蕃攜酒饌來訪柴門，邀同泛舟，至梁垜，夜深宿清暉堂 限「平生飛動意」五字爲韻。

霜降漲復至，瀰瀰與階平。坐卧洪水間，盡是鳧鷖情。北風吹蒲葦，日夜聞雨聲。今日天忽高，霽色新柴荆。郊原見樵牧，遠樹午鷄鳴。何能就人烟，一杖徐徐行？

籬落魴鯉遊，氣寒白浪生。饑犬走上墻，狺狺吠水聲。溯洄者誰子？舟楫來相迎。秋暉壓桑柳，澤國摇空青。故舊滿眼前，壺漿勸我傾。兀然醉中流，笑與浮鷗并。

攬衣望梁垜，草間路微微。夕陽入草根，人各負戴歸。道途何紛紜，嗟哉歲云饑！耕牛賣已盡，烟火村舍稀。去年此時節，家家鷄彘肥；蘆洲接稻田，新鴈高下飛。

野水闊無垠，東連碧海湧。明月對船來，萬象波前動。居然星漢遊，左右雲滃滃。微吟懷李郭，攜手類朱孔。酒盡夜更沽，提攜一樽重。

曩宿清暉堂，白露多秋思。叢叢桂樹下，款款道人至。方子傳。言笑今何在？遺蜕已委地。造化偏役我，奔馳費襪屐。飄飄一片雲，又向堂中寄。入林烏鴉啼，海月欲西墜。夜静菊花開，邈然自得意。

【箋】

〔徐仁長〕卷九有栟臺老人行贈徐仁長，記其生平事迹頗詳。

〔沈亦季〕沈聃開字亦季，東淘人。性不喜交遊，所與善者，屈指數人而已。善畫，片楮尺幅中，遠近明滅，往往具千巖萬壑之勢，人多求之。然不當其意者，未始一輕搦筆。工楷書，書法遒勁秀逸，不事摹倣，自成一家，而絶無蹊徑。其爲詩獨多五古，高渾沉鬱，直逼漢魏；近體歌行，亦力追三唐。與同里王大成、大經、吴嘉紀相頡頏，號東淘四逸。著有汲古堂詩存。見獨善堂文集沈亦季傳、嘉慶東臺縣志。

〔仰岐〕未詳。

〔方蒞中〕見本卷送方蒞中申野昆季之西泠箋。

〔王于蕃〕見卷八古鏡詞贈王于蕃箋。

此詩及以上九日寄徐式家，似當亦作於康熙十五年丙辰（一六七六）九月。

送瑶兒

瑶兒，余長子大年也。丙辰孟冬，病殁里中。舊俗，殁之三日，家人隨親戚攜酒治饌，設魂車焚祀里門外，謂之餞程。余欲往，里老謂父不可以送子。余徘徊門欄，登高而望，以老眼送之。作送瑶兒詩。

送瑶兒，出門闌。門外生死别，行人駐足觀。鬼馬在後，仙幢在前；胡僧偏袒摇掌，導魂鈴子聲錚然。鄰挈酤，友炙膰。汝黄口兩兒，大者執梨栗，乳媪襁負之里門。瑶兒！里門臨河湄，中流無梁舟楫稀。楚天西漏，淮水東飛；蛟鯨掀翻崩湍怒，彭咸窟宅何可依？瑶兒！里右荒丘枯白楊，枝上妖禽啼夜霜。魚鹽死客子，骸骼寄此鄉。年年寒食無祭祀，羈困之鬼，難與相羊。袖中粔籹汝母置，未許分作他人糧。瑶兒！惝怳焉之？曠野悲風，埃色黯蔚。長牙闊口，利爪敦背，來往豺狼狒。病後汝力微，生前汝膽細，彼伺人者侁侁欲前寧不畏！郊原四顧多險艱，魂兮杳渺不知還。擊鼓吹簫促命駕，靈輀彷彿雲烟間。雲烟見老父，將去仍緩緩；老父眼睫血淚滿。夜臺汝夢長，人世吾日短，落暉躑躅崦嵫巘。送瑶兒，心腸斷！

【箋】

〔丙辰〕康熙十五年(一六七六)。

明毅先生 紀族叔也,善相人。

海岸光光雙眼開,見人肝肺不須猜。道旁曲士應趨避,明毅先生顧盼來!
烽火笳聲三十年,乾坤氣色久茫然。靜中揮麈觀人物,豪傑何曾到眼前!
尋常品格也堪論,日日鄉鄰扣蓽門。與弟言恭子言孝,丈人高義並嚴遵。
灑然蹤迹遠風塵,苔巷茅檐自在貧。不使姓名傳市井,肯將皮相媚時人!
臨流久絶羨魚情,射鴨寒谿白髮生。草裏孤蘭蒙採擷,君言我是濁中清。
高年喪子失扶持,休咎從前已可知。生意人間餘幾日?且依殘照哺孫兒。

吴嘉紀詩箋校卷八

歲暮送程梅憨歸潛口

戎馬猶酣戰，舟航獨遠歸。青山茆屋在，白髮里人稀。店近醅香發，江寒雪片肥。菰蘆舊遊地，回首重依依！

潛口無人處，山頭倚杖時。樹沉雲漲壑，室冷水生池。茶筍春風長，烟霞老態宜。衡門殘夢醒，松月曉吟詩。

奔流壓東海，啼眼暗西河。水災之後，余哭長子。患難曾誰援？門牆獨爾過。貧無金玉報，老奈別離何！送送霜風裏，霑巾血倍多！

汪生岸舫。同里巷，鬢髮雜蒿萊。壁立賦何益？樽空愁更來！雪田鋤野蕨，山牖面寒梅。暮齒蕭疏甚，因君笑口開。

【箋】

〔程梅憨〕未詳。

〔潛口〕靳修歙縣志：「十五都十二圖，其村：班塘、古塘、澄塘、陳村、潛口、水界山、松明山、莘墟、唐貝、西山。」

〔汪岸舫〕見卷一晏谿送汪虚中兼懷吴後莊箋。

案第三章自注「水災之後，余哭長子」，則當作於康熙十五年丙辰（一六七六）歲暮，時長子大年病歿未久也。

送汪左嚴之太湖教諭任

髮白初膺命，氈青未離身。古文傳弟子，薄俸寄慈親。水闊邗江月，梅深皖國春。依然是負米，勉矣宦遊人！

讀易長松下，攜琴石澗邊；洞雲霑舊帙，林鶴聽鳴絃。造士應多術，居鄉昔最賢。江山淳朴處，今日有師傳。

【箋】

〔汪左嚴〕見卷二廣陵過嘉樹堂贈汪左嚴孝廉箋。太湖縣志：「汪士裕字佐崖，江都人，康熙癸卯舉人，爲湖諭。」

〔太湖〕安徽太湖縣。宋元嘉二十五年置縣。見清一統志。

汪左嚴適園詩鈔有留别諸同學之任太湖七律一首，詩云：「雪晴寒色擁征裘，南郭笙歌送客遊。桑梓情多傾别酒，關河月迥照行舟。長途敢憚一千里，壯志空過四十秋。離思却隨江上水，潆洄日夜向東流。」　案本卷送汪三于鼎歸新安第五首自注云：「時汪左嚴之太湖，汪舟次之贑榆。」汪舟次之贑榆爲康熙十六年丁巳（一六七七），此詩當作于是年。

途中贈吴子遠

鵶啄河干雪，人行郭外烟。回頭逢我友，攜手上漁船。罏火延深坐，壺漿助穩眠。看君北風裏，一路費青錢。

椎冰休進艇，賃僕遂肩輿。垂老津還問，明朝歲又除。寒雲沉野木，暝火動江墟。借宿田家好，衡門夜晏如。

雪止川原合，茫茫中夜情。倦身臨岸側，僵足揣途行。渚凍鴈難下，村光鷄易鳴。三塘桑柳近，僮僕計歸程。

【箋】

〔吴子遠〕案國朝書畫家筆録載有「吴期遠字子遠，丹徒人」。疑即此人。

〔三塘〕見卷七灣港謡箋。

送喬東湖之吴門

出門忽大笑，雪盡見青山。掛席東風來，浦禽鳴關關。草木帶行李，春晴無醜顏。前路遊趣佳，掉頭海岸遠。岸上飯牛人，離群日欲晚。稽古禿兩鬢，踟躕葦花洲。碌碌腐儒冠，何如漁父舟！夜隨鷗鷺宿，時與商賈儔。不則傭保間，筋力受人餐。高吟思友詩，不弱梁伯鸞。吴會何氛氲！太湖春二月。梅花八十里，水上懸積雪。君來開正滿，晝静香共發。俗人不可攜，樹枝誰最好？緑蕚酒店花，黄髮岷峨老。西川余生生時客虎丘。

【箋】

〔喬東湖〕喬寅，號東湖。見卷六送喬孚五北上箋。

〔吴門〕即蘇州。

〔余生生〕江蘇詩徵：「余嵒字生生，號鈍庵，四川青神人。肅敏公裔。明季官錦衣衛。僑居江都。著增益軒草。」淮海英靈續集：「鈍庵賣文自給。詩工古體，不屑作近體。與吴野人遊。康熙乙丑，卒於瓊花觀，年七十九。」

後題圖詩十二首

新安徐翁文振，長者也。春秋七十，同里汪叔向悉其生平，繪古人盛德事以彷彿翁；紀賦詠古人詩，蓋詠翁也。

題遨遊圖

計然，姓莘，名研，遨遊海澤，自號漁父；范蠡嘗請見越王，研曰：「越王爲人，烏喙狼步，不可同安樂也。」

衣搖風，笠戴雨，遨遊海澤曰漁父。海澤多洪波，漁父多善策。鴟夷子師爾肥家，烏喙王用爾霸國。烏喙狼步不可依，朱公齊相計全非。蒹葭深處持竿往，獨坐扁舟看鶴飛。

題采芹圖

劉殷七歲失怙，祖母王，冬月思芹，殷往澤中慟哭，有頃，芹生遍地。張公嗜蓴，劉姥嗜芹。秋風蓴益美，冬月芹菜不出水。堂中停匕頗相憶，堂下孫兒心愴惻。霜涯冰涘忽生芹，涕淚滴處來陽春。採歸微佐醯鹽味，芽白莖青愛殺人！

題共被圖

姜肱字伯淮，與弟仲海、季江共被起卧；及娶，兄弟相戀，不入房室，以孝友聞。屢徵不起。桓帝令工貌其像，肱引被韜面，以眩疾辭。曹節等薦之，徵爲犍爲太守，避去。

入門人情喜，室中新嫁娘，牀上合歡被。姜生娶婦夜燒燭，夜來只同二弟宿。被闊温有餘，宵長睡不足。徵車何爲來？驚駭中林鵶。容顏懶使皇帝貌，夙昔羞令閭豎誇，起偕阿弟避地海之涯。樹有枝兮枝有花，與君共根本，君胡戀弟，不顧室家？

連枝茇骪老天涯。

題清儉圖

胡壽安德性清儉，爲新安令，民化之。嘗眠一紙帳，題詩云：「紫郎步翰最奢華，卧雪眠雲自一家；雪又不寒雲又暖，扶持清夢至梅花。」

新安江高林宛奥，日落空山鬼虎嘯；一朝鬼啞虎潛迹，問政山前縣官到。郭門騎馬流泉清，村舍飯牛冬日照。梅花開遍鳥啁啾，館署人稀爭訟休。嶺雪洞雲寒不已，夜深高卧入羅浮。

題撫孤圖

沈道虔善琴，隱居石山，捃拾以給諸孤兄子。冬月，道虔單，戴融迎之，爲作衣服，並與錢一萬；及還，悉以供諸子無衣者。宋文帝聞其慈愛，遣使存問，賜錢三萬，米一百斛，以給孤兄子嫁娶；徵員外散騎侍郎，不就。

鎌刈藋歸，筥拾穗歸，努力舉烟，不救兒饑。吾兒饑尚可，兄之諸孤活待我。親交贈我襦，親交贈我錢。清廉何可爲？溝壑在我諸孤前！天子憫諸孤，轔轔使臣車。載米來，載錢來，山中二月開桃花。孤男壯，當有婦；孤女長，應有家。男婚女嫁，老人始暇。衣錦食禄，老身不欲。三畝菜田一畝竹，清風謖謖吹山谷；就緑陰，彈白鵠。

題遺經圖

南朝柳世隆，廉静寡欲。張緒問曰：「觀君舉措，將欲以清名遺子孫乎？」答曰：「一身之外，亦復何須？子孫不才，將爲争府，遺其財，不如一經。」

工師愚，貴梁木；父祖愚，嗜錢穀。梁大柱小室每傾，貲厚德薄多競争。家有不測患，里無君子名。但知擅利寡婦清，不識説經楊子行。籯中金，几上卷，遺子孫，何者善？柳世隆，君不見！

題義田圖

范希文置田千畝，以濟貧族，日有食，歲有衣，婚嫁凶葬有助。

朝力田，暮力田，禾熟未肯棄一粒，主人持竿來隴前。饑鴉餓雀畏人打，東西南北飛上天。伊誰良田一千畝？倉庾悉令宗族有。扶老攜幼日營營，量人緩急與升斗。墻桑岸柳栖水雲，枝上禽啼遠近聞。五月涼風六月雨，稻花歲歲媚希文。

題贈牛圖

漢劉翊，自陳留罷守歸，路逢知交困乏，停車解牛，以濟其急；從者止之，翊曰：「視難不救，非志士也！」乃徒步歸。

興逸組初解，登車看鴻翔；鴻翔不離伴，人生故舊安可忘！中道遇知交，饑困使人憂。還家殊無季子金，負軛尚有伯陽牛。脱贈勿復顧，起步歸林丘。林丘路遥遠，故人難已免，不辭身憊足生繭。

題服食圖

鄧先生名郁，隱居衡山，辟穀三十年，惟以澗水服雲母屑，日誦大洞經。梁武帝敬信殊篤，起五岳樓貯之。白晝，魏夫人乘雲而降，從媪三十，並著絳紫羅繡袿襹，年皆可十七八許；謂郁曰：「君有仙分，所以來也！」鄧先生住祝融峰，霄漢氣滋峰頂松，峻巖懸澗泉淙淙。服藥誦經冬復春，换吾骨兮清吾神；天上飛下魏夫人。夫人遥顧五岳樓，氛氳駕底雲波流，皎如江水盪輕舟。飄飄少媪從鸞車，容顔羞殺人間花，含馨發艷先生家。先生窗牖無纖埃，耳聆仙語心胸開，東海摇光曉日來。

題停車圖

賈思伯至性謙和，遇士大夫，雖在街道，停車下馬，接引恂恂，曾無倦色。得冠便忘笠，貴來易驕逸。鄙夫將身委車馬，出入不異膠與漆。相逢豈無舊相識，溓鞍著幰動不得。趾舉半空欲何爲？氣蓋一世有底益？不見路旁聲嘖嘖，佇看官人揖人客；軒高騎勝貴無敵，官人何人賈思伯！

題焚券圖

李士謙嘗出粟數千石，以貸鄉人。值年穀不登，債家無以償，皆來致謝。士謙曰：「吾家餘粟，本圖賑贍，豈求利哉！」於是悉召債家，爲設酒食，對之燔契，曰：「債了矣，勿爲念也！」

鉼罄莫就鄉里假，往見債主顔色下。李公座上賓如雲，於中豈無賢豪者！已慚歲凶粟難辦，何勞命酒陳佳饌！歡會未能辭醉飽，債了燈前又焚券。醒人餒士天所罰，公也接引何繾綣！鑪中烈火池中冰，世俗炎涼開眼看。欲離困窮無羽翰，今夕何夕長者盼！

題愛下圖

陶公爲彭澤令，不以家累自隨，送一力給其子，書曰：「汝旦夕之費，自給爲難，今遣此力，助汝薪米之勞。此亦人子也，可善遇之！」

下山流泉去不息，貧户生兒富户役。舂米寒夜聞鷄鳴，樵薪遠山見虎迹。觚甗滋味苦難嘗，人生誰願離耶孃？耶孃念子勞家裏，賃奴鬻力來助爾。自家骨肉獲安逸，焉得不顧他人子？蒿萊生野蘭生谷，貴賤同被陽春旭。五柳先生書上詞，爲人上者應三復！

【箋】

〔徐文振〕未詳。

〔汪叔向〕石修歙縣志：「汪家珍字璧人，又名葵，字叔向，巖鎮人。少爲諸生，明末棄舉子業。工山水，模擬大癡及黄鶴山樵，與汪之瑞、孫無逸齊名；而人物花鳥蟲魚，尤傳神入妙。」

汪長玉、南珍邀過劉仍先看西府海棠

連旬風雨晴今日，燕子飛來廿四橋。纔説名園花欲放，多情酒伴已相邀。

紛紛蛺蝶入林遊，緑葉初生嫩蕊稠。欲語嬌花看不得，醽醹樽畔客搔頭。

深林仍有最高臺，坐對清風一舉杯。空際芳菲吹不散，亂隨斜日蕩胸來。

青樽入夜還留客，白髮逢春轉怕花；不分歡娱屬年少，禁持老態醉君家。

【箋】

〔汪長玉〕見卷一汪大生日箋。

〔汪南珍〕見卷六贈汪五南珍箋。

〔劉仍先〕未詳。

〔廿四橋〕康熙揚州府志：「二十四橋在府舊城，隋置，並以城門坊市爲名。後韓令坤築州城，分布阡陌，別立橋梁，二十四橋存廢莫考矣。又傳煬帝於月夜，同宮女二十四人吹簫橋上，因名。故唐人有『玉人何處教吹簫』之句。」

自淘上至竹西，送汪舟次之贛榆教諭任

雨止聞鷄鳴，披衣坐孤舟。新柳三百里，一路上揚州。桃花照田父，草色娱隴牛。竹西春風來，絲管何啁啾！倚棹忽不懌，念君將遠遊。家有范生甑，人彈貢氏冠。可憐天下才，逡巡就小官。俸米焉能飽？華簪安足歡？良驥不好櫪，美瑜不戀山。則知高賢意，不是愁饑寒。兹鄉胡相公，仕進始上舍；豁達引善類，權豪性不怕。前賢遺風在，東望税高駕。吾子好植人，儕偶多倚藉。常憾滯蒿萊，胸懷無谿瀉。請看三尺劍，操持今有杷。石欄東海上，齊魯氣佳哉！講席罕塵事，登臨自吟詩。淮南顧葭莢，慨然嘆我衰。同學二十載，未曾久别離。黄鵠已高翔，鷗鳥難隨飛。欲遊陳仙洞，會須扶杖來。

【箋】

〔贛榆〕光緒贛榆縣志：「漢因秦制，始建贛榆縣，屬瑯琊郡。即今江蘇贛榆縣。」

光緒贛榆縣志：「汪楫，儀徵人，由選貢任贛榆教諭。學問淳雅，才筆卓犖，舉博學鴻詞，授翰林院檢討。康熙十六年在任。」唐紹祖通奉大夫汪公墓誌銘：「公之爲教諭於贛榆也，贛故窮僻，邑無通經學古之士，爲文章不中法度。學使者歲科試士，例不置高等。公日與諸生講説經史百子，繩削其文詞。由是士皆刮劘刻剔，而儁賢儒雅之人出。」

〔胡相公〕謂宋胡松年，海州懷仁人。政和初，上舍釋褐，歷遷中書舍人。建炎間，除給事中。使金還，拜吏部尚書，權參知政事。宋史卷三七九有傳。

案贛榆縣志所云，此詩當作於康熙十六年丁巳（一六七七）。

汪舟次別後詩二首

渺渺河流繞石堤，蒲青沙白畫船低。船中攜手同來客，隔在秦郵湖水西。

老人離伴若爲情，皓首湖干落日生。天際一帆看欲盡，杖藜扶上鉢盂城。

【箋】

〔秦郵、鉢盂城〕即今高郵。見卷一送吴仁趾箋。

此詩亦當作於康熙十六年丁巳（一六七七），爲汪舟次之贛榆後所作。

吴蒼遠邀過野竹居

老叟賣茶處，麥田飛野鷄。籬邊江岫近，屋後竹林低。過雨陰如水，聞雷筍出泥。山泉煎欲熟，入座聽鶯啼。

【箋】

〔吴蒼遠〕未詳。

池蓮歌

陸羽嬉，吾里黄天濤妾也。麗而能詩，詠芙蓉詩尤佳。病殁，天濤傷之，賦琴怨；余爲作池蓮歌。

隨郎何處行？清風池水邊；風吹荷葉捲，得使儂見蓮。

荷枯采荷根，根斷見亂絲；纏綿有底益？無復舊容儀！

【箋】

〔陸羽嬉〕衆香詞：「陸羽嬉字酌泉，泰州詩伯黄天濤妾，詠芙蓉詩甚佳。病殁，黄殤之，賦琴怨詩。東淘吴野人高士有池蓮歌紀之。」

〔黄天濤〕詩觀：「黄九河字天濤，一字浮螺，江南泰州人。有玉照堂稿。」

案此詩乃爲黄天濤題琴怨詩而作。同時題詠者甚多。鄧孝威有黄天濤姬人陸羽嬉工詩早殁賦慰詩。陳維崧迦陵文集有琴怨詩序，題下注曰：「琴怨詩者，吴陵黄子天濤悼其亡姬陸小雲之作也。」

送汪三于鼎歸新安

七年一見面，蹤迹又東西。離别君何易？壺盧手自提。晴江才子驛，緑樹小姑溪。醉上扁舟去，鶬鶊處處啼。

舊國前途近，嗚嗚畫角悲。牛羊草色晚，宫闕麥花時。半畝誰爲圃？三山直對籬。清涼臺畔客，龔野遺。老去使人思。

茅屋在何處？嵬峨始信峰。雲來翻作海，巇側倒生松。筍蕨漁樵社，門庭鹿豕蹤。自然無俗態，若輩可相從。

此日烽烟静，空山蘭蕙聞。門前閒倚杖，石上漸生雲。田舍還堪住，松杉總未焚。翩翩雙白鶴，清唳爲夫君。

酒伴紛紛去，時汪左嚴之太湖，汪舟次之贛榆。天涯獨黯懷。歡娱辭白髮，疏懶負青鞋。山色晴分楚，江流暮入淮。笑言思叔度，新月下高齋。

【箋】

〔汪于鼎〕見卷五送汪于鼎文冶兄弟歸春草閣箋。

案汪左嚴任太湖教諭、汪舟次任贛榆教諭均爲康熙十六年，此詩當作於是年。

八月十二日寄楊蘭佩 時楊六十初度。

我思楊子又三秋，海水江波日夜流。避色中原新鶴髮，思家北地老羊裘。門墻士授書千卷，蓑笠躬耕雨一丘。梁甫吟成情不懌，乘風獨上五湖舟。

弟兄絃誦欲誰希？東海峨峨大布衣。昆玉私淑吾里王心齋先生，曾爲修葺祠宇。跬步後先一相接，草茅豪傑幾曾稀？地荒刺眼蓬生里，河決驚人水入扉。寄語涇陽舊同學，講壇今日鷺鶿飛。

紛紛帶甲駕舟航，君亦謀生適豫章。陵谷狖啼松月暗，江湖人戰水雲黄。莘研妙策終垂釣，王烈高蹤半是商。何日吴天烽燧静？匡廬山色下潯陽。

蘆中疇昔數追隨，同齒余年亦六十。同心人未知。虞夏詠思殘照裏，兵戈消盡盛年時。單鷗泛泛群何在？野鶴翛翛自不羈。此日貧交更招隱，淮南叢桂蕊盈枝。

【箋】

〔楊蘭佩〕見卷二楊蘭佩招同諸子泛舟箋。案楊蘭佩之兄名紉芷，見魏叔子文集贈楊仲子六十叙。

〔王心齋〕即王艮，見卷十三謁心齋先生祠箋。

〔涇陽〕舊縣名，在今陝西三原縣境。本秦邑，昭王弟悝封此，號涇陽君。後魏置縣。見讀史方輿紀要。

案墓誌嘉紀於康熙十六年丁巳（一六七七）爲六十歲，此詩當作於是年。

郡城未得一晤彭爰琴，將歸東淘，題其山中獨坐圖寄之 彭在金公署中。

嘆息城中人未閒，塵埃咫尺隔容顔。浮舟我去卧蒼澥，開卷君來栖碧山。得意各隨林鶴遠，清吟獨見岫雲還。從今幽夢會相訪，只在水聲松影間。

【箋】

〔彭爰琴〕鶴徵録：「彭桂原名椅，字上馨，一字爰琴，江南溧陽人，監生。著有泊菴詩詞。」

〔金公〕謂金長真，見卷七贈郡伯金長真先生箋。

案江辰六文集初蓉閣詞序：「山陰金公守廣陵，（爰琴）得偕行，住郡治一年，金公比即遷觀察，移省會，彭子亦去。」詩觀初集亦載有彭爰琴揚州鹺署爲董江都故居署後有祠遺井尚在余於丁巳秋假榻數月得遂瞻謁感賦詩。則彭在金署中，當在康熙十六年丁巳（一六七七），此詩亦當作於是年。

大姊没百日矣，詩以哭之

三日不見姊，便去扣柴扉。即今已百日，扶杖我焉之？骨肉到衰老，泉水下山時；前水與後水，聚散何可期？悲哉南北枝，同根異榮萎。殘月照户牖，如聞聲幽噫。隙裏駒難駐，遼東鶴未歸。年華我亦暮，清涕空纍纍。制齏暮爲羹，糜匏朝當糗。心酸腸腹苦，無告貧家婦。家貧多早死，吾姊不幸壽。操持五十年，精血透井臼。翁齋手烹蔬，姑病手濯垢；二人養已終，績紝買田畝。屋角稨豆花，門墻竹與柳。晚景將優游，誰知骨遽朽！姊丈習章句，高情輕腐儒。里閭值顛危，往往起相扶。同志門内得，援彼寡與孤。義室金不止，歲饑尤拮据。半菽亦分食，數椽爰共居。寡婦免再嫁，孤兒今有鬚。他家骨肉聚，夫子懷抱攄；厨中甑生塵，吟詠樂有餘。齟齬吾未報，草間甘老死。悲歌鄰里愁，姊也顔色喜。殷勤相慰勞，貰醞鱠河鯉。觴至感知我，淚下如秋水。我今擊劍歌，賞音復誰是？吾姊一寸心，頻頻九原裏。願弟爲詞人，願弟爲烈士。不類屈原嬃，不慚聶政姊！

【箋】

案嘉紀大姊適同里袁漢儒。袁漢儒，見卷七臘月四日贈袁姊丈漢儒箋。

寄贈方寧士

君從程季遊，程雲家。季也於余厚。知君善事師，心好師之友。相識忘老少，見招潔林藪；徑花笑迎杖，家醞香出瓿。雜賓此地稀，明月中宵有。自憐田野趣，每與城市偶。豈不煩藝植，伊誰辨苗莠？愛泛主人勞，迹恭交態醜。益念君可親，藹如玉初剖；砥礪石應須，光輝塵未受。雪晴東風暄，緑見南梁柳。陳醴儻更斟，來攜穆生手。

【箋】

案溉堂後集有哭方于雲四首，其二有云：「我未識君面，哭君蓋有因；君是東淘詩老之好友，新安程生之主人。」自注：「詩老謂賓賢，程生謂雲家。」意方寧士當爲方于雲子侄輩。

二月十三日，王鴻寶七十初度，贈詩四首

當時鄰舍已全非，寂寞樊村一布衣。避地至今牙齒墮，力田連歲稻粱稀。烟深草澤耕牛散，水落蓬門舊燕歸。苦竹寒松生意在，春來膏雨正霏霏。

豈有蒲輪來日邊，伏生毛髮已皤然。哀吟且過兵荒候，得志還須二十年。伏生九十就徵。浦漵看雲親鸛鶴，藩籬問字繫舟船。盈車充棟都歸腹，卷帙捻來换酒錢。

門東索飯我徘徊，君亦霜田拾橡回。兩室饑寒垂老甚，百年懷抱幾時開？遣憂林卉逢人乞，佐飲園蔬共友栽。記得重陽風雨裏，扁舟遠送菊花來。

終朝催賦騎駸駸，賦外誅求力豈任？官長撻膚凋赤子，先生隨手散黄金。人如霎霎山雲去，澤共泱泱海水深。里巷不平誰更起？對君彈劍一長吟！角斜場災，我場暫代輸課。久之，角斜稍繁富，我場代輸不免。令祖仰菴先生禦强歷險，慷慨控告當事，乃復歸課於角斜，然先生已散千金矣。

【箋】

〔王鴻寶〕見卷三懷王鴻寶二首箋。

〔仰菴先生〕王嘉令，號仰菴，安豐場人。同治兩淮鹽法志有傳。

〔角斜場〕中十場之一。乾隆兩淮鹽法志：「角斜場在東臺境，舊隸泰州分司，乾隆元年，改屬通州。距分司百六十里，其地橢而修，如一角然，故名。」

詩四首贈程雲家

團團芳荷葉，生長南村渠；朝昏近田父，相視同茭蒲。其上飛鴛鴦，下游紫鱗魚。雨晴水氣涼，畫舫來徐徐。清風葉上起，吹向遊人裾；遊人盡解顔，賞弄生歡娱。物態豈異前，人情則已殊。知希俗自闇，愛泛中易疏。爲蓋堪覆首，製裳可被軀。不遇屈靈均，甘隨秋草枯。

東風着地吹，一夜生芳草；萋萋復衍衍，及此時光好。歲歲娱何人？天涯緑不了。伊余栖遯處，終日車馬少。雨色柴門静，露涼村徑曉。夫君相尋來，裳服遥縹緲。贈佩思何深，褰芳時未老；常恐同秋蓬，分飛愴懷抱。鶗鴂聲莫悲，來年春更早；爲我羈王孫，芊眠遍遠道。

草木摇落盡，孤桂挺軒墀。自有青青葉，無慚松柏枝。衆中著顔色，致爲君所知。冰霜何烈烈，人樹同依依。轉瞬玄陰散，繞林黄鳥飛。陽和醒天地，妍醜争華滋。兹樹但如昨，君心亦不移；君心胡不移？曾共苦寒時。賞識窮逾感，風光盛易衰。擾擾繁華裏，堅貞與君持。

遊子嘆海棠，嬌艷成寂寞；昨日烟際開，今日風前落。階庭失藉在，蛺蝶飛徘徊。紛紛賞花者，門外不復來。愛憎實自致，攀條君莫哀。客路景將晏，及時命酒杯。酒杯須對人，酒杯勿對樹；樹春思榮華，人遠思親故。親故苟同心，貴賤長相聚。請看從風花，東西南北去！

【箋】

〔程雲家〕見卷一菖蒲詩箋。

喬東湖自吴門歸東淘，示山樓讀書圖，漫題二首

歸裝忽問海邊鷗，海浦經年憶遠遊。去路柳花香匹馬，來時荷葉緑扁舟。峰霑夕照支硎近，水湧春雲震澤浮。今日窮濱得攜手，逢君更在讀書樓。

何須吴市嘆飄蓬，靉靉雲山有路通。千尺雪迎藜杖冷，萬巖花向石牕紅。奇書久識君能讀，勝地遥憐我未同。不信江南憶江北，試看人倚小樓中。

【箋】

〔支硎〕乾隆蘇州府志：「支硎山在府西二十五里。寰宇記：『晉高士支循嘗憩遊其上。』」

〔震澤〕乾隆蘇州府志：「太湖在府西南三十餘里，古謂之震澤，亦謂之具區。」

案百城烟水蘇州虎丘仰蘇樓附詩有徐崧丁巳夏杪同余生生劉雪舫姜勉中學在飲喬孚五寓樓及喬寅山樓晤松之先生賦此留别二詩，言喬自吴門歸在康熙十六年丁巳秋，此詩當作於是年。

挽楊集之

逃名有底用？崇德亦徒爲！伯道人難瞶，韓康世已知。圖書汙鼠迹，筐篚網蟲絲。室内啼聲苦，烟低欲雨時。

喪亂芳年過，追隨往日頻。看山垂淚眼，蹈海獨醒人。藥店生青草，蒿原散舊鄰。重來高隱處，飛燕爲迎賓。

【箋】

〔楊集之〕國粹學報第八十一期明遺民王言綸鴻寳先生殘詩袁承業注：「楊集之，本姓王，幼從外戚姓，諱大成，安豐人，博學能文章。明亡，隱居海上，托業於醫，所著書多不傳。同里吴嘉紀以詩哭之曰：『看山垂淚眼，蹈海獨醒人。』蓋勝國之遺民也。」

虎墩弔吴子遠

嘆息流波逝不回，渚雲沙鶴意徘徊。亭空海上月誰看？家在谿南花自開。桑梓多時思倦羽，乾坤到處有深杯。玉蛆緑蟻終何益？惟見青蠅入户來！

雲翻雨覆俗情煩，此日貧交孰可論？鶴髮與君方執手，虎墩揮涕已招魂。行尋人迹漫漫雪，立聽鷄鳴遠遠村。最是歸途堪記憶，提攜除夜到衡門。

【箋】

〔虎墩〕見卷四送汪左嚴之虎墩箋。

舉世無知者五韻五首，和贈吴蒼二

出亦無儔侣，入亦無儔侣，霜風入葛衣，骨冷呼誰語？黄金急他人，阿父不遺汝。寧知受恩者，咥咥笑貧寠？蜉蝣競朝光，蟊蛃矜溽暑。父書籯笥中，諷詠自容與。兒願學賢聖，賢母歡相許。采薇暮歸來，烟火稍稍舉。

摯公愛季常，師弟爲翁婿；高賢托兒女，豈是温飽計！況汝煢煢人，味苦如瓜蒂。時俗好桃花，伊誰采蘭蕙？立身自有志，失意羞垂淚。長者何慨然，汪岸舫。乃以嬌女妻。米舂廊廡下，車挽田園際。夫婦雖賤貧，清風著當世。

求友須傍漁，涉水須近蒲；漁者輕風波，蒲叢有鷗鳧。忘機日來往，何處情不愉？汝謂釣有道，吕嚴各異途。未問出與處，先辨賢與愚。渡江復浮海，扣門尋老夫。野潔葦花吐，林鳴桑葉枯。相逢轉惆悵，沽酒一錢無。

展汝贈余畫，漸江畫。山碧江晴時。掛席嵐水間，幽人爾何思？長謡采白蘋，獨往意遲遲。繪者今安在？孤雲藐難追。疇昔桑田改，車輪腸裏馳；揮毫聊換酒，易服遂披緇。自號曰山僧，人稱曰畫師。平生懷頍頍，海内幾曾知？

江上秋風生，夜深鳴戰馬；聞之旋掩耳，清涕已霑灑。山河此何時？詩書手尚把。有弟遠餬口，弱小憑藉寡。仗劍相尋去，樵路入松櫝。鷄啼湖月斜，伯仲西山下。秦箏横野艇，吴酒白深斝。悲歌要離鄉，豈少知音者！

【校】

〔山河〕二字夏本原闕，據諸六卷本校補。

【箋】

〔吴蒼二〕汪舟之婿，生平未詳。

〔汪岸舫〕歙縣志：「汪舟號岸舫，潛口人，康熙戊午舉人。有岸舫詩及阮溪、深柳堂諸集。」

〔漸江〕康熙徽州府志：「僧宏仁號漸江，俗姓江氏，名舫，字鷗盟，歙人。師汪無涯受五經。乙酉，自負卷軸，偕其師入閩，遊武夷。後依古舫禪師爲僧。嘗往黄山，收松雲巖壑之奇，一一著之於畫。」

古鏡詞贈王于蕃

夷則師曠鑄十二鏡，第七鏡名夷則，沉井中，千年乃出。厭俗顏，千載甘泥垢；奇光飛出井，迺爲西家有。西家十五女，拂拭纖纖手；笑謂鏡中人：「我堪嚮汝否？」顧盼既絶世，年齒復不多。仙照駐芳容，日月奈我何！新妝度容與，妙舞人婆娑。空閨易踟躕，形影終安托？欲結百年歡，但恐逢輕薄！

【箋】

〔王于蕃〕今世説：「王範字慕吉，一字君鑒，一字心矩，四川成都人。肆力經史，工詩古文辭。辛未成進士，筮丹陽令，治漕有功，擢御史。會遭母艱，時已大亂，遂移家入吴。丹陽之人聞其至，争願割田宅授之；謝弗受。東阡西陌，與父老過存，見者初不知爲舊令也。子擔四，名于藩，官司李。」

清鏡嘆和王于蕃

妾貌若芙蓉，常聞旁人羨。不有青銅鏡，何緣自識面？自識因自憐，含情對相眄。夫也獨不顧，盛年去鄉縣。他縣浮雲闇，故鄉北風多。浮雲掩明月，北風吹却花。芳菲欲過時，遊騎不思家。罷鏡起攬衣，蟪蛄鳴日晚。已誤一生顔，夫子何用返？

冬杪自東淘泛舟至廣陵，送汪岸舫北上三首

泛泛海濱月，漁船照我卧，夢見紫霞人，騎馬揚州過。登高望東海，水上孤雲作。念子遥盼睞，篙檝莫敢惰。村醞沽幾升，河魚釣兩箇。相尋一笑言，不畏風雪大！

修修山村竹，生雜桑與麻。良工採洞簫，吹嘘動巖阿。幽音易爲感，聞者皆嘆嗟！世不乏異材，如汝何能多？一奏歲時稔，再奏風俗和。物生貴有用，豈必老烟霞！

海水與山雲，相思隔川阜。何如濁酒杯，長得在君手！鸕鷀用頗適，鸚鵡名不朽。李詩云：「鸕鷀杓，鸚鵡杯。」對月斟頻滿，及時醉自取。君今往長安，樽罍别老友；樽開罍便隨，老友難别離。

正月六日，王于蕃邀同程雲家泛舟西谿，五首 分韻

春來浦溆悦凫鷖，歲稔鄉園罷鼓鼙。藜杖新年扶我出，壺盧霽日看君提。草生頹舍人家静，柳壓清波畫舫低。野老沙鷗機慮少，醉醒同在晏公谿。

蘭橈欲進意遲回，臨海居民安在哉？西谿，即古臨海縣。榛莽空看棲鴈去，城池但有暮潮來。東風呴呴親蓬鬢，殘日輝輝傍酒杯。世事浮雲多變幻，樵歌一曲使人哀！

又值春光碧海濱，谿暄冰泮見游鱗。乾坤閲歷顔難駐，少壯知交態一新。于蕃齒最幼。到處不忘泉石想，登高聊盼道途塵。羊裘嬾與軒車近，恐使彈冠薄釣緡。

烟墟晻藹野暉斜，問訊谿中仙女家。一自杼聲聞下里，千年泉水出寒沙。里有仙女繰絲井。離塵古甃自生蘚，照影今人誰似花？環珮遥遥不可遇，荒原徙倚暮雲霞。

天妃山下水泠泠，田父柴門野色青。蛺蝶隨群遊麥隴，鴛鴦並翅下雲汀。何時有地秋收穀？暇日留賓釀滿瓶。刁斗無聞租不負，月明深夜徑花馨。

【校】

〔遲回〕嘉慶東臺縣志引作「徘徊」。

〔泉水〕嘉慶東臺縣志引作「流水」。

〔暮雲霞〕東臺縣志引作「暮雲遮」。

【箋】

〔西溪〕嘉慶東臺縣志：「臨海縣城在西溪鎮。戴勝徵亦云：『西溪，相傳爲古縣地，今湮無迹矣，而鎮前尚有城門口之名。』案宋州郡志載建陵郡有寧海，無臨海，或聲相近而譌也。」

〔繅絲井〕雍正泰州志：「天女繅絲井在西溪鎮廣福院，漢董永所居，即曹長者故宅内井也。永養父至孝，家貧，常傭；辦父亡，貸主人萬錢以葬，約自鬻其身。後感天女爲偶，一月織縑三百六十四以償，乃凌空而去。井即其汲以繅絲者。水最深廣，旱汲不絕；每蠶熟時，井有白草，根長丈餘如絲然。」

〔天妃山〕見卷六送張菊人明府歸江南因邀泛晏溪登天妃山頂分韻三首箋。

贈王于蕃新婚

頮頮雙蠟燭，深深照洞房。房中何所有？繡幙爛生光。幙上繡何物？黃鵠白鷺紫鴛鴦。菰茭漾水碧如拭，入户仿佛荷花香。夜久燭影低，鷺翔鵠舉争餘輝。渚邊獨有鴛鴦懶，只是貪眠不好飛。

林青樹氣暄，枝上名花開。曉色霑濡夜來露，初芳雅艷無纖埃。凡蝶不敢棲，遊蜂飛徘徊。閨中女兒始爲婦，妝成階下看花來。看花來，折在手，把嚮玉鏡比容顔，新婦新花相似否？

宵清月入牖，香鑪几案間。東鑪名合歡，西鑪名博山。銅質年深類周鼎，冶師技巧如魯班。鑪中火正紅，婦西爇香郎在東。繚繞雙烟成一氣，但隨羅袂不從風。

【校】

六卷本卷四迄於此詩。

吴嘉紀詩箋校卷九

送友人之白門 友，廣東人。

有客入門來，不識客何人？長跪問姓字，是我平生親！吴雲與粤梅，相見有何因？復問離居日，庭草二十春。庭草緑又黄，我耄君齒强。會晤只須臾，喜極生悲傷。江濤低遥岫，磯雪壓野航。不知從此去，别路幾何長？桐城方老儒，爾止。秦淮僦高樓；窗檻對鍾山，見君常淚流。流淚有何用？志士成荒丘！君今欲安適？採蕨野颼颼。飢馬鳴廢宫，斜陽使人愁。尚有丈人龔柴丈。圃，可與樹杉楸。長鑱倚雪山，攜手山上頭。江海天水寬，白雲時近遠。建業日夷猶，羅浮不思返。

【校】

〔題〕諸本皆作送屈翁山至白門，題下注作「屈，廣東人」。

【箋】友人指屈大均。遺民詩：「屈大均字翁山，廣東番禺人。文學，爲屈原後。少丁喪亂，長而遠遊。其所跋涉者秦、趙、燕、代之區；其所目擊者宫闕陵寢、邊塞營壘廢興之迹，故其詞多悲傷慷慨。著書外、易外、嶺南文獻諸書。曾爲僧，字一靈。」

〔方爾止〕桐城人，見卷一送方爾止箋。

〔龔柴丈〕見卷四寄題龔大野遺新居箋。

〔羅浮〕廣東通志：「羅浮山在博羅縣西北五十里，與增城縣接界。高三千六百丈，地袤五百里，峰巒四百三十二，溪澗川源不可勝數。」

案陳作霖鳳麓小志：「方文字爾止，又名一耒，字明農，號忍冬，桐城人。少孤，長有才名，與復社、幾社相應和。汪偉以女妻之，遂家金陵。初居瓦官寺側宋氏鷗天館，復移桃葉渡。」

江都池烈女詩

烈女姓池，吴廷望妻也。未嫁，廷望從軍南征，戰死。其父吴某，素稱里中無賴，欲以女婚次子，女之父兄憚之，屬姨母語女，且勸之嫁；女不從，自縊，繩斷者三，竟縊死。吾友張琬爲作傳，命紀賦詩。

旌旆搖野風，戰馬顧群嘶。壯士志封侯，不娶娉婷妻。娉婷方盛年，桃花三月時。三月轉盼盡，征戰返無期。無端夢沙場，血污泣遊魂。覺來信已至，夢寐竟成真。招魂親剪紙，涕淚濡羅巾。朝爲未嫁女，暮稱未亡人。蝴蝶飛過墻，栩栩尋春芳。安得久踟躕，鬼伯隨姨孃。姨孃是尊長，出言何不莊？令人亂匹配，人生豈牛羊？烏棲城郭黑，三星檐前明。壁上懸一燈，炤燿人嚴妝。生小不知路，死路行最能。永從黃泉伴，三結朱絲繩。鄰舍聞此變，日出走來看。從未識女面，今日見容顔；一枝紅桃花，霜雪色尤鮮。問女首何飾？夫家聘時簪。聘時更何物？玲瓏雙耳環。女意何所嚮？面南身徘徊。巾帶微飄揚，如上望夫臺。問女住何處？草屋女所居。草屋有此女，此女天下無。鴛鴦不擇水，泥滓產明珠。商人爭殯葬，酹酒多士夫。酒酹起黃沙，沙場鬼還家。還家徒夜遊，得妻不得侯。始悲謾好勇，生死滋繁憂。傳戒後世人，慎勿把戈矛！

【校】

〔懸〕溉堂集、明遺民詩作「青」。

〔人嚴妝〕明遺民詩作「大嚴妝」。

【箋】

〔池烈女〕江都貧民池天祥女，墓葬於平山堂。留溪外傳及雍正江都縣志有傳。

〔張琬〕江都縣志：「張琬字子琰，邑廪生。中康熙壬子副榜，以文名於時。」

案溉堂後集有江都池烈女詩和吴賓賢詩，編入康熙二十年辛酉（一六八一），此詩當作于是年。

舟中寄懷吴去疑

不見江南人，遥望江南雲。後雲氣光晶，前雲行逡巡。逡巡行復止，依依如戀群。物態有如此，余益思故人。夕風吹浦漵，野色迷我津。鳧鷖各有類，孤舟欲誰親？唯有楓林下，潮聲漸漸聞。

【箋】

〔吴去疑〕未詳。

蕪城病中，謝吴彦懷寄敬亭茶葉

授衣時節霜頻下，消渴人眠日欲斜。客路淒其誰倚賴？宛陵棉布敬亭茶。令舅郝二寄布。

【箋】

〔吴彦懷〕吴嘉紀門人，順治辛丑，曾讀書陋軒。見卷十一過郝乾行青葵園詩之五。

〔敬亭〕嘉慶寧國府志：「敬亭山在宣城縣北十里。」

〔宛陵〕見卷一郝羽吉寄宛陵棉布箋。

〔郝二〕謂郝羽吉，見同上箋。

贈黄秀楚

夫子何灑灑，性不受羈絆。皎如清秋鵠，緩翼遊天漢。襟度近儕偶，困者失惋嘆。復如琬液味，令人愁自散。秔香邵伯田，竹翠蕃釐觀。晚歲樂家園，慵歌白石爛。獨有杯中物，一宵不能斷。大雪滿淮南，着屐登高岸。折得嶺頭梅，歸來插几案。細君醪已漉，斟酌夜同看。求堅必須石，求漆必須漆。客中逢勝引，依倚過時日。寸心昔已知，交態久益密。孤燭秋照人，啼螿雨入室。親昵在眼中，顧盼惟恐失。與君俱遲暮，手應疏卷帙。苦吟自不輟，嗜飲吾堪匹。甌香茗若蘭，甕濁漿如蜜。醉醒情誰慰？寒暄户屢出。安得共買田，種茶兼樹秫！

【箋】

〔黄秀楚〕未詳。

〔邵伯〕讀史方輿紀要：「邵伯鎮在甘泉縣北四十五里，洪武元年，巡檢張仁開設邵伯埭。」

〔蕃釐觀〕康熙揚州府志：「蕃釐觀在府城大東門外，即古后土祠，漢成帝元延二年建。」

南梁同王于蕃之蕪城，程雲家送至海陵。時雲家欲歸新安省母，舟中有贈

送别臨歸路，回頭竟俶裝。望雲聊命駕，逐伴似還鄉。雙槳河冰觸，孤村店酒香。今宵非夢寐，燈燭照舟航。沙白路將半，雞鳴天又晨。追隨嫌短景，信宿任迷津。老藉杯中蟻，寒懸雪裏鶉。離家當歲晏，羨爾欲歸人！

【箋】案程雲家江村詩有送吳野人之蕪城七絕四首：「平山烟靄碧參差，藜杖躊躇未覺疲。貧賤出門多暇日，登臨隨處有新詩。」「節過重陽風雨寒，紛紛木葉下湖干。扁舟一樣邗溝路，只有歸人去較難。」「城裏笙歌曉未休，輕寒市上盡披裘。繁華自笑人間少，擾擾翻增過客愁。」「渚邊紅蓼隱魚罾，霜落官河徹底澄。記得前年隋苑去，南梁攜手到吳陵。」其第四首後二句，即指送嘉紀至海陵事。

曉發朱家莊

宿鴈飛鳴起，勞人知夜闌。樹搖東水白，霜灑北風寒。籠鴨田家放，烽烟澤國殘。五湖冰未合，且喜去程寬！

【校】

〔題〕嘉慶東臺縣志引作曉發朱家垛。

〔烽烟〕東臺縣志引作「飛鴻」。

【箋】

〔朱家莊〕嘉慶東臺縣志：「縣西南（由北運鹽河逕西南）二十五里，垛曰伍家垛、朱家垛。」

案嘉慶東臺縣志載程雲家有同題詩云：「雲氣夜深合，河冰曉自開；共言前路近，漸覺別愁催。出浦鷄聲聚，揚舲雁陣來。波流緣底急？不使暫徘徊。」當是同時所作。

挽歌爲何去驕賦

憶昨客邗上，寒夜同汪賡言、張幼蔣、汪舟次、何山公飲何去驕别墅，笑言達旦，起支户樞，各酩酊別去。今余重尋舊遊，去驕已物故，賡言亦亡，舟次宦遊京雒，山公去淮北，執手慰予，惟幼蔣一人。自傷年已遲暮，道路日益奔走，親交又稍稍散失，寒來内手，龍鍾無依，對幼蔣不禁潸然泣下也。幼蔣曰：「去驕又字茹，初名起泰，二十五歲死復甦，吟詩二首乃絶。」其詩云：「苦海沉淪無盡時，人生何用壽期頤？吾今步屧離波浪，明月蘆花任所之。」「屋倒舟翻亦殺人，斯人斯世損吾真。碧天洞裏桃千樹，長嘯歸來處處春。」

邗上再經過，車輪轉我懷。昨夜明月今未缺，胡爲昨夜照君之紅顔，今夜照君之枯骸？人有形骸，誰不銷毁？笑題詩句别苦海。海波浩蕩無津梁，中有人思君兮向月望，月欲落兮摇清光。水氣瘦肌骨，微風噓衣裳。鸛鶴不飛洲渚静，蘆花千里愁人腸！

徙倚更何望？我望碧天洞。碧天杳藐洞安在？盼睞不見肺肝慟。座上酒器猶未收，酒徒四散如水流。買醉青錢不在手，雪片打白愁人頭。愁來何可釋？思君淚霑臆。野中蓬梗長飄零，洞裏桃花自顏色。桃花兮可親，嗟無人兮告我以去津！途長日暮身踆踆，年過六十不獲已，桃花笑殺行路人！

【箋】

〔汪賡言、何山公〕未詳。

〔張幼蔣〕名琬，見本卷江都池烈女詩箋。

送汪扶晨 時汪歸潛口葬母。

枯桑天風來，颯颯鳴江村。道上行旅歸，鄙人方出門。出門寧獲已，毛禿眸子昏。何以慰羈老？良友爲家園。梅花入檐低，張燈開酒樽。奔車我暫歇，君已懷丘樊。雲霞不忘岫，葛藟知庇根。舊棲各顧戀，歧路我何言？

往年到潛口，倚閭見白髮。今日到潛口，疏籬惟積雪。雪上乳鴉飛，遊子心斷絶。笑言不更聞，子母從此訣。靈輀何轉轉，牽挽出門閾。何處蔭母樹？何處葬母穴？麻衫裹手腕，抱土掩枯骨。山深夜無人，杜宇啼斜月。

【箋】

案溉堂後集送汪扶晨歸新安詩自注：「扶晨歸營葬事，四方名士贈别者五十人。」

〔潛口〕在歙縣。見卷八歲暮送程梅慜歸潛口箋。

案溉堂詩編入康熙十八年己未（一六七九），此詩當作于是年。

初春送程雲家歸江村三首

峨峨澗冰泮，肅肅雲鴈遠。乾坤始春暉，先照遊子暖。遊子良苦辛，足繭顛毛短。千里常望鄉，三年乃結伴。途負仲由米，家傳萊子畚。柳色渡江來，導爾扁舟返。

蒼莨佩左右，秋蘭束作薪；俗情有如此，芳意難自陳。膏沃擁下愚，娉修多賤貧；匵瑾雖云美，不如近市珉。望巖親鹿豕，臨水濯衣巾。夫君欲安適？本是山中人。

鳥雀飛且鳴，江村到歸客。水雲上樹棲，瀁瀁柴門白。風光暄菽水，離别大松柏。舊山在簷前，晻薆日已夕。飲汲思沽泉，倦眠晏公石。回頭睞塵埃，昨日曾行役。

【箋】

〔程雲家〕見卷一菖蒲詩箋。

〔江村〕馬步蟾修徽州府志：「歙縣十三都五圖，村曰砂城、曹溪、開黄、東回、葉村、方村、江村、湯口。」

孤筠一首，呈臬司金公

孤筠生寒谷，桃李近門闌。門闌扶植多，華滋殊不難。不見陽和至，嬌鳥聲綿蠻；群樹芳菲菲，遊人顧之歡。眄彼谷中筠，蕭條猶舊顔。春風不擇物，動蕩無時閒。自然嘘煦意，肯及冰雪間。何心競榮艷？但欲離苦寒！

【箋】

〔金公〕謂金長真，見卷七贈郡伯金長真先生二首箋。

和韻答周雪客五首

蒼然菰茭中，日與鷗鷺處。豈不忘機慮，終念寡笑語。踠足望三山，掉頭尋舊侶。人坐海濱船，雲生江上嶼。十年憶梨莊，無翼可翔舉。誰知一燈前，今夜吾與汝！

牛羊亦已歸，落日山腰細。問路角聲中，何處中丞第？衢巷暝烟深，茫如隔身世。伊予遠褰裳，思欲見蘭蕙。荒榛滿道途，舉趾多牽繫。聽爾負薪歌，行人墮清涕。

杖藜入園居，粲粲石如瑜。主賓足盤桓，栝樹天下無。雪後剪畦韭，竹中提酒壺。不悟客再至，園在主已殊。浮雲多誤人，變態生須臾。往事不得忘去聲，痛飲求模糊。

我歌白雪辭，少小思離奇；四十不改調，笑殺鄉里兒。長鳴振饑寒，獨往謝華滋。一從珠樹萎，翠羽集無枝。擊壺困頓夜，磨鏡冰霜時。忍淚之曠野，大聲哭相知。

城闕何紛紜，故交盛車馬。顏色如金玉，禁持略不假。裘披塵壒內，爾趣徒瀟灑。長策是棲霞，試看中峰下。松林樵父歌，石澗泉聲瀉。去去掃敝廬，手招同心者。雪客有别業在棲霞山中。

【箋】

〔周雪客〕見卷四栝園詩四首贈周雪客箋。案白下瑣言：「周櫟園侍郎亮工，康熙間，官督糧道。子在浚，字雪客，遂家金陵金沙井，亦以詞翰名，著有天發神讖碑考。侍郎葬南門外分山口，墓前坊表尚存。又後陽寺側羊子山，亦有侍郎祖墓。據侍郎行狀，墓在朱門鄉梨莊。」

〔棲霞山〕即攝山，見卷三送汪二楫遊攝山箋。

送程飛濤遊茅山 時飛濤四十初度。

江闊霧始收，放船隨落潮。渚渚草新緑，沙暄鷺鸞驕。長吟望江南，疊玉峰岧嶤。霞色秀寒松，鐘聲摇碧霄。停橈問前路，漁父遥相招。招招過石橋，千嶂梅花落。纔入華陽洞，忽覺衣裳薄。舉世慕神仙，畢竟何人學？丹經塵古殿，明月出暝壑；之子投宿來，驚起三仙鶴。鶴乘茅真人，翩然翔翠微。雲氣庇阡陌，年年稻麥肥。花樹馨婦子，鷄犬情依依。遐哉此鄉民，淳悶無是非。已是地上仙，何須騎鶴飛？飛舉術如何？清風度林藪。采得石菖蒲，日月在吾手。一服顔色美，再服年命久。登眺晨光中，石立泉聲走。聊從桑扈遊，笑謝王庭綬。

【箋】

〔程飛濤〕見卷一送吴仁趾北上箋。

〔茅山〕見卷五送王玉久歸茅山箋。

〔華陽洞〕在茅山，陶弘景曾棲居於此，見茅山志。

溉堂集有程飛濤四十詩，編入康熙十九年庚申（一六八〇），此詩當作於是年。

泊船觀音門十首

征南十萬卒，如蟻泊歸舟。懸旆纏雲脚，悲笳裂石頭。清平他日夢，行旅夕陽愁。亡國恨無盡，滔滔江水流！

磯上誰長嘯？蒼然老匹夫。江山六朝在，天水一亭孤。秃樹翔歸鷺，層濤捲亂鳧。漁舟安穩甚，吹笛入菰蒲。

鍾阜雲何似？吴陵客重來。松杉焚已盡，鸛鶴暮空回。特特高原立，頻頻倦眼開；東風吹不歇，草色出寒灰。

即以山爲郭，堅完世所稀。雲鴻應得度，塞馬竟如歸。隴雨耕時大，人烟戰後微。年年禾與黍，養得駱駝肥！

江路倏昏黑，狂風吹倒人；怒潮奔上岸，小艇泊無鄰。何事歌彈鋏？惟應把釣緡。深深建業水，欲飲轉傷神！

兵火猶存寺，乾坤未息戈。前朝寄何物？古樹指娑羅。陰冷山僧坐，花香水鳥多。盤桓吾不厭，一日幾回過。

鼓鼙聲颯颯，道路色淒淒。盤髻婦馳馬，横刀兵捉雞。山城常罷市，帝里已成畦。黄屋光輝瓦，紛紛碎入泥。

寒潮看又落，漸漸見山根。拾蚌澗沙軟，打魚江水渾。饑民春滿路，米店晝關門。吾亦餬吾口，愁來只自言。

短褐張道士，張瑶星。長安舊錦衣；饑眠紫峰閣，老掩白雲扉。塵世鹿還逐，鼎湖龍不歸。時時一回首，血淚盡情揮。

高情憶吴季，吴介兹。小築面秦淮。書帙集連屋，蘭花開上階。看人澆菜圃，邀我到茆齋。山色在門外，春風多好懷。

【箋】

〔觀音門〕江南通志：「觀音門在江寧縣北，明洪武中所建十六外郭門之一也。當直瀆水入江之口，爲歷代屯戍之處。」

〔張瑶星〕張怡，一作遺，初名鹿徵，字瑶星，上元人。都督可大子，以諸生蔭錦衣衛鎮撫，歷正千户。甲申後，隱居攝山，自號白雲道者。有古鏡庵詩内外集。見方苞望溪文集白雲先生傳。

〔吴介兹〕見卷一吟詩秋葉黄圖爲吴介兹題箋。

案末章「小築面秦淮」，當指吴介兹節霞閣。溉堂後集有爲吴介兹題節霞閣詩云：「閣外青溪接短垣，窗前指點舊東園。鍾譚葛顧都如夢（鄒滿字處士讀書節霞閣中，所與唱和詩者，有鍾伯敬、譚友夏、葛震甫、顧與治），雪月風花尚到門。書入新居成滿載（介兹舊曾借居恕老堂側），交多厚禄免空樽。争墩不是先生事，只似徐潭住後村。」

送程三

夢裏鄉頻望，塵中鬢已華。有生長作客，無意得還家。嶺石碧於樹，山泉流出霞。春風先汝到，開遍練江花。

宅卜虹梁匯，門臨白石谿。當時此避世，塉壤灌成畦。山氣催蘭發，雲層壓樹低。故園今在眼，不怕子規啼！

【箋】

〔程三〕未詳。

四月一日，送汪梅坡之東亭

樹上鶯啼猶是春，城東雨過不生塵。菜花蒲葉故鄉路，獨倚杖藜看去人。

【箋】

〔汪梅坡〕今世說：「汪梅坡名鶴孫，字雯遠，錢塘人。神情飛動，識解過人。癸丑進士，官翰林。」

〔東亭〕嘉慶東臺縣志：「本城即東臺場，一名東亭，屬泰州分司。」

汪長玉、郝乾行過宿陋軒 時與汪、郝同舟自廣陵至東淘。

何處堪餬口？窮濱去掩扉。荒年遊易倦，飽食老應稀。籬長陶潛菊，鄉看原憲衣。一舟偏有色，載得故人歸。

概莽長玉號。常解榻，於我意何親！設醴繁華地，看花二十春。谿聲清户牖，月色濕衣巾。歲歲君家客，今宵是主人！

一室誰尋問？髯公遠溯洄。郝羽吉。船停村犬吠，詩罷徑花開。歡會成疇昔，風騷寄草萊。阿翁苦吟處，令子放歌來！

信宿須謀醉，追隨願學漁。店賒新釀酒，厨膾釣來魚。兩兩羊求影，寥寥冰雪居；欲酬雞黍約，更起摘園蔬。

【箋】

〔郝乾行〕羽吉子。溉堂文集郝羽吉詩序：「新安郝子羽吉，歿一年餘，其子乾行，梓其生平詩，惟存七十首，與其父執吳後莊遺詩，合行於世。」

之東亭訪吳楞香

暮投竹西宿，夜向海上發；蒹葭兩岸深，坐聽蘆聒聒。海鳥名，叫則天雨。浮橈礙芳荷，新水澄曙月。此時懷抱好，將與何人説？衰年儕偶稀，細雨舟航返。桑梓在眼中，故人亦不遠。故人光采多，瑋瑋璆琳器。顧我砂礫中，遲暮嗟同志。志同出處殊，我實由自棄。負薪歌聲哀，舂米筋力匱。軒然老烈士，束縛饑寒傍。良馬甘鹽車，老死何足傷！

【箋】

〔吴楞香〕同治兩淮鹽法志：「吴苑字楞香，歙人。父曠，業鹽。苑登康熙二十一年進士，由翰林歷官國子祭酒。太學自崑山徐乾學、常熟翁叔元後，惟苑得士爲盛。著書十餘種，題曰北黟山人集。」

劉希岸招飲於南梁 次劉見贈韻。

習静門常掩，追歡客乍過。打衣淫雨大，入眼故人多。程雲家自新安來，王于蕃亦在席。老愛家園近，醒嫌鬢髮皤。勸醪君有詠，佳句似陰何。

【箋】

〔劉希岸〕未詳。

栟臺老人行，贈徐仁長

噫吁嘻！明膏照夜，煎迫自悲。義士出門，路逢嶮巇。君不見栟臺老人鬢如絲，一室坐卧滄海湄。蓽門草深，樞牖斜隳。或歌或哭，蛩啾鼯咿。寒不去，暑不去，戚愉困餒不去。故山棄置舊茅茨，山中猿鶴多愁思。思君不見栖，澗月掛巖雲，哀啼槁我青松枝。問君何爲然？要欲報相知，相知没遺紅顔妻。可憐天邊黄口兒，煢煢身影無倚藉，母子攜手將安之？叫跳遇魑魅，舔惔來虎羆，老人夜起拔劍與之鬭，鵩鵊遍野光芒馳。東方漸高氣逾猛，鬼畜伎倆無繇施。海可竭，山可移，愚公帝女君漫嗤！君不見寡婦勿復受人欺，孤兒頎然能詠詩。老人今日始得意，花下緑醅斟滿巵。

【箋】

〔徐仁長〕未詳。

送洪雨平、待臣歸白龍潭幽居

我聞白龍潭，乃在黄山中。懸泉蜿蜒向潭落，彷彿白龍遊碧空。竹木溟濛聚水鳥，巖巒飄灑吹天風。林棲永懷容成子，瓢飲不見浮丘公。伊誰卜宅潭之旁？雙扶玉杖來相羊。結侶時與鹿麋偶，讀書夜聞蘅杜香。北斗掛簷月當窗，山腰四面寒潭光；雲馳波漲天地動，三十六峰如舟航。回看始信峰名。翠霎霎，汪生謂于鼎、文冶，時雨平昆季受業于鼎之門。亦有草堂在。瘦松屈曲下前厓，造物靈奇鍾後海。欲招同心擊缶吟，兀坐片石横琴待。一室師徒相授受，兩家兄弟盛文采。杳杳武陵安足誇？夭桃此地明於霞。白龍潭，一名桃花源。橋欹洞口引來屐，水到人間流去花。我欲臨流樹桑麻，刺船遥訪幽人家。迷津不用停橈問，迎客飛飛有白鴉。山下有白鴉一雙。

【校】

〔題〕黄山志續集引作送洪雨平待臣昆季歸黄山白龍潭幽居。

〔待臣〕夏本「待」誤作「侍」，據陳本校正。

〔向〕黄山志續集作「嚮」。

〔容成子〕黄山志續集作「巢居子」。

〔我欲句〕黄山志續集作「我在塵埃髮已華」。

〔遥〕黄山志續集作「欲」。

【箋】

〔洪雨平〕乾隆歙縣志：「洪雲行字雨平，餘姚縣丞。」

〔待臣〕洪力行字待臣。見黄山志續集。　案歙縣志汪洪度傳，稱其「嘗館於洪琮家，教其子姪多成材」。據詩中自注：「時雨平昆季受業于鼎之門。」意洪雨平、待臣當爲洪琮子姪輩。洪琮字瑞玉，號谷一，洪源人。歙縣志别有傳。

〔白龍潭〕歙縣志：「白龍潭在黄山白雲溪，懸瀑飛奔，噴薄如雪，聲撼陵谷，流入朱砂溪。旁有狎浪閣。」

案程雲家有同題七古一首。　又黄山志續集卷六引有洪力行待臣追酬吴野人程雲家兩先生送予兄弟歸白龍潭幽居之作，詩云：「憶昔隨我兄，雙拖青玉杖。逝將穿雲謁帝閽，愛此潭飛白龍壯。飛龍直下三千仞，瑶草琪花相掩映；清光炯碎深難測，神物潛藏九淵静。有時白毫光一縷，直從潭底射天宇；重雲靉靆上下合，頃刻人間盡霖雨。睹兹變化在須臾，忽悟飛躍由潛初。因之結茅潭水上，吸瀣餐沆味異書。老友吴程忝同志，聞予入山謝塵事，雙魚腹裏寄長謡，盡是赤文兼緑字。羨我高居在翠微，門前一對白鴉飛。幾回欲刺漁郎棹，攜手桃花洞口歸。桃花潭一名桃花源。掃徑期君曾幾日，龍蛇應讖嗟何及！兜率天中結伴還，兩先生相繼而逝。手捧遺篇淚霑臆。塵世希聞鸞鳳音，天風吹去杳難尋；願將老筆鐫崖石，流水高山共古今。」

送汪梅坡，兼寄悔齋、蛟門

嗟哉！伯鸞牧豚，長卿賣酒，豯來賢哲草莽間，饑寒困辱無不有！紀也鄙人豈其偶，悲吟拾橡東西走。入山坎壈多，照水形容醜。門庭自絶親朋迹，詩句偏傳道路口。道路何人？珠樹瑶華，掩映萑與葭。結我懸鶉，駭我栖鵶。不辭信宿在鹵壤，頓使烟火暄貧家。道路何人？鸛鳴谿曙，懷我新詩攬衣去。扶杖佇歧路，問君去何處？嗟哉老驥！駑駘同騖。蘅芷芬馨，棘薪叢聚。而我碌碌衆人中，此時何得蒙君顧？顧盼漫躊躇，玉堂待君几席虚。堂中兄弟如璠璵，摇綵筆，曳華裾，恩輝已知霄漢近，夢寐應與漁樵疏。蒼蒼竹林月，遠遠茅草廬。木榻倘思海上客，鯉魚早寄江南書！時悔齋、蛟門俱在京。

【箋】

〔汪梅坡〕見本卷四月一日送汪梅坡之東亭箋。

〔悔齋〕謂汪楫，見卷一懷汪舟次箋。

〔蛟門〕謂汪懋麟，見卷三上巳集汪叔定季角見山樓箋。

贈程隱菴

晚年厭奔競，命駕歸林丘。汲水煮山荈，聞君彈海鷗。海水何蕩蕩，鷗鳥何修修！無心波浪間，南北東西遊。夙昔望溟渤，風景不銷憂。今日絃指際，頓覺此生浮。葭蘆可以栖，鴈鶩可以儔。機慮澹已盡，餘生復何求？

軫回調忽變，庭户陰濛濛；無端幽澗泉，鳴我茆屋中。四壁颼颼寒，又復聞風松；風松散煩囂，澗泉澄心胸。半生慕巖栖，兹役何時從？餘音聽未畢，起望江上峰；浮雲爲君盡，巒岫青巃嵸。

有時内兩手，抵死絃不揮。怕遭俗人賞，甘忍終日饑。湜湜羅浮路，菰芰鷺鷥飛。自抱緑綺琴，遠尋白板扉。向我奏古調，思情何依依！豈不憚辛苦，知音古今稀。西山有樵徑，東海有漁磯；願言謝塵網，從子歌采薇。

【箋】

〔程隱菴〕程氏所見詩鈔：「程雄字隱菴，歙槐塘人。著有松風閣琴譜一卷、抒懷操一卷、松濤詩一卷。」

案溉堂後集有聽程隱菴雄彈琴詩，編入康熙十九年庚申（一六八〇），此詩似當作於是年。

題孫豹人醉吟圖

足前山多路不平，腸中憂來思欲鳴。溉堂先生爾何憂？盛年鶴髮已蕭蕭。一片浮雲辭故國，邈然意興隨糟丘；及時綠醑斟在手，對景清吟弗住口。不爲虎豹嘯衢路，乃若蟲鳥啾林藪。調古懷悽須自禁，聞聲漸有人相尋。謂爾樂沉湎，謂爾躭聲音，紛紛誰識先生心？茂世盜飲但求醉，甕旁顏面不堪視。靈均行吟悴爾形，濁世豈能容獨醒？何如玉薤貯金罍，一酌再酌幽思來。思若黄河碧空下，酒作波濤萬里瀉。吟聲浩浩容色閒，既如陶元亮，復類白香山；獨有深情無可似，孤影躊躇詩酒間。

【箋】魏叔子詩文集有孫豹人像記：「墨所加，縱六寸，衡八寸。有衣有裳，有幅有巾，有帶有履。有大銅盂，平底閎中而巨口。有杯，有高木托。有盤，磁達且蹲。有安石榴，有桃，桃三實；榴二綻其衣，子齒齒然。皆有綠葉藉於盤中。盂有長瓢，見其柄。右肘露，加盂口，手握柄。袒胸而笑，白鬚胥疏掀動，目眈眈視木托上杯。左手拊膝，膝左豎；右膝衡屈，徇地坐。朱履，裳所不掩者，頭三分加二。裳色薄青；衣形鼈。衣白而青其純幅。巾色視裳淺，類綃，見短髮。大銅盂深碧雕文，疏有環。杯磁白；木托朱色，實榴、桃。盤類杯。杯、盂居右；榴、桃盤居左。身倚盂正面，而身右欹帶左委，自巾放履，高數盡於縱。是爲溉堂先生像。其腹皤然。盂所有人不得見也，吾見於瓢於杯。皤然其腹，所有人不得見也，吾見於目、眉、鼻、口、鬚、髭、巾、衣、帶。辛亥立夏日，易堂魏禧記。」

垂釣行答鄭絳州

風吹明月上海樹，照我鬒髮成蓬麻。壯志猶存貌已老，夜深顧影生嘆嗟。悔未從學安期生，徒羨其棗如大瓜。又未獲從李廣遊，彎弓射虎南山頭。斂抑猛氣上小舟，天海之際垂釣鉤。幾千萬里看殘日，三十六年披敝裘。得魚攜歸故林路，木葉紛紛歲云暮。絲緡不慰妻孥飢，緼縷偏遭鄉里惡。歌罷將懷語阿誰？睡酣舉足加何處？門外飄然逢子真，如鷗如鷺清谿濱。不隨白雲眠谷口，乃謂東淘似富春。嚴光蹤迹君休擬，賤子平生無故人！

【箋】案王劍有送鄭絳州之含山詩，意鄭亦爲嘉紀淘上社友。

鄰人盧慎，年七十，無子，親戚亦寥寥也。夫婦止樹下，蒔掇自給。慮歲晚霜露欺人，困餒不免，慎扣門語我以懷，作詩慰之

樹下風清藝植人，衡門終日絶來賓。海榴開罷山梔放，獨有庭花不厭貧。

蒿長墻短雀來栖，墻裏皤皤一老妻。捃拾人歸烟火舉，蔬香茆屋月輪低。

曉駕驕驄晚牧羊，人間富貴劇堪傷！饑寒不逐浮雲變，坐擁牛衣看鳥翔。

須知惸獨易相存，積雨家家水入門。凶歲形容魚鱉笑，人生怨殺有兒孫！

【校】明詩紀事僅引第四首，題作慰鄰人盧慎年七十無子。

東山五首，送程川伯

東山雲，光氤氳，一峰兩峰每結伴，江北江南遥望君。望望不見宿林莽，朝來變作下山雨，爲君溉蘭復滋杜。

東山泉，鳴山巔，落石穿巖幾千仞，一山草木顔色鮮。潺湲直到農夫田，田中水白鴛鴦飛，緑頭紅掌鴨兒肥，秫花香裏主人歸。

東山桑，陰廬墅；東山麻，露湑湑，葉秋根冷蜻蛚語。堂上思婦燈下織，治絲積縷思成匹，持作衣服稱郎身，郎歸雪夜如春日。紈綺擁郎在天涯，何似門前桑與麻？

東山松，山中自孤清；東山人，松下來躬耕。耕田寧爲麥與菽，念此枝頭風謖謖。野鶴山麋同偃蹇，解衣坐卧情何遠。吕公灘上夕陽斜，猶聽風松不思返。

東山尊，人歸日日新漿渾，里巷故交來扣門。瓶中亦復攜村酒，灣灣月緑田家柳。席前飲食分兒童，階下茱萸侍賓友。兒童得酒開口歌，賓友不爛醉，茱萸欲笑他。

【箋】

〔東山〕靳修歙縣志：「東山，去登第橋二里許，崗阜平衍，與郡治相犄角，今爲巨鎮。」

〔程川伯〕未詳。

〔呂公灘〕在歙縣東南。方輿紀要：「呂公灘即徽溪下流，長二里，亦名車輪灣。」

堤決詩

庚申七月十四日，洶之西堤決，俄頃，門巷水深三尺，欲渡無船，欲徙室無居，家人二十三口，坐立波濤中五日夜；抱孫之暇，作堤決詩十首，詩成，對落日擊水自歌，境迫聲悲，不禁纍纍涕下。

田桑溪柳棲野雞，洪水西來崩我堤。村村稻苗今安在？川飛湖倒接大海。盡説小船直萬錢，誰知檝短不能前，一浪打入水半船。

今日隨人去築堤，明日隨人去守堤；颶風霔霂無休息，土濕泥流積不得。杖藜登高看水長，東舍西鄰白泱泱，蝦蟆入門坐蘋上。

浮來草屋如浮萍，蟋蟀啾啾屋脊鳴。家人延頸望天曉，水作北風寒氣早。桁無衣裳甑無餐，空腸瘦骨當狂瀾，何時有暇愁饑寒？

有客徙室就高崇，贈之籬邊菊數叢。蕭蕭晚芳予所嗜，常捧泥土雨後植。影落清波戀老身，何須一處同沉淪，作花好對新主人。

暮年辛苦飼孤孫，黃口命倚白頭存。餅餌斷絕已兩日，水中走來抱我膝。鶖鶬天上鳴嗷嗷，嘆息汝祖非其曹，不得銜汝出波濤！

黧貓公然蹲屋梁，黃犢只欲走上墻。家家登艇向高岸，水烟中人開眼看。平生骨肉安在哉？有兄有兄同祖兄。居崔嵬，曷不垂手援我來？

兄之舟船繫樹下，憎我貧窮不肯借。伊昔漁父渡窮士，行路之人尚如此。緩急自傷有所求，低顏更與何人謀？盡室應從正則遊。

漉起甕中數升黍，竈沉薪濕不可煮。家僮營營欲奚適？毒蛇蜿蜒遍阡陌。高歌落日慘我顏，膠漆故舊阻河關，安知我在洪濤間？

去年夏秋雨澤絕，嘉禾枯似翁媪髮。今年天漏夏日冷，黃魚黑鱉戲樹頂。無税無糧官長矜，吏胥用錢求開徵，以災爲豐爾最能！

劉生希岸。寄我糴米貲，甑結簷頭乞火炊。炊熟欲餐轉踟躕，念生囊中錢已無。容易用錢俗所鄙，違俗更有程季子，雲家。刺船尋我漲瀰瀰。

【校】

明詩紀事引第二、三、五、八、九、十等六首，題下注「六首」。

〔序〕「三尺」嘉慶東臺縣志引下有「許」字。

〔欲徙室無居〕東臺縣志引作「欲徙無室」。

〔不能前〕東臺縣志引作「不得前」。

〔白泱泱〕雍正鹽法志引作「自泱泱」。

〔欲奚適〕東臺縣志引作「欲何適」。

〔天漏〕東臺縣志引作「久雨」。

〔希岸〕明詩紀事引作「岸希」。

【箋】

案溉堂集行路詩序云：「庚申秋，安豐場堤決，平地水忽數尺。老友賓賢以赤貧，無力致舟楫，復無可徙之屋，受患獨甚，惟賦詩自悲歌於水中而已。水退後，曾以見示，予行路之暇，每展翫此詩，未嘗不自幸生平憂患事，尚不賓賢若也。」庚申爲康熙十九年（一六八〇），此詩當作於是年。

題汪孝子子喻先生遺像

孝子遺棄榮名，隱居煉丹峰下，竭力養母，四十年弗怠。母老死，孝子慟甚，哭輒嘔血，亦死。令子于鼎、文治以行樂圖見示，圖繪孝子松泉間，面蘐草不違北堂，蓋生前素志云。

悲哉孝子！爾力爾血，力竭逢哀，血盡存骨。骨隨老母，皓月青峰。昔聞芳躅，今識舊容。儀若古賢，情則嬰兒。言念北堂，惄然以思。攀桂茹芝，莫如樹蘐。松蔭我葉，泉滋我根；根葉長茂，樂不可言！

【箋】

〔汪子喻〕名恕，歙縣松明山人，汪道昆之從孫。康熙歙縣志有傳。

〔汪于鼎、文治〕見卷五送汪于鼎文治兄弟歸春草閣箋。

撫遺腹孤子行三首，贈夏節婦 夏世長母沈氏。

南舍兒，飼餹餅；北舍兒，襦褆褆；中舍之兒呱呱啼。芩薺生共畝，他舍倚藉多，中舍惟一母。牀上索乳如饑狖，乳勤哺數母身瘦。時暮急衣裳，手中布短刀尺涼。煢煢母子在深夜，簷月照厚階前霜。

花開不見根，兒生不見爺。生者死者將安賴？黯然少婦持人家。袖潤懷堅，誰知玉石？膏煎腸中，心自明白。眼前赤子看漸長，夜讀孝經機杼旁。已知身體屬父母，呼母問父在何方？母悲摧，兒悚視，舉手爲母拭涕淚。

鸛之老者雙翩翩，導雛飛，飛在前。一飛稍出林，再飛飛到野雲邊。雲銷野曠雛散去，老者翮倦歸巢眠。禽鳥劬勞乃如此，人中寡婦尤堪憐！今日又來日，今年復來年。木填東海波欲涸，溜滴泰山石已穿。不見遺腹子，骯髒稱男兒。地下公，目睫瞑；堂上姥，身體衰。嗟嗟！撫孤寡婦不可爲！

【箋】

〔沈氏〕東臺縣志：「沈氏，本城庠生夏相如妻，年十七，夫故，撫遺腹子振生，至七十歲卒。」

案汪楫亦有夏節婦沈氏壽詩，當與吳詩作於同時。